半卷书

胡笑梅 著

东南大学出版社
SOUTHEAST UNIVERSITY PRESS

·南京·

图书在版编目（CIP）数据

半卷书 / 胡笑梅著. -- 南京：东南大学出版社，
2024.6. --（六朝松文库）. -- ISBN 978-7-5766
-1478-7

Ⅰ.Ⅰ267.1
中国国家版本馆 CIP 数据核字第 2024YD9312 号

责任编辑：王艳萍　　责任校对：子雪莲　　特约编辑：赵小龙
封面设计：鸿儒文轩·末末美书　　　　　　责任印制：周荣虎

半卷书
BANJUAN SHU

| 著　　　者：胡笑梅
| 出版发行：东南大学出版社
| 出　版　人：白云飞
| 社　　　址：南京市四牌楼 2 号　邮编：210096　电话：025-83793330
| 网　　　址：http://www.seupress.com
| 经　　　销：全国各地新华书店
| 印　　　刷：三河市华东印刷有限公司
| 开　　　本：880 mm×1230 mm　1/32
| 印　　　张：8.75
| 字　　　数：188 千
| 版　印　次：2024 年 6 月第 1 版第 1 次印刷
| 书　　　号：ISBN 978-7-5766-1478-7
| 定　　　价：68.00 元

本社图书若有印装质量问题，请直接与营销部联系，电话：025-83791830。

代　序

冬天，很冷，几乎是这一年里最冷的一个日子。傍晚时分，胡笑梅给我送来了她打印出来的书稿，厚厚的一沓，取书名为《半卷书》。其实我已经有了《半卷书》的电子版，但她还是贴心地给我送来了打印稿，怕我在电脑上看会眼睛疲劳。在寒冷中，我们在我家小区门口短暂的见面，都穿厚厚的羽绒服，戴着口罩，但我们的眼神是交流过的，确认过的，是那个眼神，温暖的，会心的，因为文学而结缘的眼神。

胡笑梅是浙江人，后来出去上学，然后工作，再读研，再工作，经历着人生的种种，最后在苏州安定下来，是和苏州有缘的。从教，写作，融入苏式的生活模式。

苏州的写作者挺多，胡笑梅是其中的一位。我和她见面机会不多，一起聚过几次，可能因为人多，我们并没有直接说上很多话。大家相聚的时候，都争相地说着说不完的话。写作者平日里大多过着一个人的日子，有话憋着，等到聚在一起了，自然就是竹筒倒豆子似的倾诉了。

我印象中，胡笑梅在这样的场合，话不算很多，但是她的爽朗和热情，她的爱、聪慧与欢喜，都是直白地写在脸上的，于是这个印象也就印在我心底了。

虽然我们没有过多交往，但是我相信我们是很熟悉很近切的，因为我们魂牵梦绕的是同一样的东西：写作。

然后我开始阅读《半卷书》，在纸上，在文字里，和胡笑梅一对一、面对面，去认识她、了解她、熟悉她。

《半卷书》有三个部分。第一部分是生活随笔，写的是生活中常见的内容，写读书，写教书，写饮食，写乡村行，写远乡，写父亲的爱、母亲的花草，等等，过的是平常日子，写的是平常事情，但是胡笑梅能够从平常中写出不平常。

这个不平常，得之于作者个人的生活经历，更来自作者对于世界的理解和认知，因此能在平常的题材中，呈现出与众不同的不平常的意义来。这是写作中十分难能可贵也是十分重要的文风个性。

比如谈阅读，大多数的人，通常都会谈到阅读带来的收获，比如心灵的滋润、知识的增长、修养的提高等等，而胡笑梅却突出了一个"爱"字，她写的是阅读与爱。爱，既是收获和得到，亦是付出。她写如何通过阅读学习爱，感受爱，表达爱，经营爱，从而让一个已经被写了又写的关于阅读的话题，产生了全新而又贴切的意义，让人耳目一新。

再比如《爸爸的小度》一文，写一位孤独的父亲，将对女儿的爱深藏在心底，同时又处处落实在不起眼的日常举动中，作为子女，很可能会因为"严父"的表达方式而产生误解，看不到父亲内心的柔软和渴求，但是随着自己阅历和年龄的增长，随着父亲的老去，亲人间的互相关爱互相理解，才逐渐走出心底深处，表露出来。最终看到父亲专注而开心地与智能音箱"小度"对话，写到这儿，作者说"我的眼泪又流下来了"，读到这儿，我的眼眶也湿润了。

对世界的理解，与世界的对话，在胡笑梅这里，是十分独特而又自由自在的。

《同里夜游》一文，写出了汲取与放空的辩证关系。同里是我们大家熟悉和喜爱的地方，但是每一个人对它的喜爱却又不尽相同。胡笑梅的同里，就是那一种"什么都可以想，什么都可以不想；什么都可以拿起，什么都是放下"的同里，在这里，可以等一等日益遗失的灵魂。

这一个部分里的文章，作者内心的美好和热爱，尽情地铺洒在字里行间，又满满地溢出纸面，引人入胜。你读了《夜雨东林渡》一文，也会想去那个纯朴的乡村走一走，看一看；你也许会跟随着作者的文字，走进青海的藏区，去和卓玛草们一起感受"草枯鹰眼疾，雪尽马蹄轻"的苍茫辽阔（《卓玛草》）。我想，这些读后的冲动，是文字的力量，是思想的撞击，是胡笑梅的文学世界带给我们的真切感受。

"光阴间的寻常"这个部分，写的大多是平常的生活、日常的见闻，但读来却没有陈旧感、重复感。写作者内心细腻，善于捕捉身边的、平常生活中的细微末节，发现和挖掘出它们的诗意。即便写的是常见的花花草草，也会写得十分动情，读起来让人欢喜，有心的跃动。

《半卷书》第二部分"时光里的心跳"和第三部分"岁月中的悸动"中的文章，大多兼具了随笔和文学评论的功能，是合二为一的文体，通常是从某一位作家出发，写印象，或者是从某一部作品进入，作理性分析。写这类文章是有难度的：单纯分析作品，可能会陷入枯燥的泥潭；写人物印象或作品印象，也可能因抓不住要害而不够准确传神。但是胡笑梅却突破了这类文章的写作和阅读的可能的障碍，成功地把我们带入写作者和被写者的浑然一体、融洽无间的情状之中。既是评论对象，又是同行，更是相知的朋友，写起来生动有趣，分析作品更是由人到文，再由文到人，浑然一体。

首先是没有拘泥于文体，在数种文体中自由穿行，合理粘贴。

比如写王尧的《时光里的心跳》，以王尧的散文集《时代与肖像》为切入口，但是文章并不是仅仅局限于分析或理解这一本书，而是通过剖析王尧个人的光阴故事，以及胡笑梅所接触的王尧的后来的故事及形象，写出了相对完整的王尧印象和形象，并通过王尧的心跳，写出了一代人、几代人的时光中的心跳，从而提升了这部散文集的意义和价值。

无论是王尧还是胡笑梅，抑或是任何一位读者，对时光的留恋、对往日的记忆，都会成为精神成长史中重要的一环。

其次，胡笑梅在写作这类文章时，不是以纯理性零感情的态度来评论作品，而是全方位代入自己的感受，用情用心，使得本来可能呆板机械的作品分析，成为一篇既有理有据有深度高度，又直抒胸意的有温度的文章。

阅读叶弥的长篇小说《不老》的《"不老"的精神密码》时，感觉胡笑梅自己已经进入了作品主人公孔燕妮的精神世界，对独立特行的特殊女性孔燕妮，"所做的别人想做而不敢做的"事情，胡笑梅的认知是客观与主观高度统一的："她"是"一枚不规则的石子，在庸常世俗的生活之河中，击起朵朵晶莹的水花"，又如同"一粒爆发的火种，在枯萎凋谢的人生之地上，燃起点点璀璨的星火"。对孔燕妮这个人物形象的理解和肯定，展现出胡笑梅阅读作品时的投入和共情，所以书中人物经过她的评价和分析，更加鲜活，更有姿态。

最后，胡笑梅阅读和评论文学作品，有着锐利的目光和精准的把握，这与她的认真阅读文本以及积累的理论基础是分不开的。她从来不是用理论概念去套作品，而是读透了作品后，将独特的感悟和理解呈现出来。

比如写朱辉的短篇小说集《午时三刻》的《精神内耗的觉察与疗愈》一文，便抓住了朱辉小说中关于"精神内耗"的这个根本点。一方面，她理解"自己与自己过不去"的痛苦与挣扎；同时，又赞赏那种积极觉察与疗愈，将压抑转化为动力的态度——这是朱辉小说中人物的共性，也是当今社会的普通现状。朱辉通过讲述故事和塑造小说人物来说的这个话题，胡笑梅则通过她的文学评论，再一次地进一步地点明了其至关重要的内核。

《半卷书》这后两个部分中所写的人物，大多数是我认识的，只是有的更熟悉一点，有的交往不多，了解程度不一。通过读胡笑梅的文章，我再一次与他们相聚相识，有些是有了进一步的印证，有些则是全新的认识。

　　比如，写葛芳，《艺术的行走与行走的艺术》完全印证了我一直以来对葛芳的印象，所以读起来十分欣喜，十分贴切。再比如，胡笑梅笔下的叶梓，和我印象中的叶梓有所不同，我接触过叶梓，感觉是一个少言寡语，甚至比较沉闷的人。而通过《慢煮的翰墨时光》一文，我重新认识了叶梓，看到了我所没有看到的、我所不了解的那个生动的有很多金点子的叶梓以及他的妙趣横生、丰富饱满的作品。

　　读罢《半卷书》，掩卷而思，心是沉静的，因为胡笑梅的文字是沉静的、从容的；心情又是激动的，因为胡笑梅写作时的饱满的激情，感染着我们，带着我们走过她的文字，不一定大风大浪、惊涛骇浪，却一定是一次难忘的经历。

范小青

2024 年 3 月

目 录

光阴间的寻常

阅读，让灵魂自带香气	002
跑步与读书	007
半盏清欢	012
可园问秋	016
同里夜游	020
夜雨东林渡	025
手抓羊肉	029
绿蚁甜醅子	034
黄河里最靓的仔	038

碧油煎出嫩黄深	**042**
爸爸的小度	**046**
三炮台	**053**
离　殇	**058**
秋葵娘子	**064**
月亮女神	**069**
母亲的花草	**074**
发如墨	**078**
烹茶思梅香	**082**
浪　姐	**087**
报喜鸟	**092**
卓玛草	**096**
阿拉的家	**101**
一朵云和另一朵云	**105**
一首东渡的"诗"	**110**
有准备的人	**114**
桃李不言	**118**

时光里的心跳

时光里的心跳
——王尧《时代与肖像》印象　　124

在田野里捡拾童心
——庞余亮《小先生》印象　　131

艺术的行走与行走的艺术
——葛芳《南极之南,远方之远》印象　　138

慢煮的翰墨时光
——叶梓《书法里的茶》印象　　142

园林与人生
——蒋晖《园林卷子》印象　　148

吴门旧雨里的温情时光
——沈慧瑛《过云楼档案揭秘》印象　　152

光影的舍利
——"苏城纪事"摄影师联盟及其作品印象　　157

老人·老城·老街坊
——卢承德摄影印象　　165

时光的标本

——于祥人文纪实摄影印象　　172

岁月中的悸动

古城保护的苏州典范

——范小青《家在古城》札记　　178

一座城的管窥之窗

——叶兆言《仪凤之门》札记　　186

精神内耗的觉察与疗愈

——朱辉《午时三刻》札记　　193

"不老"的精神密码

——叶弥《不老》札记　　199

无法直面的时代之殇

——朱文颖《凝视玛丽娜》随感　　208

于插科打诨中明心见性

——房伟《小陶然》札记　　215

一次破圈的阅读之旅

——周于旸《马孔多在下雨》札记　　222

混搭的工业美学风

——何荣《断头螺丝》札记 226

文学的天真与理解

——"木瓜浜"儿童文学丛书印象记 233

幸福的阐释与阐释的幸福

——徐玲作品札记 242

"丑小鸭"的"复制"与"进化"

——郭姜燕《明亮的日子》札记 252

后　记 260

光阴间的寻常

阅读，让灵魂自带香气

2020年春节，一场百年不遇的疫情，让全社会几乎一夜之间按下了"暂停"键。习惯于背包行走与天天健身的我，从一开始被迫"宅家"的种种不适应，到渐渐享受主动"宅家"的慢生活。两个月，阅读了文学、经济、历史、人物传记等38本书，气场与言谈、身体与心灵的一切美好改变，无不源于"爱"，源于"阅读"，源于"爱上阅读"。

一、阅读，学习爱

每个人的现实生活，都是一片浩瀚的海洋，时而波平浪静，时而狂风巨澜，从来都非一帆风顺。一如复杂善感的内心，有时甜蜜，有时惆怅，有时喜悦，有时忧郁，有时强大，有时脆弱……

但无论陷于何种人生泥淖和情感漩涡，阅读，都可以让我们静下心，挣脱桎梏内心的囹圄，放下裹足不前的负面情绪，放大砥砺前行的正面情绪，在弥漫着油墨清香的字里行间，学习爱——爱自己、爱他人、爱生活。

譬如，《当下的力量》（[德]埃克哈特·托利著，曹植译）、《幸福的方法》（[美]泰勒·本-沙哈尔著，汪冰、刘骏杰译）一类的书籍，从不同的维度，引导日益庸常的我们，时刻构建积极的心态与观念，通过冥想、瑜伽、内观，放下贪嗔痴欲的执念，加强自我心理修行，做到"不乱于心，不困于情，不畏将来，不念过往"，与自己、与他人、与时间、与空间有效和解，并推己及人，"老吾老，以及人之老，幼吾幼，以及人之幼"，真诚祝福每个陌生人，"愿你有一个灿烂的前程，愿你有情人终成眷属，愿你在尘世获得幸福"，从而扬长补短，水到渠成地"获得一种接纳当下的自我的空性智慧"（《爱上阅读》），与自己成为最好的朋友。一个人，只有学会好好爱自己，才能努力成就幸福、快乐、进取、愉悦、充实、最好的自己。

二、阅读，感受爱

一个人的时间、精力、财力是有限的。无论古人所谓"读万卷书，行万里路"，还是今人盛赞"要么读书，要么旅行，身体和灵魂总有一个在路上"，更多的则是人们的美好愿景与期许。

换个角度，在紧张忙碌的日常生活中，读书就是静态的行走，行走就是动态的阅读，在古今中外作家的生花妙笔下，同样可以感受爱——爱山川、爱草木、爱万物。

北魏郦道元《水经注》，不仅是江山地理专著，更是各地人文风情佳作；盛唐李白一生游历200多个州县，登过80多座山，游览过60多条河川、200多个湖潭，留下了诸如《梦游天姥吟留别》《蜀道难》《黄鹤楼送孟浩然之广陵》等脍炙人口的名篇；北宋苏轼仕途坎坷，命运多舛，一生跑遍大江南北，《念奴娇·赤壁怀古》《江城子·密州出猎》《浣溪沙·游蕲水清泉寺》等便是明证；法国雨果长篇小说《巴黎圣母院》，再现了15世纪法国精湛的建筑艺术与劳动人民的善良友爱；美国梭罗散文集《瓦尔登湖》，描绘了自己的所见所闻所思，表达了崇尚简朴、热爱自然的生活理念；英国狄更斯的《雾都孤儿》，以伦敦为背景，用现实主义笔法，揭示了19世纪英国工业繁荣掩盖下的贫穷与不幸等社会问题……

"文章是案头之山水，山水是地上之文章。"徜徉其间，即便脚步不能到达的地方，文字也可以带我们逐一抵达。每个作家以其独到的视角、才情与博爱，不仅激发起我们对于见所未见、闻所未闻之风土人情的无穷想象，而且带我们领略不同的人生际遇，拓展自我认知的宽度。身不能至，心向往之，也许这便是"观景不如听景"的深层含义吧。

三、阅读，表达爱

阅读的目的，是拓宽视野，提升境界，陶冶情操，汲取精神的养分，实现幸福的终极目标。值得庆幸的是，阅读已成为现代人的一种休闲生活方式。相信不久的将来，阅读将成为一种全民时尚的生活态度。

如果阅读是"输入"，那么写作就是"输出"。带着问题阅读，并把阅读的思考与感悟诉诸笔端，才是高效阅读。在此，我现身说法提倡书写"读后感"，不单是一种自我的梳理和总结，也是"独乐乐不如众乐乐"，与他人的一种交流与分享，更是一种多快好省的自我疗愈。

人生苦短，兜转轮回，陪伴我们走到生命终点的只有我们的身体与心灵。那些过往的爱恨情仇，瞬间的动容感伤，彼时彼刻的滋味与记忆，会在与文本的共情共鸣中，再次被唤醒，让我们得以重新审视生命的细节，正视内心真实的模样，客观表达喜悦与疼痛，返回初心的净土。

我深知，爱要大声说出来，爱要大字写出来。2011年，我出版了第一本个人专著《楼梯上的三重奏》，这是对以往阅读的小说、散文、戏剧的评论合集；2012年，我出版了《梅花怒放的盛宴》，是阅读诗歌的札记；2018年，我出版了《陪着陪着就不焦虑了》，是用心陪伴女儿和学生中考百日冲刺的纪录片；2019年，我出版了《遇见·桃李芬芳》，是与学生们的作文点评合集。从教25年，在阅读不止、笔耕不辍的光阴中，流淌着我对文学的喜爱，对教师职业的热爱，对每一个孩子的关爱。阅读与写作，芬芳了我为人师表的灵魂，丰盈了我的教育人生，让我活得更深刻、更通透、更淡泊、更从容。

四、阅读，经营爱

学习的最终目的是学以致用，阅读也不例外。

而真实情况是，我们读了很多书，学了很多知识，懂得很多道理，却依然过不好这一生，这才是很多人的痛点所在。

南宋爱国诗人陆游在《冬夜读书示子聿》中，曾告诫儿子："古人学问无遗力，少壮工夫老始成。纸上得来终觉浅，绝知此事要躬行。"言下之意，要重视知行合一，学会读书，但不能读死书，更不能读书死。

休闲娱乐类书籍，可以跳读、粗读、略读；优秀的经典作品,一定要舍得花时间,沉浸其中,细嚼慢咽,精读研读,"让灵魂羽化成蝶,在文字广阔的蓝空中翩翩起舞,穿梭在智者的思想中"(《爱上阅读》),反复阅读,不断咀嚼,直到营养完全吸收,化为血肉。笔者以为,当阅读成为每个人生命中,像吃饭喝水睡觉一样的习惯,从文字中学习、感受的爱,才会积淀发酵,自然而然地表达与经营,不会有丝毫的做作与违和感。是的,只有当"阅读的成果内化于心、外化于行,从而达到知行合一、万物皆备于我的境界"(《爱上阅读》),才能唤醒生命、激扬生命、升腾生命、璀璨生命。

此生,于我而言,阅读是对世俗琐碎的救赎与平衡,是对日渐粗糙麻木心灵的唤醒和滋润。多年坚持不懈的阅读,让我每天学习爱、感受爱、表达爱、经营爱,让我平凡的生命"灿烂千阳",让我单纯的灵魂自带香气,让我拥有一把开启幸福之门的金钥匙,从此诗意优雅地行走于烟火人生!

跑步与读书

身体与灵魂，必须有一个跑步前行在路上。

2010年，我决心开启每天的跑步模式。一开始，坚持做到每天跑步，的确有点儿困难，一会儿同学聚会、一会儿朋友聚餐、一会儿单位加班等，总是有各种俗世杂务纷至沓来，难以脱身。我只能立好 flag（标志旗），硬"逼"着自己，无论早晨还是晚上，想方设法挤出一个小时去跑步。我坚信：任何时候开始跑步都不晚，只要脚踏实地、一步一个脚印地奔跑起来，就已经成功了一半。

就这样，迎着晨曦的第一缕微光，或者身披落日的余晖，踏着光阴的鼓点，带着自信的微笑，跑出一天的好心情。慢慢地，在跑步中，我逐渐明白，无论是拂面的春风，还是燥热的夏风、凉爽的秋风、刺骨的冬风，都是造物的丰厚赐予、人生的惊艳际会。尤其，在经历了百年不遇的新冠疫情之后，只要能健康地活着、自由地呼吸，并且还有一份可以养家糊口的稳定工作，就无须抱怨与畏惧,坦然接纳并且心怀感恩,享受有限生命中每一个精彩无限的瞬间。

就这样,只要不是雾霾和大雨天气,每天至少2500米,十多年从不间断。我以看得见的身体力行和饱满的精神状态,一方面,为我的孩子减轻了未来赡养我的负担,另一方面,成为我的学生们"野蛮体魄,文明精神"的榜样。让他们从小习得:任何时候,健康、快乐、积极、精力充沛、有质量的活着,才是理想的人生状态。

就这样,一天一天,一月一月,一年一年,跑过自然的四季,蹚过岁月的河流,也看遍人生的风景。十多年来,与其说我用坚持跑步的方式管理身材,不如说我用坚持跑步的习惯管理生活和情绪。在跑步中,反思昨天的得失,罗列当天的计划,梳理人际关系,厘清杂乱思绪。工作、阅读、写作、出行等计划,从酝酿到调整到有条不紊地一个个顺利开展和践行,身体越来越棒,执行力越来越强,成就感越来越多。

就这样,在周而复始的跑步中,跑出了人生的低谷、认知的困境、思维的偏执。体力与思想像在银行零存整取一样,循序渐进,聚沙成塔,集腋成裘,内在潜能在日积月累中得到充分发挥。不但收获了健康的身体、快乐的心境、平和的情绪,还获得了种种丰富的人生感悟和哲思。回首来时路,是跑步,让我成为更自律、更自立、更强大、更优秀的自己。特别是,当跑步跑到跑不动、即将崩溃、想要放弃的时候,再坚持一下,就是山重水复、柳暗花明的时候,就是绝处逢生、破茧成蝶的时候。

这么多年,我之所以热爱跑步,是因为跑步是最好的忘忧良药。挥汗如雨的跑步，有利于身体排毒，有利于强筋健骨，还可以延缓衰老、增强免疫力。当数十年如一日地专注于步伐，专注于呼吸，专注于腰腹的力量，专注于摆臂的幅度，大脑分泌的内啡肽（又称"快乐激素"），可以有效缓解工作的压力与各种关系的焦虑，使心胸开阔，提高睡眠质量。

我之所以热爱跑步，是因为相比其他运动，跑步对场地、服装、队友要求不高，即便出差旅行时，只要愿意，只要有心，只要持之以恒，换上跑鞋，随时随地可以迈开腿，自由自在地尽情撒欢。2018年10月，有幸参加《诗探索》"发现奖"在山东高密举办的颁奖仪式。抵达次日，我早早起床，跑步去公园、去菜场、去街头，用脚步丈量高密温热的土地，触摸高密烟火的日常，感受高密淳朴的人情，和密州出猎的苏轼来一场时空对话……当天上午，做了"跑步与写作"的即兴发言，得到了与会者的一致好评。

我之所以热爱跑步，是因为深谙30岁之前的相貌是父母基因遗传的，30岁之后的相貌是自己修心而来的。所有跑过的路，所有读过的书，都会内化在言谈举止里，外显于气质神色中。人生中，每跑一步路都算数，每读一部书都值得。

如今，跑步于我，就像呼吸眨眼一样自然流畅。一双球鞋，便可从南到北，东奔西跑。跑步，不是为了比赛与名次，恰好是为了忘掉胜负，淡泊名利，强身健体，超越昨天那个弱小的自己。我现在工作的单位，是一所具有130年历史的老校，是一座精美的园林式学校，生态和人文环境特别赞、超级灵。每天，沐浴着明媚的阳光，拥抱着和畅的惠风，眺望着纯净透彻的苏州蓝,欣赏云卷云舒,聆听鸟鸣花开,还有操场边梧桐树叶击掌问好的声音、爬山虎拔节生长的欢唱,从含英楼跑到咀华楼,再到振声楼、博学楼、格致楼,绕过如玉泉,穿过敬一亭,路过英华农场……生命不息,运动不止。跑步中的所见所闻、所感所想,提升了每天披星戴月教书生活的幸福指数,开阔了久处象牙塔的视野和格局。

也许,在没有体验过跑步乐趣的人看来,几公里的跑步过程有点儿单调枯燥。其实对跑步者而言,跑步的时候,头脑格外轻松又活跃。可以什么都想,也可以什么都不想,可以一边跑步一边听书、听音乐,于休闲中增长知识。最主要是,跑步的时候,非常适合保持沉默,独立思考,直面灵魂。村上春树33岁开始跑步,刘震云15岁开始跑步,冯唐坚持跑步数十年,李敬泽坚持跑步十数年……他们都以健康的身体,保持充足的体力,废寝忘食地进行写作,在独处的时空里,进行文章的构思与打磨,成为作家圈里最会跑步、跑步圈里最会写作的人。

虽无缘目睹他们跑步的模样,但能够想象得出他们跑步时,一定是认准目标,正视前方,量力而行,而不会贪大求全,好高骛远,不是今日10000米,明日100米,后日0米。就像他们热爱读书,也是由浅入深,从少到多,细嚼慢咽,而不是囫囵吞枣,不求甚解,也不是为了"掉书袋",为了"到此一游",更不是为了炫耀和装点门面,而是为了思想的提升和精神的丰盈。的确,跑步也好,读书也罢,一旦"上瘾",一日不跑步、不读书,就会双脚、双手发痒,浑身不自在。最怕"一日曝十日寒""三天打鱼两天晒网"。毕竟,凡事践行只需一个理由,停止可以有一千个理由。试想，如果一天背诵一首唐诗，一年就是唐诗三百首，又一个武亦姝；如果一天默写10个英语单词，一年就是三千多个，是CET4的词汇量……所以，再忙再累，如果每天坚持"断舍离"手机一个小时，认认真真读十几页书，一个月，一个季度，一年，将是非常可观的阅读量。

其实啊，人生就是一场从生到死的马拉松，虽然起点不能决定终点，但抵达不同的终点一定源于不同的起点。前行路上，有美景也有风雨，有亲友的短暂相伴，更多的是一个人孤独的跑步之旅。但只要沿途有书可读，与书为伍，就能心无旁骛、不惧未来，一日一日，一步一步，跑出酣畅淋漓的生命华章！

半盏清欢

最爱是早春。

我不知道,梦里落英芳几许,我也不知道,小楼听雨春几何,我只知道,这个时节,无论走到哪里,街头巷尾,河畔桥堍,都氤氲着春的气息和神韵:这儿一支孤傲的出墙杏花,那里几株人面相映的桃花,还有千树万树的梨花,成群结队赶趟儿的油菜花,分外妖娆。园子里,田野里,正莺儿啼,燕儿舞,蝶儿忙……

动静张弛,任君低眉信手;俯仰生姿,任君拈花一笑。

在这样惠风和畅、日丽暄煦的春日,无论是谁,只要闭上眼深呼吸,吐纳之际,轻轻提笔,即是一阕妙手偶得的佳句巧构,在指尖,在纸端,在心头,流淌成一个风情万种的江南,一个人间天堂的姑苏。

流年似水,滴滴答答;似水流年,缠缠绵绵。花、草、树木、大人、小孩等世间万物,都在这人间三月天里,云蒸霞蔚,旖旎娉婷，绽放出最妩媚、最妖娆的自己。尘封一冬的心事，鼓足一季的勇气，沉潜一年的热望，也在这温润的日子里，在这葳蕤的时光里，悄然孕育、发芽、奋力向上生长。

品茗清谈，是小桥流水人家的一段烟火日常。

恩爱夫妻，耄耋父母，垂髫稚子，抑或三五好友，在袅袅的新茶香氛中，细数着江南的烟雨，挥毫点染岁月的飞檐；水乡的暖风，泼墨彩绘着时光的屋角；姑苏的早春，工笔勾勒出凡俗的幸福，一屋，二人，三餐，四季，就是四季人生的全部和归宿。

如果半盏清欢，是粉墙黛瓦江南的一粒朱砂美痣；那么倾城时光，就是依山傍水村落的一爿品茗佳处。

初见，便如杯盏中的碧螺春一样，云卷云舒，任性开合，恍若邂逅梦中情人，欢呼雀跃，怦然心动，又自甘沉沦，为一次惊艳时光的偶遇。高跟鞋，奏出清脆悦耳的一串串音符，哒哒哒，哒哒——哒哒——哒哒，哒——哒——哒。屏气、凝神、驻足、聆听，俨然是雨水滴在屋瓦上的弹跳，或者是祖母卧室中自鸣钟的摇摆，抑或是梦中王子铿锵的马蹄声？刹那间，仿佛穿越时空，成了戴望舒笔下那个丁香一样，撑着油纸伞的姑娘，独自彷徨，彷徨又彳亍在悠长而寂寥的雨巷，等待一个人的到来，或者一朵花的怒放，又或者，只是为了一场旷世的等待。

曾记否，豆蔻年华，两小无猜，你爱谈天我爱笑，风在林梢鸟在叫的午后？怀揣一颗初开的情窦，偷偷把邻家阿哥的名字，种在日记书本、房前屋后、手心手背，直到那人、那情、那年，都瘦成一帧永远的念想，在薄凉的光阴里，沉淀为一张发黄褪色的照片，一段酸酸甜甜的往事。就像今夜露台上那一轮白月光，晶莹剔透，无邪无瑕，照亮中年人每一寸平淡黯然的光阴。

茶浮于水，人浮于事。

于我而言，这里，是一本随意摊开的经典篇章，每一段文字都抑扬顿挫；这里，是一卷吴门画派的水墨丹青，每一皴线条都清雅隽永；这里，是一座曲径通幽的私家园林，每一隅角落都情深谊长。

你看，不论茶叶、茶具、茶水，还是桌椅、沙发、书籍，甚至连一个其貌不扬的衣架、电扇、挂饰、公仔、靠垫、灯泡、彩色玻璃，也无一处无来历，都给人莫名的怀旧与感动。沐浴着橘色的灯光，斜倚在花枝缠绕的甬道，耳畔循环播放着怀旧金曲，刹那间，好像搭乘一辆老式的绿皮火车，"哐当哐当"，把我们送往回不去的小时候。一经想起，那个排排坐，骑竹马，跳皮筋，打沙包，滚铁环，放鞭炮，豁着大门牙，暗暗想要嫁给爆米花的老头，或者嫁给卖麦芽糖大叔的傻丫头，便忍俊不禁，"扑哧"一下笑出声来。有些沧桑和褶皱的脸颊，顿时光艳照人，生动活泛起来，因着那无忌的童言，那无忧的岁月，还有那永远也回不去的青葱烂漫的时光。

嘘，不要惊讶，不要怀疑，这里，真的是一个神奇又充满魔力的地方。

倾城时光，藏于城外的青山绿水间，像一个大写的"人"字，君子行健，厚德载物。小的桥，流的水。桥的下面是流水，水的上面是石桥。"清风明月本无价，近水远山皆有情。"一朝一夕，都是造化的钟灵毓秀。

倾城时光，于细微处见匠心，于无声处听惊雷：粉的墙，黛的瓦，定格成水乡的黑白剪影。瓦的上面是青天，墙的下面是泥土。"东风袅袅泛崇光，香雾空蒙月转廊。"一台一阁，皆为设计的奇思妙想。

倾城时光，行走在姑苏的版图上，"土地平旷，屋舍俨然，有良田、美池、桑竹之属。阡陌交通，鸡犬相闻"，是一座流动的休憩驿站。一杯一盏，浮沉老百姓的平凡生态；一叶一茗，翻腾读书人的朝暮日常。上善若水。提壶，飞珠溅玉；把盏，超然物外。

浮生偷得半日闲，人生有味是清欢。快节奏的生活，尽在这半盏雪沫乳花里，一瞬倾城时光中，化繁为简，返璞归真。沐浴文化的滋养、艺术的熏陶、水韵的浸润，是多少人梦寐以求的自由、率性、诗意、洒脱、逍遥、纯净的生活啊！

从此，愿把前世今生都交予这倾城时光。一任白云生窗里，明月落阶前：深爱，浅喜，享受着茶之淳淡、水之清甜、情之浓郁；冥想，沉思，以鸟声洗脸，以花香润喉，以山岚养颜……夫复何求？

唉，居家抗疫期间，身虽不能亲至那"旺山旺水"的"福天福地"，心里想想等我的"张桥"，也十分美好。待"苏"战速决，全面复"苏"之时，必是与君相聚之日！

可园问秋

满怀雀跃,踩着夏日长长的尾巴,赶赴一场苏城初秋的约会。天朗,气清,风和,日丽,一切都是心之所向的样子。可园里,触手可及的草石虫鱼,亭台楼阁,云水廊桥,宛如你我初见时的一见倾心。

友人是一个痴迷苏州园林的博学女子。因为喜爱江南风物,因为热爱姑苏文化,从北方一所大型国企辞职,来苏州安家落户。一晃二十多年,孩子读大学了,她更多了大把时间钻研古典园林,走读古城苏州。甚至不开汽车,换成小电驴,空关着园区的大房子,住在山塘街临河的小屋里,只为全身心浸润其间,亲近古城的角角落落,感受苏州土著的烟火日常。于她而言,每天能够穿梭在老街古巷,在水汽氤氲的晨钟暮鼓中,自然地醒来又酣然地睡去,便是人生一大乐事。每次,我们兴之所至,撞日相见,她总是兴高采烈地拉着我的手,滔滔不绝,如数家珍般分享新的发现与观感。我亦乐此不疲,做她忠实的听众与亲密的伙伴。因为我知道，于人生之秋，还能葆有对学问新知的高涨热情，还能拥有说走就走的勇气，还能有一个同频共振的知己，多么难得！

可园，位于苏州人民路三元坊，在文庙的东面，工人文化宫的北面，十全街的南面，与沧浪亭隔水相望。可园始建于五代十国时期，是中吴军节度使孙承佑别墅的一隅，后日渐废弃。北宋时为沧浪亭的一部分。庆历四年（1044年），苏舜钦蒙冤被贬，流寓苏州，见孙承佑的废园草树郁然，崇阜广水，便以四万钱购得，傍水堆石筑亭，取"沧浪之水清兮，可以濯吾缨；沧浪之水浊兮，可以濯吾足"之意，名曰"沧浪亭"，自号"沧浪翁"。从此，与欧阳修、梅圣俞等文友，在城市里过起了隐逸山水、吟诗酬唱、逍遥自乐的生活。在传媒欠发达的时代，文人墨客的诗词歌赋，便是最好的广告宣传。一如"江南三大名楼"——岳阳楼、滕王阁、黄鹤楼，分别以范仲淹《岳阳楼记》、王勃《滕王阁序》、崔颢《黄鹤楼》闻名遐迩一样，沧浪亭的名气也略盛于可园，且日益昭著。虽然历经数次的兵火、战乱、动荡、易主、扩建、修缮，可园与沧浪亭分分合合又重重叠叠，但像分家不分心的兄弟，始终骨肉情深，血脉相连。

清雍正年间，江苏巡抚尹继善在此建园，名为"近山林"。后又取"仁者乐山，知者乐水"之意，名曰"乐（yào喜好，喜爱）园"。本是颇富人文底蕴的佳名，但一个"乐"字，容易让人望文生义——"行乐""作乐""享乐""吃喝玩乐"，不适宜苦学励志。乾隆年间易名为"可园"。相比"乐"字，"可"字给予游客无穷的想象：重修复建的可喜可贺，匠心布局的可圈可点，恰到好处的可丁可卯，庭宇清旷的可伶可俐，槛曲廊回的可凭可憩，水木明瑟的可人可心，鸿儒白丁的可来可去，仕途经济的可上可下，经纶世务的可走可留……想来，中国汉字之美，美就美在多音多义多变。故一字之异，天壤之别。历史上，就有以纠错《吕氏春秋》可得"一字千金"承诺著称的吕不韦；有以"郊寒岛瘦""推敲""炼字"闻名的"苦吟派"；有改"数枝"为"一枝"的"一字之师"郑谷；有因未校勘出"纯（绝）"笔误被革职的状元龙汝言等。嘉庆十年（1805年），可园划归正谊书院，成为书院园林。噫，抚今视昔，鉴往知来，亦可歌可泣，可悲可叹欤！

　　秋日的可园，金风不燥，虫蝉不闹。自东向西，看在眼里的是山水风景，藏在心里的是人生学问。作为典型的框景，入口处"四时风雅"中的景色，因时、因地、因人而变化。春柳、夏荷、秋月、冬雪之景，春播、夏耘、秋收、冬藏之意，若心领神会，便尽在一框之内。左右的花瓶门，寓意"一门平安"。廊门上"天光""云影"之字样，取自朱熹《观书有感》"半亩方塘一鉴开，天光云影共徘徊。问渠那得清如许？为有源头活水来。"既是对挹清池澄碧洗练的赞美，也告诫游人：活到老学到老，只有加强学习，补充新知，博观约取，拥有新视野，开拓新境界，灵感才不会枯竭，不断接近理想的彼岸。对面是敞亮俊朗的挹清堂，其楹联"检诗书百卷近今博古，赏池水一泓正本清源"，既呼应朱熹的"天光""云影"，又点明书院园林的性质，还暗示了做人的道理。细微之处，无不体现苏州园林的精妙。含蓄隽永，意蕴丰厚，深藏不露，静候有缘人。

可园不大，一个转身就能触摸一段历史。游人不多，我们并肩西行，就像这些年风雨同舟，向阳而生一样。走过民国楼，路过一隅堂，绕到学古堂。那棵健硕的金桂已经盛开，一树碧绿，金光闪闪，朵朵精神，枝枝招展，空气里溢满醇厚馥郁的香气，依依袅袅，娉娉婷婷，这是今秋我们共同邂逅并见证的第一场绚烂的花事，未来肯定还会有更多的小确幸和大惊喜！

继续往西，见一亭倚墙而筑。匾额为李鸿章所题，抄录曾国藩文句"修身养家，亦须以明强为本"，交代命名"明强亭"的由来。有趣的是，拾级而上的台阶，由太湖石貌似随意堆叠，实则匠心布局。古人将此种"墙基垒石凹入，作水纹状"，谓之"涩浪"，就是宛如"静止的浪花"。这种设计，融入丹青山水的气韵，视觉上如同山岩的延伸，文化上秉承自然性的"天"和功能性的"人"，完美表现天人合一、咫尺乾坤的造园理想，让久住樊笼里的人们，不出城廓而获山林之怡，身居闹市而有林泉之趣，乐哉，幸哉！

亭南便是正谊讲堂，这是书院的核心建筑。"正者端也，谊者义也"，此谓"正谊"。视其楹联"履仁蹈义用修我德，学诗讲礼克昌尔家"，开宗明义，指出"培养士气，端正人心"的教育宗旨。立德树人，修身养德，德才兼备，古今一也。

可园半日，秋色潋滟。在光影的翩跹变幻中，在文化的深入走读中，在与圣贤的精神对话中，学会从容转换人生的寒来暑往与跌宕起伏。对了，其实在我看来，"涩浪"还包含人生并非顺风顺水顺心，命如行舟，不进则退之意，与君共勉。

同里夜游

"梦里水乡,旧时江南。"不到同里,怎知江南美如许?

上次来同里,还是 2019 年带学生秋游。那日,赶早出发的孩子们,以顺利抵达的欢声笑语,叫醒了酣睡中的古镇。老街深巷,小桥大树,便次第活泼起来。门口的小煤炉,星星点点,慢慢红热起来了。青烟缕缕,袅袅飘散在薄纱般的晨雾之中,如梦似幻,如诗似画。于是,临河而居、枕水而眠的人家屋里,有了锅碗瓢盆、水沸油滋的声响。同里人一天生活的帷幕便徐徐拉开。

同里古镇,地处苏州市吴江区,是江南六大古镇(周庄、同里、甪直、西塘、南浔、乌镇)之一。建于宋朝,距今已有千年历史。旧称"富土"的同里,曾因名字太过奢华与招摇,改名为"铜里"。但无论金银铜铁,像其他古镇一样,"无水无水乡",水才是水乡的灵魂;"无水无同里",水也是同里的命脉。同里还被称为"东方小威尼斯",它和威尼斯皆"因水而生,因水而美,因水而兴",但相形之下,有"亚得里亚海明珠"之美誉的大威尼斯,似乎还略逊一筹。在同里,"川"字形的15条小河,把整个古镇分隔成7个小岛。49座古桥又将其串联为一体,形成了"隔河相望"又"河街并行"的双棋盘格局的古镇风貌。

一方水土养一方人。苏州人的行为处事与情感表达,一如曲径通幽的小巷里弄,亦如蜿蜒逶迤的溪流河汊,含蓄、浪漫、温润、深情。我也按照当地人的规矩,带孩子们先走吉利桥,再走太平桥,接着是长庆桥,绕行一周,不走回头路。如今,当年的那些孩子们已经读大学了,也许他们已经淡忘,也许他们依然记得,在一个秋光熹微的清晨,青春芳华的他们,三五成群,有说有笑,一起走完寓意三生三世都吉利、太平、长庆的三桥。

时间总是跑得太快,春秋朝夕,仿佛一个转身,又一届学生毕业了。因为疫情,他们没有能够像学长一样,游游同里,走走三桥,听听评弹,吃吃美食。不过也好,留个念想,等学成归来,而立不惑,听雨歌楼也不迟。

白日的同里风华绝代,夜色下的同里绝代风华。

月华皎皎,明澈如水。天上一个月亮,水中一个亮月;人间万千灯火,水中灯火万千。步移景异,放眼望去:郁郁葱葱的香樟,秀颀于两岸;高高低低的房屋,错落在河畔;斑斑驳驳的光影,倒映在水中。灵动又安逸,恬淡又闲适。近岸,河里有流水,流水有鱼虾,鱼虾有人家,人家有烟火。难怪有人说,同里是一座"活着的古镇",是一段"笃定的时光",是一个"活色生香"的梦。

你看,那一半是河一半是岸,一半是物一半是人,不正像一位丹青圣手，处处画景吗？那一半是光一半是影，一半是明一半是暗，不正像一位行摄大咖，时时写意吗？那一半是实一半是虚，一半是动一半是静，不正像一位青年才俊，字字传情吗？

夜晚的同里，张灯结彩，霓虹闪烁，更像一位披金戴银的新嫁娘，羞羞答答，影影绰绰。娇艳中多了几分妩媚，绰约中多了几许风姿。青蓝色天空的那一轮皓月，不正是爱的信物与见证吗？夜风吹漾，水波摇拂。古镇古色古香的韵味，经过千年岁月的沉淀，弥散在水乡静谧的夜空中，虽然看不见，摸不着，只要身处其间，融入其中，点点滴滴都能感受得到。店铺的大红灯笼，沿河的飞檐翘角，粉墙黛瓦，石桥驳岸，统统倒映在粼粼的、黝黝的、脉脉的、潺潺的水波之中，宛如一座建在水中的仙殿宫阙，又如一座美轮美奂的海市蜃楼，令人心驰神往。

千百年来，日新月异的时代进程，并未彻底改变古镇同里的生活脚步。闲云野鹤惯了的同里人，从来不和时间赛跑，也从来不和外界争名夺利，他们只是默默地，以自己约定俗成的节奏，以自己缠绵蕴藉的情调，以自己细水长流的气质，优雅地享受着时光老人的馈赠与包浆。而时间，也似乎分外垂青这个古朴清雅的小镇。它努力保留着小镇原有的建筑与风貌，即便是一条老街，一座宅院，一间茶楼，将每个人与同里的每一段时光，都保留在一砖一瓦、一草一木之中。因此，无论外面如何喧闹繁华、灯红酒绿，与世无争、清闲自在、退思隐逸，始终是同里日常的主旋律。

就这样，于同里古镇，于水畔月下，时光都变得不疾不徐起来。此刻，我们什么都可以想，什么都可以不想；什么都可以拿起,什么都可以放下。逐步放缓匆忙低头赶路的脚步,等一等,再等一等被我们日益遗失的灵魂。毕竟,生命中有比生命更重要的事情,比如远方,诗歌与爱。虽然二十多年兜兜转转,我已不是从前的我,你也不是过去的你,但是我们还是曾经的我们,这就足够。虽然未曾上得"江南第一茶楼",但临街傍水看月,临河凭栏听风,也别有一番趣味。眼前一壶香茗,两碟点心,三盘干果,耳畔无丝竹之乱,手边无案牍之劳,且能够得闲促膝相对,不慌不忙地品景赏物,话家语国,谈天说地,已是人生之大幸事。更何况,数十年来,无论滔滔不绝,还是不言不语,彼此都不会觉得尴尬,这才是真正的好朋友,一如我们心有灵犀的友情。

霭霭的夜色,暧暧的云朵,携着薄薄的水雾,沿着黛色的檐角,一层一层轻轻滑落下来。忽明忽暗的光线,由近及远,一圈一圈慢慢晕染开来,古镇的轮廓也由淡而浓,璀璨起来。满怀知足与欣慰,我们继续沿着河道,用脚步丈量历史,用眼睛触摸名胜,用耳朵聆听人文。一条300米左右的穿心弄,首尾宽阔,中间狭窄,成了本次同里夜游的完美句号。

"穿心"者,"串心"也,意即一见倾心,怦然心动,心意相通,心心相印等。抬头,投影在粉墙上的两颗红心,被爱神丘比特之箭双双射中。绚丽变幻的色彩,循环播放的影像,吸引无数游客驻足留念。有妙龄少女,也有中年妇女、白发老妪;有翩翩少年,也有半百壮年、霜鬓老翁;还有金发碧眼的外国人。想来,爱是人类永恒的主题,不分种族、国界、年龄、性别。无论开阔处的并肩携手,还是狭窄处的亦步亦趋,前后相跟,都像人生途中的坦途与逆境,只要彼此同心,其利断金,只要双向奔赴,用心经营,幸福就会如一江春水,日夜向东流去。

夜里,同里。

同里,梦里。

夜雨东林渡

水是江南的灵魂,纯净、温婉;雨是江南的韵脚,鲜活、跳脱。

在微凉的秋雨之夜,抵达太湖之滨的东林渡。眼眸流转间都是岁月的沧桑,举手投足处都是历史的变迁。

才晚上六点多钟,偌大的村庄,几乎觅不见一粒人影,许是飘雨的缘故,许是"日出而作,日入而息"的农耕传统。只有远处几声田园的犬吠,像梦中人的喃喃呓语;几点路灯黄晕的光影,像瞌睡人的眼,朦胧隐约地装点着静谧的水乡之夜。

穿着高跟鞋,撑着小花伞,披着细密如银的雨帘,久别而归的游子似的,缓步彳亍在青石板路上,像一只夜行的猫咪,紧张又兴奋,迟疑又雀跃,生怕,一不小心,狂跳的心声会打扰这世外桃源般的乡根生活。

哒——哒——哒,清脆的足音从地面一波一波徐徐传来;沙——沙沙——沙沙沙,缠绵的雨声,自上而下,恣意地拨弄着大自然的天籁之弦。时不时,驻足,屏息,感受青瓦的灰,粉墙的白,碧树的绿,还有光泽油亮如少女青丝的细雨,或者是老妇如雪的鹤发银丝。此时此刻,云与雨,天与地,两厢唱和,合奏出一阕层次分明的夜雨情歌,献给水乡江南,献给从远古一路走来的太湖村落。曲调柔媚婉转,速率张弛有致,节奏高低错落,跌落在东林渡黑色的万亩沃土上,沦陷于游子多愁善感的心湖里。星星点点,激荡起一层又一层战栗的涟漪。虽滴滴微澜,却濡湿了数十年望穿秋水的眼。

冷雨凄风,宛如无情之时光,"朝如青丝暮成雪",让人步步惊心,纵白马长鞭,也难挽朝夕如梭的脚步。世事无常,"此情可待成追忆,只是当时已惘然"。人总要学会自己长大。走吧,走吧,阳光下固然要恣意奔跑,阴雨天也没有理由止步不前。只有面朝灯火的方向,才会把阴影抛在身后。

忆起儿时的雨夜,总会趁阿婆不注意,小心翼翼把手伸出浅褐色的木格窗棂,让雨水在粉嘟嘟的手心里汇聚成一个小涡,然后把手缩回来,学着小猫,伸出舌头"唾吧唾吧"地舔掉,并装模作样用舌头在嘴边顺时针舔一个圆圆的圈,才意犹未尽地在"雨点小夜曲"中酣甜地睡去。如今,最爱我的乡下阿婆早已永远睡去,只留下不惑之年的我,无比清醒地疼痛在高楼林立的城市里,尤其,在这样相似的雨夜,在这样熟悉的场景。下意识地用另一只手抱紧擎着伞的臂膀,像当年阿婆紧紧搂抱着瘦小的我一样。把伞往右微微倾斜,以免缠绵的夜雨淋湿阿婆蓝色的印花布衫……突然,一阵风过,翻转了伞面,脚下一滑,一个趔趄,险些摔倒,脱口惊叫一声"阿婆",用力握紧伞柄,以为是阿婆瘦骨嶙峋的手。冰冰凉凉，几朵雨星飘进眼睑，这才如梦初醒。

摇摇头，努力睁大眼，定睛细视：雨，一点一点，闪闪亮亮，翻飞舞动在眼前，像千万只伶俐的萤火虫，像千万颗滑落的流星，像千万颗施华洛世奇的碎钻，在玄色的夜幕下，熠熠生辉，显得格外生动靓丽。痴痴傻傻地想：阿婆会是天上的哪一个雨滴？情不自禁伸出手，像儿时一样，欲揽她们入怀。她们很快聚拢过来，在我柔软的手心里，蜻蜓点水地轻轻吻一下，旋即，随风嬉笑而去，不做片刻的停留。我知道，她们的家在大地的肌理深处，在大海的扬波深渊。或者，趁机钻进我温暖的衣袖，一边和我玩着捉迷藏的游戏，一边清凉我燥热驿动的心田，我灵巧地一侧身，伞面朝外，拿着伞柄轻轻一转，她们便又如万道射线，蹦蹦跳跳，一个接一个，四散开去，我也躲进了乡根厨房。

近视眼镜被屋内蓬勃蒸腾的热气瞬间笼罩，仿佛跌进芬芳的温泉。眼睛看不见，耳朵则更灵敏，嗅觉也更敏锐。朋友们亲切熟悉的南腔北调，意气风发的高谈阔论，黄梅戏、秦腔、越剧、昆曲、横泾小调，此起彼伏。从来不需要预热，文友一个眼神，一句问候，就可以迅速蒸馏过滤掉夜雨的清寒与孤寂，"岑夫子，丹丘生，将进酒，杯莫停"，把酒对歌，欢饮达旦，宾主尽兴。吴人曰："山中鲜果海中鳞，落索瓜茄次第陈。佳品尽为吴地有，一年四季卖时新。"烟雨江南，物产丰饶，春夏秋冬，不时不食。散发着原木清香的餐桌上，横泾米，太湖虾，小青菜，生态鸡，黑毛猪，野生鱼，炒螺蛳，糯米酒，白米粥，小圆子……无一不是阿婆的独家味道，无一不是儿时的美好记忆——风吹麦浪，蛙鸣稻香，水乡国色。中年还乡，归园田居，已然不是当年意气风发的少年郎。魂牵梦萦的往昔,一幕幕,只能在乡根、在东林渡、在血糯黄酒的熏染中酝酿再现,旧梦重温。

是夜,雨一直在下。

淅淅沥沥,滴滴答答,叮叮咚咚。

原生态的本色阁楼上,椽梁分明。没有沙发,没有电视,只有一张床,一盏灯,但是洒扫得很干净。脱掉长筒靴,盘腿坐在松软的床铺上,嗅着被子上香喷喷的太阳味儿,质朴温暖,慵懒安恬,心底无比的宁静。打开手机里的梵音,静静地聆听着窗外的冷雨,寄身于此,放空身心,禅修自我。原来,删繁就简,清心寡欲的生活,更贴近真我的初心——返璞归真,逍遥自在,随心所欲不逾矩,幸福就隐匿在小小的改变与尝试之中。既然,人生早已过了"少年听雨歌楼上""为赋新词强说愁"的年纪,"而今识尽愁滋味",独卧乡根别院间,没有风吹雨打,也无阴晴圆缺,不如像东坡居士一样,"竹杖芒鞋轻胜马,谁怕?一蓑烟雨任平生"。随缘自适,乐观旷达,静候阶前夜雨,点滴到天明。

东林渡,这是一个你一旦来过,就永远不会忘记的所在。

天青色等烟雨,我在乡根·东林渡等你。

手抓羊肉

北风一刮，宣告要冬日进补了。论食补，当然非羊肉莫属。

我工作的单位旁边，有一条养育巷，旧名羊肉巷，曾经因为有很多家羊肉小吃店而得名。每天上下班，从古城区到吴中区，看着马路两旁金色的银杏树和满大街的藏书羊肉馆，总会想起宁夏的手抓羊肉。

在宁夏银川，国强手抓、宁味楼、老毛手抓等，都是妇孺皆知的特色饭店。在当地老百姓的日常家宴中，手抓羊肉也是每一个家庭主妇或者煮夫的看家菜，是款待亲友的一道杠杠的硬菜，也是很见厨艺和功夫的大荤。

相传，手抓羊肉有近千年的历史，是我国西北蒙、藏、回、哈、维、东乡等游牧民族喜爱的传统食物。后来，才日渐风靡内陆沿海，城乡里弄，成为男女老少大爱的美食。

平日里，常听人们说："羊大为美，鱼羊为鲜。"那是从古汉字的结构而言。东汉学者许慎《说文解字》写道："美，甘也。

从羊，从大。羊在六畜主给膳也，美与善同意。"其解析了美善的两个基本特征：一是作为原始祭祀仪式的神性；二是作为生活饮食的滋味。但，手抓羊肉的选料，并非"羊大"就好。在西北五省中，以宁夏盐池的滩羊和海原的山羊首屈一指。公羊母羊皆可，以公羊为上，山羊更佳。一般选择6—8个月、20斤左右的羊。如果是40天左右、10斤左右的羊羔，那就是人间极品。

先将宰杀好的羊，去除内脏、头、尾、四肢，再切成二寸长、五分宽，1千克左右的肉块，投入清水中，用旺火烧开，撇去浮沫，把肉块捞出来洗干净。然后，再换清水第二次烧开，放入肉块，加花椒、小茴香、八角、桂皮、杏仁、陈皮、葱段、姜片、精盐等调料，等汤烧开了，盖上锅盖，用微火炖煮，大约一个半小时，直到拎起骨头，手腕轻轻一抖，骨肉分离，即可起锅装盘。

锅盖掀起的刹那，鲜香四溢，羊肉特有的美味，沁人心脾，瞬间可以淘尽所有一地鸡毛的俗世烦恼。

当然，手抓羊肉的炖煮器具也颇有讲究。很多人家一般用不锈钢或铝锅，用煤气或天然气加热。在农村，在土灶，用铁锅，用草木锅盖，以果树稻草，烧出来的菜和饭，带着大自然的清香，还有太阳的芬芳，那味道是高压锅和日本魔法电饭煲都无法企及的。记得有位四川的朋友，讲起家乡的土熏腊肉，说一定要用柏树锯末或者枝条树叶进行熏烤，才会有不可替代的特殊香味。看来，南北不同俗，但对待食物的虔诚与认真都是相通的。

现在，越来越多的人，还时兴用砂锅炖煮，让羊肉的香味在密封的容器里，不断凝聚、沸腾、厚重、浓郁、持久，营养成分也不容易流失。

作为上班族,白天没有时间,大多放在晚上煮肉。家里的小孩子,做作业也不定心,禁不住肉香往鼻子里钻的诱惑,搬个小板凳,眼巴巴地盯着锅子,直到熬不住,睡着了,口水顺着嘴角流下来。有些性急的孩子,趁大人不注意,顾不上烫,偷偷夹一块肉,躲到房间里咂吧咂吧地啃。那些没到火候的肉,估计是半生不熟的,但等待与提前品尝饕餮美味的心境是曼妙的。其实,眼观六路耳听八方的大人们,早就看在眼里,只是假装不知道,心里暗笑:小样儿,就让你们偷着乐一回吧。寻常人家,挚爱亲情,溶于血、浓于水,就在一日三餐的烹饪里酝酿、发酵。

羊肉煮好了,"吃"已经不再单纯为了果腹,更多是一种感官的享受。

有的人,喜欢原汁原味,蘸一点淡盐水,就迫不及待地塞进嘴里,津津有味地大嚼起来。

有的人,喜欢色香味俱全,那就蘸上自制的调料:芝麻酱、豆腐乳汁、腌韭菜、酱油、醋、香菜、葱花、蒜泥、辣椒油等,大快朵颐吧!

有的人,喜欢热吃,那就趁热吃。

有的人,喜欢凉吃,那就放冷了再吃。

有的人,喜欢煎着吃,那就用平底锅,像韩国烤肉一样,边煎边吃。

有的人,喜欢烫着吃,那现做一个羊肉火锅。

…………

当饮食成为文化,成为艺术,其最高境界就是顺其自然,随心所欲，各取所好。

顾名思义，手抓羊肉即用手直接抓取羊肉来食用。一般用左手大拇指、食指、中指抓起食用。最好吃的并非精肉，太柴，也容易塞牙，一定要带一点儿肥肉，才更加润泽滑爽。当饥渴的味蕾，遇到鲜嫩的羊肉，仿佛飞到了久违的草原，草的青，花的甜，水的清，太阳的暖，在舌尖荡漾，在齿颊缠绵。轻轻咬下去，白云般绵软的油脂，溢满齿颊，浸润着火候恰到好处的精肉，那将是"金风玉露一相逢，便胜却人间无数"的心满意足，烟火人生的小确幸瞬间爆棚。

右手当然也不会闲着，通常用来拿刀切分肉，这样的吃相会显得比较斯文一些。就像吃西餐，右手拿刀，左手拿叉。手抓羊肉，是用手代替了叉的功能。

如此吃法，有点像新疆的手抓饭，在内地饭馆，用勺子吃就可以，在当地，无论是出于对主人、对风俗、对食物的敬重，最好还是入乡随俗。像婴孩一样回归原生态的吃法，用清洗干净的手抓来吃。吃完，吮吸吮吸手指，也是别样的异域体验和风情。

当然，也有左撇子，用左手拿刀，右手抓的，还有两只手一起抓来吃的，个人习惯，不做强行要求。但是，在印度，左手是不洁的象征，所有的食物只能用右手抓取，不可更改，吃货们一定要谨记各个地方、民族的忌讳，以免引起误会，还会贻笑方家。

按照老祖宗的说法，手与食物直接接触，才能保证肉味的正宗，这是对食物的敬畏。有一次，品尝陆文夫之婿姜先生的厨艺，席间，有一盆清蒸南瓜和玉米，食材是姜先生从无锡农村带来的。时任苏州美食家协会会长的华永根先生，一边用手抓，一边说："吃这些农家杂粮时得用手，亲力亲为，我一直感觉，凡是吃的东西能用手抓着吃的，都吃得香，有滋有味，这可能与人类吃食本能有关。"（《苏州杂志》2017年第5期）。的确，从科学角度，用手抓食物，可以直接感受食物的温度，不至于因为太烫而引发各类食道疾病。另外，一次性手套看似干净，塑料本身的来源及其滋生的细菌，以及后续的白色污染，都是必须引起我们重视的问题。否则，哪里有青山绿水留给我们的后代，我们的后代又到哪里才可以吃到正宗的手抓羊肉呢？

这样看来，手抓羊肉符合生态美学的理念："羊肉"是绿色的，"手抓"是绿色的。吃下去，火红滚烫的心像宁夏花儿一样怒放萦绕，眼前、梦里是一碧万顷的银川平原，还有巍峨雄伟的贺兰山脉。

今晚，断崖式的寒潮来临。宁夏太远，不如来养育巷吃碗热水浦烫的羊肉汤，重青，加白菜，加细粉，有人约吗？

绿蚁甜醅子

食物是一种很神奇的东西，它总能在不经意间触碰内心最柔软的角落，唤起根深蒂固的舌尖记忆与思乡情绪。一碗酒酿小圆子会让一个江南女子夜不成寐，一碗燕麦甜醅子则能让一个西北汉子牵肠挂肚。

在广袤的大西北，每年端午节前后，气温开始回升，天气开始转暖，家家户户便准备制作甜醅子，和粽子一起，感恩亲朋好友的帮助，犒劳家人的辛勤付出。那时候，外婆会包着花头巾，挪动着三寸小脚，挑洗颗粒饱满的莜麦、燕麦和大麦，准备做甜醅子。她先把选好的莜麦和燕麦，装入袋子里用力摔打，然后放在竹簸箕里，一遍一遍地用手揉搓，直到去尽浮皮，用水淘洗干净，浸泡一整夜，放到铁锅里，加水，先猛火烧，再小火焖，煮至八成熟，拿出来冷却，再按比例加入酒曲搅拌均匀，最后，盖好盖子或被子，放在电热毯或热炕上，保持恒温，待其慢慢发酵。

孩子们常常争先恐后邀请甜醅子同床共眠,天天独享扑鼻的酒香。被孩子们日夜小心翼翼守护"娇惯"过的甜醅子,似乎也带有了奶香奶气。这让人不禁想起苏州洞庭东山的碧螺春,传说中,经由采茶少女披着晨雾,踏着朝霞,用巧手采之,以体温暖之,其会变得芳香异常。说法当然不足信,大概率,也是茶农父母督促孩子积极参与农活、"自己动手,丰衣足食"的一种说辞吧。

不过,生活中,很多物或事一旦和"孩子"关联,那都成了津津乐道的大事和趣事,也便有了更多美好的想象和联想。比如:孩儿菜又叫娃娃菜,听着就娇嫩无比;孩儿枕以孩儿背做枕面,想着就能酣睡到天明;孩儿面擦脸油,仿佛看得出的吹弹可破;孩儿莲顾名思义的小巧玲珑,粉嫩如面;女儿红必然也寄托着父母的殷殷期望……但,那几天,在甜醅子铆足劲儿偷偷酝酿发酵的美梦里,一家人确实睡得特别香、特别沉。

满怀希冀的焦急等待,让从麦粒到甜醅的过程显得格外漫长,也格外美好。三五天后,当一股浓郁的酒香幽幽散出之时,甜醅子也就做成了。几个小脑袋,围着外婆,半张着嘴,口水马上都要掉下来了。掀开盖子,一粒粒发酵过的莜麦、燕麦、大麦,白生生、黄灿灿、蜜汪汪、水亮亮,醇香、清凉、甘甜、粒粒Q弹,轻咬一下,在口腔里迸开,醅汁四溅,甘甜如饴。

在我看来,江南纯糯米制作的酒酿,犹如柳永之词,适合十七八岁的姑娘,拿着红牙板,歌唱"杨柳岸晓风残月";西北混搭了莜麦、燕麦、大麦的甜醅子,则酷似东坡之词,须关西大汉,用铜琵琶、铁绰板,歌唱"大江东去"。但制作程序同样需要绣花功夫，来不得半点马虎，否则前功尽弃。所以，普通人家一般每次会制作全家吃三四天的量。拿取的时候，一定要用干净的筷子或勺子，否则"娇贵"的甜醅子容易发生霉变。吃不完的，现在有冰箱，过去必须放在阴凉的地方储存，不然，"娇嫩"的甜醅子遇高温也会霉变。辜负了家庭主妇的辛勤劳动不说，糟蹋了粮食可是万万使不得的，更何况在连碗底都要伸长了舌头舔干净的年月里呢。当然，如果谁家的姑娘心灵手巧，做的甜醅子品相好吃口好，还可以拿到集市上去卖，换几根花头绳或漂亮的发夹，说不定，还能遇到一份天赐的姻缘呢。

次日，再想吃的时候，可以直接用凉白开冲泡。还可以在锅子里加点冷水，烧开，再卧一个荷包蛋，沸腾的麦香，氤氲的酒香，弥漫的蛋香，怎一个"香"字了得！物资匮乏的年代，这可是女人坐月子才有的待遇呢。如今，最新发明的吃法，是把一杯酸奶倒进甜醅子里，巧克力色的甜醅子在乳白色的酸奶中，产生微妙的化学反应，一层细密的奶沫，靠近并拥抱每一粒饱满圆润的麦粒，慢慢成了渐变色，视觉效果更加柔和，像笼着轻纱的梦，醇厚的口味，沁心的口感，则更像初恋，酸酸甜甜，每一次回眸，每一次对视，都有说不完的故事。

"先人智慧苦中汤，一碗甜醅暖愁肠。"甜醅子真是神奇而有魔力的家常美食，老少咸宜，四季可吃。天热时，能静心提神，解暑消夏，增加食欲；天冷时，能暖胃壮身，活血化瘀，红润面色；不冷不热时，能口舌生津，去除倦意，气爽神清。而且，甜醅子还是食疗佳品。它富含蛋白质以及益智发育的赖氨酸。且莜麦、燕麦和大麦等食物纤维，含热量极低，能延缓餐后血糖上升速度，是糖尿病患者的福音。其中的水溶性膳食纤维，能产生大量益生菌，像酸奶一样有效改善肠道功能。加之，它能减少肠胃吸收脂肪酸的速度，降低人体胆固醇的合成，所以，甜醅子对血脂异常的人群降低胆固醇也有显著作用呢。

西北有句顺口溜："甜醅甜，老人娃娃口水咽，一碗两碗能开胃，三碗四碗顶顿饭。"的确，一碗甜醅子，不是主食却胜似主食，不是酒却充满酒香。段玉裁的《说文解字注》云："醅，醉饱也。"释义为：醅，没过滤去糟的酒；泛指酒，醅酎（美酒），醅瓮（酒坛子），醅面（浮在酒面上的绿色泡沫）。因此，甜醅，就是大西北版本的米酒，味道比纯米酒更清凉、更爽口、更甘甜，充溢着浓浓的谷麦香。甜醅子，当然是其昵称，像父母把孩子叫"宝宝""囡囡"一样。

千年前，落拓潦倒的杜甫，即便家徒四壁，也要倾其所有，用"醅"款待客人，与君对酌，一醉方休："盘飧市远无兼味，樽酒家贫只旧醅。肯与邻翁相对饮，隔篱呼取尽余杯。"（《客至》）；在长安久居不易的白居易，对新醅酒欢喜有加，还专门写诗："绿蚁新醅酒，红泥小火炉。晚来天欲雪，能饮一杯无？"（《问刘十九》）。

今夜，无雪，你却如期而至，在梦里。亲爱的外婆，在您离开的30年里，我走南闯北，但始终未能吃出和你手制一样味道的甜醅子，那是专属于您的"祖母绿"。余生，关于您和甜醅子的记忆，将永远定格在那个飘散着浓郁谷香、甜香、酒香的宁静的夏天。

黄河里最靓的仔

君不见，黄河之水天上来，奔流到海不复回。君不见，九曲黄河万里沙中的"跳水冠军"，背部稍暗、腹部色白、金鳞赤尾、体型梭长、线条优美的黄河鲤鱼，是众多鱼类中"最靓的仔"吗？不但养眼，而且养颜。

《诗经》中早就有"岂其食鱼，必河之鲤"之说。想想也是，每天穿梭在湍急奔腾的河流里，顺流溯回，时不时腾空高高跃起，日积月累，想不健美都难。一身的"腱子肉"，劲道细腻，营养丰富，鲜嫩健康也就不足为奇了。有精确的数据可作参照：黄河鲤鱼的蛋白质含量高达17.6%，脂肪含量仅有5%，含有人体必需的8种氨基酸，4种鲜味氨基酸，3种人体必需的微量元素铁、铜、锌，以及大量的钙、镁、磷等元素，是热衷食疗养生者不可多得的珍贵食材，是当地人餐桌上不可或缺的家常美味，也是外地游客心心念念的绝色佳肴。

素有"铜头铁尾豆腐腰"的黄河，以得天独厚的河道、滩涂、地形、地貌等，一路蜿蜒向东，哺育出宁夏、山西、陕西、河南、山东的"中国五大名鲤"。黄河鲤鱼，与松江鲈鱼、兴凯湖鲌、松花江鳜鱼，被誉为"中国四大名鱼"；又与松江鲈鱼、太湖银鱼、长江鲥鱼，并列为"中国四大名贵淡水鱼"。

关于黄河鲤鱼的传说，听得最多、流行最广的当数"鲤鱼跃龙门"。善于观察的古人发现，每年到了春暖花开的时候，黄河鲤鱼就会逆水而上，在龙门形成跳跃的群体，但在瀑布以上，由于水流湍急，水势浩大，没有任何鱼类可以登上。于是，古人便想象那些鲤鱼跳过龙门以后，变化成腾云驾雾的龙，升天而去，没有跳过的，继续回府修炼。口耳相传之后，便有了些文字记载。例如，《埤雅·释鱼》："俗说鱼跃龙门，过而为龙，唯鲤或然。"《本草纲目》称："鲤为诸鱼之长，形状可爱，能神变，常飞跃江湖。"清代《辛氏三秦记》记载："江海大鱼薄集龙门下，数千，不得上。上则为龙，不上者为鱼，故云曝腮龙门。"就连唐朝大诗人李白，也专门写了一首诗："黄河三尺鲤，本在孟津居。点额不成龙，归来伴凡鱼。"之后，民间多以"鲤鱼跃龙门"比喻中举、升迁、发财等阶级跨越、飞黄腾达之赏心乐事，又比喻不甘平庸、逆流前进、奋发向上、勠力拼搏的精神品质。

宁夏地处西北内陆。其南部山区，干旱少雨，鱼并不多。其北部平原，湖泊众多，星罗棋布。于1955年才开始在银川北门外进行水产养殖。鲤鱼以不择水而居的顽强生命力，成为黄河里的"明星物种"，成为人工养殖的首选。2020年6月，习近平总书记视察宁夏，就充分肯定了宁夏的地标产品"银川鲤鱼"。

的确，在宁夏，"无鲤不成席"，家里来了客人、乔迁升学、红白喜事，都离不开鲤鱼。很多老百姓，逢年过节，即便没有鱼，也要用面粉做一条鲤鱼，用木头刻一条鲤鱼，墙上也要贴一张胖娃娃怀抱鲤鱼的年画，配有红花绿叶的莲藕，或者大寿桃，寓意"吉庆有余""年年有余""绰绰有余""鲤鱼送子"等，这是面朝黄土背朝天的老百姓，最朴实的生活愿望：人畜兴旺，家有余粮，手有闲钱，幸福和美。现如今，黄河鲤鱼之银川鲤鱼，俨然成了宁夏的一张生态名片。去宁夏不吃黄河鲤鱼，一如游苏州不去虎丘一样，都乃人生一大憾事也。

相形之下，南方人是幸福的。错综复杂的水系，养育了品种繁多的鱼类。南方人日常吃的是"桃花流水鳜鱼肥"的鳜鱼，"江上往来人，但爱鲈鱼美"的鲈鱼，"蒌蒿满地芦芽短，正是河豚欲上时"的河豚，乾隆下江南用以做"豆瓣汤"的塘鳢鱼等。他们基本不吃鲤鱼，因为鲤鱼有一股泥腥气。但是，对于"天下黄河富宁夏"的当地人而言，吃鱼选择最多的，除了沙湖鲢鱼头，就是黄河鲤鱼。

其实，黄河鲤鱼有没有泥腥味儿，关键在于如何去泥之腥和鱼之腥。

我的母亲做鱼，远近闻名。她常选用鲜活的黄河鲤鱼，去鳞、剖腹、去内脏，洗净；在鱼脊上切成斜刀纹，裹面粉芡糊，放入油锅炸到金黄色，头尾翘起，捞起装盘，浇以另外烹制好的糖醋调汁而成。色泽明亮，香气扑鼻，外皮焦香酸甜，肉质鲜嫩爽滑，美味可口。母亲用最传统的"一招鲜"，成就了儿女舌尖上最浪漫、最风情的"家"的记忆。记忆中，母亲在杀鱼之前，每一次都先要把鱼养在盆里，滴几滴食用油，促使它们把肚子里的泥沙吐出来，谓之"吊水"。这有点像在南方烧螺蛳和龙虾之前，要先在清水里养一养，是一样的道理。烹饪的时候，需要放京葱、蒜瓣、生姜、芫荽、陈醋、料酒、白砂糖等，以去除鱼本身的腥味。

黄河鲤鱼的肉，虽然没有鲫鱼的鲜美，但鱼骨比鲫鱼的大而粗，吃起来相对容易。鲫鱼最好吃的是和豆腐或者粉皮一起烧汤，白嫩爽滑如牛奶，是大补之物。鲤鱼则更适合红烧、糖醋、蒜爆、焖烧，不宜清蒸，也是为了扬"鲜"避"腥"。

据《本草纲目》等古代医书所述，黄河鲤鱼还是入药的补品，具有养肝补肾之功能，可以养血、益气、安胎、下乳，并对孕妇水肿、月经不调、中耳炎、赤眼病等，有一定疗效。在"以鱼为生"的日本岛，流行一句俗语："吃鱼让女士更漂亮、男士更健壮、孩童更聪明、民族更兴旺。"看来，这是有一定的科学依据的。

也许，日常以牛羊肉为主的宁夏人，给外地人一种"金戈铁马，气吞万里如虎"的彪悍印象。那是因为每个人心中都有别人看不见的山水江湖，毕竟"子非鱼，安知鱼之乐"，毕竟"子非我，安知我不知鱼之乐"。貌似粗犷的宁夏人，也可以将"铁马秋风塞北"的阳刚壮美，与"杏花春雨江南"的阴柔秀美，在一尾红烧黄河鲤鱼中相融相合，在一段静美素简的光阴里相亲相爱，在建设美好家园的拼搏中相守相望。他们，不也是黄河岸边最靓的仔吗？

碧油煎出嫩黄深

这些年，走南闯北，吃过很多地方的馓子。

有甜的、咸的、辣的、麻的，有长椭圆、麻花状、带花边、蝴蝶形的，可以馓子泡汤、烙饼卷馓、醪糟馓子等。吃来吃去，念念不忘的还是宁夏的馓子。

当地谚语说："点心香，月饼美，回回的馓子甜又脆。"每逢古尔邦节等喜庆日子，回族家庭都会油炸馓子招待客人，馈赠邻里。当心灵手巧的回族妇女，为宾客捧出股条细匀、香酥甜脆、金黄亮润、轻巧美观的馓子，就像春节的红色对联、福字、灯笼一样，预热和点缀着浓郁的节日气氛。城里乡下，大街小巷、家家户户、门前廊下，到处一派金碧辉煌、金玉满堂、满眼金黄的景象。空气里，弥漫着香甜可口的馓子气息，那是一种质朴醇厚的大麦面香、清淡怡人的胡麻油香，还有隐约的煎炸鸡蛋香、烧烤红糖香、爆炒花椒香、温热蜂蜜香……轻轻一闻，就知道要过节了。

馓子好不好，香不香，脆不脆，关键在于对油温和火候的把握。在宁夏读书时，热心的回族同学经常给我带自家的馓子。吃了馓子，才知道原来"馓子如人"：有的酥脆，是放了很多鸡蛋；有的焦黄，是油温过高；有的皮软，是油温过低；有的粗股，是不拘小节、豪放慷慨；有的细股，是细致入微、细腻善感；有的粘连，是下锅太多……不管怎样，都是奶奶、妈妈、姐姐的味道。口感佳卖相好的馓子，一定是根根金黄笔挺，气泡密集，一是一、二是二，绝不含糊，爽脆可口，粗细均匀的。忍不住折取一支，放在齿间，缓慢咬下，酥脆的馓子便四下散开，混合着太阳的味道和麦苗拔节的声音，"入口即碎，脆如凌雪"（李时珍《本草纲目》），在舌尖两颊开出花来。连忙拱起手心，像苏州人吃蟹壳黄一样，接在下巴处，生怕香脆油酥的馓子屑儿落地，糟践了粮食。

馓子虽细，历史悠长。

据史书记载，馓子始于北朝，距今已有一千四百多年的历史。贾思勰《齐民要术》详细记载了三国两晋南北朝时"寒具"的制作方法："细环饼，一名寒具，脆美。"韦巨源《烧尾宴食单》所列进献给皇帝的食品中，就有"巨胜奴——酥蜜寒具"。南北朝虞悰《食珍录》载，五代时金陵"寒具"即很出名，"嚼着惊动十里人"。又据宋代林洪考证，屈原《楚辞·招魂》中，用"粔籹蜜饵，有餦餭兮"（郑玄注："粔籹乃蜜面而少润者""餦餭乃寒具食，无可疑也"）招待君王的魂魄，不但见证其美味，而且又把馓子的历史往前推了几百年。

"寒具"者，馓子也。"寒具"之称谓，始载于《周礼·天官·笾人》"朝事之笾,其实黄、白、黑……"郑玄注:"朝事,谓清朝,未食,先进寒具,口实奕之笾。"泛指制熟后冷食的干粮。据说与寒食节的来历与习俗有关。当年,介子推随公子重耳流亡十九年之久,在重耳饿肚无食时,曾割股献君,可谓忠心耿耿。但重耳成为晋文公后,论功行赏时却忘了介子推。为此,介子推带母亲去绵山隐居。有一日,晋文公忽然想起介子推,亲自带人寻找而不得,便令放火烧山,想赶出介子推母子。不料,介子推守志不移,不肯见晋文公,母子双双抱木而死。晋文公十分悲痛,迁怒于火,下令介子推死难之日,全国禁烟火,于是就有了寒食节。可民以食为天,三日不许动烟火,又不能生吃,又怕挨饿,于是老百姓创造发明了"寒具"。经过油炸的馓子,酥脆不皮,适宜冷食,又不易变质,成为寒食节当之无愧的美味。

明朝医学家李时珍说,此种食物纤细、喷香、脆酥,"易消散也",故称其为"馓子"。馓子还称"环饼",顾名思义,因形得名。做馓子需要耐心,不能急于求成。刚和好的面团,不能做馓子,必须在合适的温度中静置恰当的时间,让面团变得更加筋道。然后,将发好的面团切成条状或块状,浸润在菜油盆里。接着,从油盆中将泡过的面条,搓细并缠绕在手臂上,绕十圈左右。另一个人双手持长筷将缠好的面条插入,挑起两端再抻长,放到油锅里,先入油烫一下,立即两只筷子翻过,盘成绞丝的长方形,再在油中炸,成型后抽出筷子。要知道,馓子从搓到盘,始终是一圈,没有头,寓意"圆圆满满""长长久久"。所以,不小心搓断了,必须马上接连上。苏东坡曾作诗——"纤手搓成玉数寻,碧油煎出嫩黄深。夜来春睡无轻重,压扁佳人缠臂金",

绘形绘色地赞美馓子的考究做法和娇美的外形。

馓子也叫"馓枝""馓股"。"枝"就是像大树一样，开枝散叶，象征着代代相传的旺盛生命力。传说，元代有位阿拉伯人来中国定居，与当地一女子成婚多年，膝下无子，一次在古尔邦节，向真主祈求赐子，敬献油炸馓子。后得一子，阖家欢乐，第二年孩子满周岁时，众亲友来贺，为感谢真主赐子之恩，特地油炸馓子招待客人，从此之后，凡回民过节或举办喜庆大事都炸馓子庆贺，以示吉利，相沿成习。"股"当然不是"股票""股东"，而是"股肱之力""一股脑儿"，象征家族团结，齐心协力，友爱圣洁。

在民间，黄里透白、白里添金的馓子，不但可以果腹，还可以治病养生。李时珍《本草纲目》云："寒具，即今馓子也。甘咸温无毒，利大小便，润肠胃，温中益气。"用馓子泡汤，佐以延胡索、苦楝子，可以治疗小儿小便不通；如果将地榆、羊血加热后，以馓子汤送下，可以治疗痢疾；产后的妇女，气血两亏，月子里用红糖泡馓子，利于散腹中之淤，有滋补催奶之效。

离开宁夏很多年了，曾经的那些回族同学，也为生活工作而各奔东西，几乎相忘于江湖了。但关于馓子的俗语"吃席嗑馓子，大人娃娃长胆子"，关于馓子"长命百岁""天长地久"的美好寓意，以及那段刻骨铭心的青春记忆，始终萦绕在心头。

爸爸的小度

小时候,父亲对我特别严厉,连一个鼓励的微笑都特别吝啬。他要求我"坐有坐相,站有站相","食不语寝不言",读书、体育、劳动样样要争第一。

记忆中,父亲几乎没有抱过我。勉强算的话,唯独有一次,是我爬上屋顶捡沙包,怎么也下不来,父亲正好下班看见,伸手插在我的两个胳膊下,把我成功解救下来了。

长大读书,虽然我有保送当地大学的资格,但我毫不犹豫地放弃了,我只想远走高飞,远离家,远离父亲,再也不受他法西斯一样的高压约束和管教。

大学毕业后,顺理成章地在苏州工作,成家,有一种从未有过的、倦鸟归林、自由呼吸的酣畅淋漓,但似乎也没有想象中的那么快活。一年最多回去两三次,每次匆匆忙忙三五天,说是去父母家度假,仍然像是去军训。

平日里,我和父母之间,最多的联系方式就是电话。

每次打电话，如果是爸爸接的，我会简单问候一两句，然后说："爸，我妈呢？""老太婆，女儿电话！"然后我和妈妈山高水长地聊天。

如果是妈妈接的，我和妈妈聊完了才顺便问一句："妈，我爸呢？"想着不能厚此薄彼，和爸爸说几句话。"你爸在阳台上晾衣服呢。"

有一次，和妈妈聊完，想起来要和父亲商量点工作上的事情。"妈，我爸呢？""你爸在阳台上晾衣服呢"。我忍无可忍，大半年没有听到父亲的声音了，明摆着父亲不想和我说话，便很恼火地质问妈妈：

"我爸怎么永远在阳台上晾衣服？"

"你爸真的在阳台上呢。"

我一度认为父亲是不爱我的。

记得十五年前，生活的变故，让我身心俱疲。第一次独自带着女儿坐长途汽车去父母家，与其说看望父母，不如说是暂时的逃离和休养。

那天天气很热，汽车晚点了。我看见父亲时，父亲的衬衫都湿了。我们父女好久没有单独面对面了，加之一直以来我们父女之间就没有别的父女之间那么热络。我很拘谨地喊了声"爸"。父亲说："你抱好小囡。"然后，他接过我手中的拉杆箱，径直往前面走了。

看着父亲已经有些佝偻的背，还有衬衫上渗出的盐渍，我的鼻子一酸，眼泪簌簌地流下来了。怀中的女儿问："妈妈怎么了？"我撒谎说："妈妈眼睛里飞进小虫子了。"那一刻，我生平第一次读懂了朱自清的《背影》。

出站后，我伸手去拦出租车。父亲说："不远，我带你们坐公交车，顺便看看城市的变化。"到家才发现，父亲的"不远"，是转了两趟公交车，路上花了50多分钟。

到家后，母亲已经烧好了一大桌我和女儿爱吃的菜。我们迫不及待洗手吃饭，父亲则在边上大口大口地喝水。

我喊："爸，快来吃饭！"

母亲说："让他喝吧，老头子渴坏了。你爸担心汽车先到，让你们等得着急，提前两个小时就去出站口等了。出门前，又怕找厕所错过接你们，连水都没敢多喝几口。"

"老头子啊，你每个月一万多的退休金，宁可在大太阳底下傻等那么久，就不知道买瓶矿泉水啊？"母亲嗔怪又揶揄地说。

"一瓶矿泉水就是一趟单程车票。"

无意间的一句话，却让我鼻头好酸。父亲对自己如此节省，但是，我结婚，买房，买车，生孩子，他都非常慷慨地赠予他年收入几倍的钱财，我生日，女儿生日，或者除夕，他给的红包一直是最大的。

那天，旅途劳顿的我，怕女儿被电风扇吹感冒，睡眼惺忪中本能地给她盖被子。迷迷糊糊，听到父母在隔壁房间的对话。

"老太婆，女儿以前可是婴儿肥，现在怎么黑瘦得像个猴子？"

"唉，一个人又要上班，又要带孩子，不容易。"

"这几天，你多买点女儿喜欢吃的大黄鱼、蛏子、海参，给女儿好好补补，不要怕花钱。"

"还有，明晚，你把小囡带过来，和我们一起睡。让女儿睡几个囫囵觉。"父亲说。

"你行吗？你不是最烦孩子吵啊。"

"我白天可以补觉。女儿实在辛苦，我于心不忍……"

"你这人，明明心疼女儿，又从不给女儿好脸色……"

"还有，走的时候，别忘记给小囡个大红包啊，你看女儿的衬衫还是几年前我去香港给她买的……"

泪水再一次涌上来，滑落脸颊，打湿了枕席。

打我懂事起，我就知道，父亲并不喜欢小孩子，我小时候都没有和父亲在一张床上睡过，都是母亲带我单独睡的。

曾经，我也怨恨过父亲，觉得父亲是一个情感冷漠、自私自利的人。他不像别的父亲，把孩子扛在肩上，背在背上，抱在怀里，对孩子嘘寒问暖，谈笑风生，甚至当我学走路、学自行车摔倒了，他看见了都不扶一把。

多年后，当我一个人，勇敢地活成一支军队，独自迎接外界的妖魔鬼怪，无所畏惧，笑傲江湖的时候，我特别感谢父亲，是他从小训练了我强大的内心、坚强的意志，铮铮铁骨，风吹不倒，雪压不垮。

今年国庆，是父亲的八十大寿，我专程单独回去庆贺。

父亲的头发已经几乎全白了，耳朵也有些背了，牙齿只剩下五颗，每次只能吃些流质汤水了。这几年，父亲越来越不愿意到饭店去吃饭，有时候，为了不扫大家的兴，勉强去了，也是吃点土豆泥、汤泡饭之类的。

但只要出门，父亲每次都要把自己收拾得光鲜亮丽，西装、领带、戒指、手表、皮带,他说:"这是对别人的一种尊重。人老了,更应该弄得干净清爽。不要被别人嫌弃。"

那天吃完饭,大家一起去打乒乓球。八十岁的父亲挥舞着球拍用力扣杀时,我们一个个提心吊胆。母亲急得在边上一个劲儿喊:

"老头子,你慢点,你慢点。"

从球馆回家时,有一条近路,很窄,旁边都是石头和杂草,下面是个大水塘。

我说:"爸,我们走大路。"

"你们能走,我怎么不能走?"

"那我扶你。"

"不要你扶,这点高度算什么?"

幸好有惊无险,我还是被母亲背地里数落:"老头子倔强了一辈子,好强、逞强,事事不甘人后。毕竟岁月不饶人,80岁的人了啊!"是的,想想也后怕:万一父亲一脚踩空怎么办?

那天晚上,父亲兴致很高,席间还喝了杯红酒。到家后,父亲依然谈兴很浓,拉着我,给我炫耀他新买的小度。

"小度,小度,我今天八十大寿!"

"哇,主人!祝你生日快乐,寿比南山。"

"小度,小度,我女儿来看我了!"

"真的吗?主人,真替你高兴。"

"小度,小度,你说女儿像谁?"

"主人,当然像爸爸喽!"

"小度,小度,给我女儿唱首歌吧。"

"好的,主人,问一下你女儿想听什么歌?"

"小度,小度,我女儿明天就要走了。"

"噢,主人,你不要难过,她也要回去照顾她自己的女儿。"

…………

听着父亲和小度的对话,我的眼泪又流下来了。

父亲真的老了,老得像个孩子。虽然五十年来东奔西走,我从来没有听父亲亲口对我说过,或者微信里留言一句:"女儿,我想你了!"但我越来越坚信父亲是爱我的,是想我的,是心疼我的,只是表达方式不同罢了。也许,在我幼小的时候,父亲近乎苛刻的要求,是为了激励我成人成才,但当他老了,儿女不在身边,他连一个说话的人都没有,连一个日常面对面的陪伴都没有,连儿孙绕膝的天伦之乐都没有,每天只能对着机器自言自语,表达他的想念。

后来,父亲第一次拉我坐在沙发上,先说我新出版的两本书,他和母亲戴着老花镜,一个字一个字看过了,很不错,希望我继续笔耕不辍。

还给我一字不差地背起了普希金的诗歌《我的墓志铭》:"此处安葬着普希金。他与年轻的缪斯,与爱情和慵懒一起度过了欢乐的一生,他没有做过什么善事,但是谢天谢地,他可是一个好心人。"

"怎么样?这是我十五岁时背的诗,我年轻时也是文学爱好者,每次的作文都是班级的范文……"

年少不懂父母恩,懂得已是中年人。

如果十五岁的父亲背诵《我的墓志铭》是出于好奇好玩,

那么八十岁的父亲背诵《我的墓志铭》是出于什么呢?

终于,再一次情不能自已,泪流满面。

按道理,我也到了知天命的年纪。奇怪的是,现在感觉我是越老越怕孤单,越老越没出息,越老越脆弱。

再要强的父亲,应该也一样吧?

三炮台

绿的茶叶,清热;赤的枸杞,明目;玉的冰糖,润肺;橙的芝麻,乌发;铁的红枣,补血;铜的核桃,补脑;银的桂圆肉,益气;金的葡萄干,利便;蓝的山泉水,养生……赤橙红绿,金银铜铁,色泽与质感,外形与功效,现实与梦想,尽在一碗热气蒸腾的三炮台里。

三炮台,发源于盛唐时期,明清时期传入我国西北地区,与当地穆斯林的饮茶习俗相亲相爱,形成了具有浓郁地方特色的、独树一帜的茶品和茶习。三炮台的茶具,摒弃了西北稀松平常、随处可见的大粗碗、搪瓷杯和玻璃杯等粗笨的器皿,代之以制作考究、精巧玲珑的茶具。当地人将之称作"喝茶三件头":一个上大下小的茶碗,一个碗盖,一个叫作"茶船子"或"茶舟"的底座小碟,合称"三炮台",或称"盖碗茶",撷取"天盖之,茶盖;地载之,茶船;人育之,茶碗"的寓意。你看,老百姓朴素的哲学思想和生活智慧,就在这"开门七件事,柴米油盐酱醋茶"之中。

对于自然条件相对艰苦的西北地区，三炮台简直就是喝茶史上的一大创举：当茶碗有了底座，端起来就不会担心烫手；当茶碗有了碗盖，就可以起到保温防尘作用。在北方严寒刺骨的冬天里，就不至于冷却得太快；在沙尘暴肆虐的十里春风里，就不至于掉入硌牙的飞沙走石；在病菌容易滋生的夏秋之际，就不至于被飞虫蚊蝇沾染。一茶一盖，一盅一碗，一拿一放，一开一合，无不彰显着当地人健康卫生、坚韧乐观、地偏神闲的生活态度。

其实，三炮台只是统称。饮用时，配料不同，茶名也有所不同，如红糖砖茶、白糖清茶、冰糖窝窝茶等。但无一例外，必须都要用滚开水沏成。按照当地的规矩，要在吃饭前给客人上茶。倒茶的时候，要当着客人的面，将碗盖轻轻揭开，缓缓放入茶料，然后旋转着冲入沸水，加上盖子，双手捧送，以表对客人的尊敬。

那么，问题来了。

因为三炮台的食材，大多取自当地的特产干果，例如枸杞、核桃、茶叶、菊花等，当然，少不了福建的桂圆干、新疆的葡萄干等。当注入沸腾的开水之后，它们就会漂浮在茶碗表面。这时候，如果直接喝，很容易将刚刚冲泡漂浮的干果，囫囵喝到嘴里。如果咀嚼吞咽下去，那么第二泡的茶汤味道会变淡；如果直接再吐进碗里，不雅观又不卫生。但是，如果在饮用的时候，左手托着茶船子，右手用碗盖轻轻"刮一刮"，拨开漂浮于上的干果茶叶，那就斯文多了。因此，当地人一般不说"喝"，而说

"刮"三炮台。

当然,"一刮甜,二刮香,三刮茶卤变清汤",这"刮"也是颇有讲究的。正确的"刮"法是:提起碗盖,用内侧,顺着碗口,由里向外,多刮几下,可搅动配料,使茶叶和添加物充分浸润、相互吸收、完美融在汤水里,让茶水变得更加浓酽馥郁。然后,把盖子盖得有点倾斜度,留一条细缝,用嘴一口一口地慢慢啜饮。当喝完一盅,准备续杯时,不能完全喝干,碗底要留一点原汁的茶水。这样,不断添加开水,直到糖尽茶淡为止。里面的核桃、枸杞、桂圆等,已经泡发泡软,可以一并吃进肚中,一点儿也不浪费,这是对粮食最实在的敬畏。

如果刮的人,恰好又是一个面容姣好、呵气如兰的女子。纤纤柔荑玉手,翘着兰花小指,用食指和大拇指提起碗盖,柔柔地、轻轻地、暖暖地吹一下,刮一下,再吹一下,再刮一下,她耳边的明月珰,腕间的碧玉镯,发间的钗头凤,又跟着节奏摇曳生姿,泠泠作响,如鸣佩环,让人不怦然心动、过目不忘都难!

三炮台之于宁夏人,就像酥油茶之于西藏人,罐罐茶之于甘肃人,碧螺龙井之于江南人一样,成为生命中、生活中不可分割的一部分。上班、吃饭、聊天、麻将等,没有一碗三炮台,嘴里就没滋没味,心里就没着没落的。加之,处于西北干旱地区的宁夏,以牛羊肉为主,绿色蔬菜较少。三炮台正好具有去除油腻、清洁肠胃、生津止渴、清热解毒、滋心润肺、延年益寿的功用。

当地人说:"一天三次茶,寿星到你家。"此话不假。隔壁一位回族老者,今年八十三岁了,面色红润,身朗脚健,牙齿倍儿棒,连羊骨头也啃得动,其养生秘籍就是一天刮三次三炮台。当然,虔诚的信仰,均衡的营养,适当的锻炼,良好的生活习惯都必不可少。

很多时候,鉴别一个人是不是真正的宁夏人,或者一个是否在宁夏真正生活过的人,只要观察他对三炮台亲疏远近的态度,便一目了然。

1958年,在上海读书的父亲,以及他的同学们,满怀燃烧的激情,积极支援边疆建设,不远万里奔赴宁夏。如今,六十年过去了,父亲的朋友同事,曾经的"四大才子""八朵金花",有的携妻儿叶落归根,南回到沪上故乡;有的定居宁夏银川,入乡随俗,成了资深的"新宁夏人";有的像父亲一样,候鸟般在南北之间飞来飞去;还有很多,都已不在人世。每年国庆节,他们照例都要相聚一次,而每年都会意料之中地有一两个人缺席。如今,屈指可数的健在者,都已耄耋老矣。个个佝偻蹒跚,满头银发,齿动眼拙,纵然山珍海味,也只能望而兴叹。唯有三炮台,还可以继续用布满老年斑的手,颤颤巍巍地"刮三刮":一"刮",刮出奉献边疆的青葱岁月;二"刮",刮出塞上江南的浪漫光阴;三"刮",刮出人生暮年的随遇而安。

清明前,给父亲买了上好的碧螺春。回家才发现,父亲连包装都没有拆,而茶几上从远方快递而来的三炮台,正冒着袅袅雾气,香芬氤氲。八十岁的父亲,斜倚在沙发上,一边熟练地"刮",一边悠悠地说,他和老朋友们约定好了,从今年起,聚餐时,每少一个人,三炮台就少放一样干果……言语平淡超然,听的人却鼻子发酸。暖阳下,我看见父亲的眼镜片闪闪发亮,也可能,是我的眼镜片吧。

  多希望,时间可以永远定格,就这样陪着我的老父亲,在午后的阳光里,在三月的春风里,佐以油馓子、烤馍片,气定神闲地刮一碗三炮台啊!

离 殇

本命年犯太岁,不吉利。

2023年是我的本命年,为了驱邪祛病,逢凶化吉,我早早就准备好了红色袜子、黄金首饰。怎么也没想到,本命年才开头,父亲的身体就查出了大问题。直到前两天,料理完父亲的后事,我突然明白,冥冥之中,父亲拼尽全力,在倒计时的日子里,又为我挡去本命年的某一劫难!于我而言,父亲的离世才是本命年最大的难,最深的痛,最无法言说的离殇!从此,我的每一个本命年,都将是父亲的祭年!

生命兜兜转转,仿佛一场宿命的轮回。沿着时光的站台,逆流而上,我看见父亲48岁时,坚守三尺讲台。那年,我在读大学,父亲没有了他的父亲。今年48岁的我,也在教书育人,我的孩子也在读大学,我也永远失去了我的父亲。48年以来,我一直觉得人世间的生离死别都与自己无关,死亡距离自己很遥远。可在这个黑色本命年的三月,草木发芽,万物生长,我深爱的父亲却像一张发黄的旧报纸,像一个断了线的风筝,像一片薄脆的树叶,最后枯萎凋零,淡化消失,变成墓碑上一个黑色的名字,长眠于冰冷阴暗的泥土之中!

海涅说:"死亡是一个严寒的黑夜。"今天是"头七"的日子,天亮了,我生命里的那颗星星,却再也找不到了。春寒料峭,我在桃红柳绿的江南之夕,雨雾一次次模糊了红肿的双眼,浸透了冰凉的心房。我手捧一朵小小的白花,默默伫立于此岸,在随风翻飞、飘转成蝶的纷纷纸钱中,踮起脚尖,努力眺望父亲渐行渐远,渐小渐淡的背影。饱蘸情不能自已的泪水,我尝试用一横一竖的回忆,用一点一滴的眷恋,用一笔一画的怀念,去疗愈本命年最为刻骨铭心的离殇。

父亲做了一辈子的小学教师,从校长的岗位上退休。一生桃李满天下,获得很多荣誉。生活再苦再难,工作再累再忙,都不曾疏忽对我们的教育。我和姐姐分别取得文学硕士和文学博士学位。父亲的言传身教,家庭的耳濡目染,长大后我和姐姐也像他一样,成了一名光荣的人民教师。父亲教育我们爱岗敬业,乐观进取,与人为善,清正廉洁,心怀感恩。他一生好强,严于律己,宽以待人,凡事要么不做,要做就做到最好。每当我们和我们的孩子遇事犹豫不决,想要打退堂鼓时,是父亲的口头禅——"但凡有 1% 的希望,就要尽 100% 的努力。无问胜负,尽力不后悔",一次次将我们从深陷的泥淖中托举而出。

父亲多才多艺,口琴吹得尤其好听。一曲愁肠百结的《白桦林》,足以让花溅泪鸟惊心。父亲也是个文学爱好者,是我的文学启蒙老师,晚年还笔耕不辍,经常在各类报纸发表文章。他钦佩鲁迅先生把国民性刻画得入木三分，淋漓尽致；他喜欢普希金，能倒背如流好多首普希金的诗歌。那天在病房里，父亲又一次笑眯眯地背起了《我的墓志铭》："此处安葬着普希金。他与年轻的缪斯，与爱情和慵懒一起度过了欢乐的一生，他没有做过什么善事，但是谢天谢地，他可是一个好心人。"我赶紧转过身，拭去夺眶而出的泪水。那一刻，我怀疑父亲对自己的身体状况是有预感的，虽然我们每个人都尽力隐瞒他。也许，洞若观火、冰雪聪明的父亲装作若无其事，是不想让我们难过，才配合我们演戏吧？

父亲善于思考，始终保持着人间清醒，他对人对事的判断鞭辟入里，通透开阔，即便到了生命的最后一刻，还语出惊人说："子孙有为，留钱何用？子孙无为，留钱何用？人终有一死，我不害怕死亡。这辈子我吃过苦，也享过福。这段时间，你们对我尽心尽力，我很知足。生前孝顺胜过死后烧香。唯一遗憾的是，爸爸恐怕不能继续陪伴你们了……你们要对妈妈好，她是一个特别善良的好女人……"

父亲一辈子爱干净，纵然是一方土坯陋室，也被他收拾得一尘不染；一件白衬衫，被他洗得雪白；一双旧皮鞋，被他擦得锃亮。20世纪80年代，我放学回家进房间，就要换鞋，换家居服。在最后的日子里，父亲还让我们保持病房的整洁。母亲每天帮父亲擦洗得清清爽爽，抹好润肤露，涂得香喷喷的。就连阅人无数的保洁阿姨、护工、护士、医生都说，这是他们见过的最干净的老爷子。遗体告别时，没有化妆的父亲，穿着我和姐姐购买的寿衣，依旧那么文质彬彬、玉树临风，只是整个人清瘦了很多。恍惚中,我觉得父亲真的只是睡着了。可一想到这是我与敬爱的父亲在人世间的最后一次见面,一想到从此我与亲爱的父亲将阴阳两隔,生死茫茫,再也无处话凄凉时,我的眼泪又一次噙满眼眶。亲友们连忙劝诫:"一滴泪,一枚钉,全进亡灵身。"我强忍着不哭,我坚决不能让眼泪掉下来。因为我知道,父亲生前和我一样怕痛,还曾被病友戏称为"娇气的上海小男人"。他们不知道,82岁的父亲插管喊痛时,已经十多天粒米未进,175厘米的身高,体重只剩90斤了。

父亲一生高冷、体面,他从不委曲求全,仰人鼻息,趋炎附势,经常给人孤傲之感。但他的一生,始终顺从内心,我行我素,把自己特立独行成了一株自我、率真、纯粹的树。从小到大,父亲一直教导我们要做个好人。可这么好的一个老人,从入院到离世仅仅三周!实在是太快太快了!别说亲友,就连主治医生都始料未及!况且,父亲生前不抽烟,不喝酒,热爱运动,喜欢骑行、打球、散步,除了疫苗接种,即便新冠疫情之后,也没有吃过药打过针。万万没想到,这是父亲生平第一次住院,也是此生最后一次住院。等他再回到生前居住的小屋,已化成了一缕青烟,瘦成了一帧笼着轻纱的黑白照片。我清晰记得,我小心翼翼捧着父亲回到家的那天,窗外阵阵东风拂过,鹅黄泛绿的枝叶沙沙作响,清冷的月影碎了满地,一如我和母亲无法愈合的伤口。连续几日,我陪母亲一起睡觉。我轻轻躺进父亲的印痕里,心里没有一丝的害怕和慌乱,一夜好睡,只是我未能与父亲在梦中相见,父亲也未曾托梦于我。姐姐说:"那是因为父亲还没有走远……"

父亲一生孤苦伶仃，青年时，远离故土家人支援边疆建设；晚年时，候鸟一般南来北往；八十二岁时，父亲走了，他神色安详平静，没有丝毫的凄惶无助。他口中念叨的母亲和我们，每天都小心翼翼、无微不至地守护着他，幻想着奇迹出现，我们心如刀割却强颜欢笑。可无论如何不舍，怎样挽留，我们的爱依旧抵挡不了衰老与死亡。父亲最终就像一盏灯，油尽灯枯，一点点熄灭，连一个蹦跳的火花都不曾留下。最后一刻，我们牵着他的手，陪伴他走完人生最后一段里程，目送他去另一个世界与他的父亲母亲团聚。

生命就像悠悠流淌的河水，不知道会流向何处，也不知会在何时断流。父亲走了一周了，我依然无法相信父亲已经永远离开我们了。明明，我的手心还有父亲的温度，耳畔还有父亲的话语，眼前还有父亲的笑容啊！我宁愿相信，父亲只是走出了我们的时间，去另一个与我们平行的空间里继续护佑我们了。

唉，悲莫悲兮生别离。父亲走了，母亲的另一半没了。母亲时常会抱着父亲的手机、iPad，陪父亲聊天，一如他们曾经促膝长谈一样。母亲还为父亲彻夜留着一盏灯说："你爸爸怕黑。"此情此景，让我悲从中来，不忍直视。连日来，我不敢见人，不敢说话，我怕一开口，泪水就会汹涌而来。我每天郁郁寡欢、昏昏欲睡，仿佛拒绝苏醒就可以和挚爱一生的父亲永不分离。

如今，每当我看见马路上、公园里、电视里和父亲年龄相仿的老人，甚至听到父亲喜欢的乐曲，看到父亲喜欢的食物，都忍不住落泪。清明将至，父亲最爱吃的青团子上市了，从今往后，只能含泪供奉于父亲的墓前了；从今往后，再甜的糕点也如黄连苦心了；从今往后，纵然发现新的网红打卡店，再也无法同时美团外卖与父亲分享了。我不知道，这个本命年的离殇，需要用几个本命年，去接纳，去化解，去面对，去适应。我只知道，我的父亲走了，没了父亲的我，从此天水之间，全是细雨纷纷的清明了。在每一个辗转难眠的深夜，我只能独自舔舐没有父亲可以呼唤、视频、孝顺的失怙之伤了。

我和父亲都是共产党员，我们都是唯物主义者，我生平第一次唯心地希望父亲在天有灵，能够看得见我的文字，听得见我的想念，能够在我每次出门时，再对我轻轻说一句："路上注意安全！"

秋葵娘子

最近，吃了几次秋葵，都是好友家里种的，一大早采好驱车送来。带着露水的秋葵，碧绿生青，青翠欲滴，看看都赏心悦目。好友也是香汗淋漓，脸蛋红扑扑的。要知道，入伏后的苏州，连日都是35摄氏度的高温，若没有真爱与勇气加持，很难踏出家门半步。

秋葵，将我成功训练为煎炸烹炒无师自通的"秋葵娘子"。先将秋葵用盐水搓洗后，放到沸水里加盐加油焯一下，捞出来再用冷水浸一下，然后或一整个或切丝、切片、切段，凉拌热炒皆可。无论巧妇笨妇，无论哪种做法，只要食材新鲜，保持色泽与口感，秋葵生菜沙拉、秋葵炒蛋、秋葵烤虾、秋葵天妇罗等，都好吃。

我把烹饪视频发给好友，她赞不绝口，隔几天又兴冲冲送来一袋秋葵。她定以为我不但爱吃秋葵，且能变着花样儿吃，关键还吃出了文艺气息。事实是，好友盛情难却，我不想每天重复同一种菜,只能翻新花样。

这种让人无法拒绝的热切,让我想起了我的母亲。母亲是老师,不是厨师,但大抵天下所有的母亲都有几道拿手菜,牵扯着儿女们的胃儿、肠儿、心儿、魂儿,让儿女们念念不忘吧。比如,母亲烧的雪菜黄鱼就是一绝!这么多年,我也吃过很多饭店和别人家的雪菜黄鱼,无一能与母亲的手艺相提并论。而且,我也确认过了,我对母亲的雪菜黄鱼的由衷赞美,与迅哥儿对那晚的"豆"和"戏"的执念不禁相同。

记得单身时,每次回家,不用额外关照,母亲必定会烧好雪菜黄鱼等我;有了孩子后,母亲又烧给我的孩子吃。当我们大快朵颐时,母亲都不怎么动筷,只是安静地坐在旁边,笑盈盈地看着我们,乐呵呵地看着光盘。常常,回娘家的第一天,一大条雪菜黄鱼肯定会吃个底朝天,第二天会剩一半,第三天会剩三分之二,到了第五天几乎原封不动了。母亲不舍得浪费,就央求父亲一起把剩下的雪菜黄鱼全吃了。

那几个晚上,父亲虽压低声音,但我还是依稀听见:

"你不要每天烧同一个菜啊。"

"孩子爱吃啊!"母亲分辩道。

"爱吃也不能天天吃啊!我习惯了,但孩子小,嘴刁。"父亲有些无奈。

一直以来,我吃东西比较随性,不太挑食,爱吃多吃点,不爱吃少吃点。儿时的我,喜欢去别人家做客,但受不了亲朋好友的热情好客,他们生怕待客不周、饿着我似的,给我盛大半碗饭,压实,再堆小山般高的菜。看着满满一碗冒尖的饭菜,我的心理负担很重，倒掉也不是，吃下又不能，结果再好吃的饭菜也顿觉索然无味了。长大后，我懂得了"己所不欲勿施于人"，也深谙"己之所欲勿施于人"的道理。吃饭时，我会招呼大家吃好，但不会主动夹菜，即便对父母孩子也一样。毕竟"萝卜青菜各有所爱"，夸张点，也许"彼之蜜糖，我之砒霜；彼之敝草，我之珍宝"。我把尴尬的经历告诉我的孩子，希望她遇到类似情况，要真诚感谢别人的好意，也要学会礼貌拒绝，不委屈也不为难自己，更不要以爱和关心的名义去"道德绑架"他人。

前几天，我也把同样的视频分享给母亲，一方面炫耀自己能干，一方面鼓励母亲尝试几种新菜品，虽然很拿手，但不要总是"老三样"（雪菜黄鱼、烤麸炒蛋、白菜油面筋）。因为父亲和我们爱吃，母亲几乎天天烧。我小时候确实很难改变，等工作成家后终于实现了饭菜自由，想吃什么就吃什么。在我看来，饭菜就像书籍，吃饭要荤素搭配，看书要广泛涉猎。有的可以浅尝辄止，有的可以囫囵吞枣，有的可以细嚼慢咽。过于单一的饮食结构，会审美疲劳，也会营养不良。

意料之中，母亲对我的厨艺大加夸奖，然后询问我的身体："补血药在吃吗？""膝盖核磁共振检查下来如何？""甲状腺结节长大了吗？"她对开发新菜品好像不太起劲。我便趁热打铁，现身说法，给母亲普及这几年刚火起来的秋葵——"糖尿病克星""降压蔬菜""绿色人参""减肥神药""抗衰老神草"等，还不厌其烦传授烹饪技巧。

结果，母亲以天气热、忘记买等理由一再推却。我觉得就是母亲犯懒，不愿学习。父亲健在的时候，微信、电脑、支付宝等，母亲都依赖于父亲。我们主动教她，她推辞说："我不用学，你爸会用，就是我会用。我们同出同进不分开的。"理由很牵强，或许这就是父母亲之间独特的相处方式。或许母亲正是用大智若愚、用主动示弱成就了50多年夫唱妇随、相濡以沫的幸福婚姻吧。

只是，万万没想到，一向健康的父亲突然走了，母亲像失业一样，每天无所事事，甚至会一个人发呆，出神，流泪，对着手机自言自语。是的，她围绕着转了50年的太阳陨落了，她的一方天地塌陷了，即便行走于白昼的人群，也像在黑暗中孤独摸索一般。那种耄耋之年的丧偶之痛，那种生活主心骨被完全抽离的空，做子女的怎么能够完全感同身受呢？

更何况，母亲今年76岁，一辈子说话、做事、爱家人都直来直去，就像她对我们的好，一览无余，不会拐弯，不会变通，甚至不太会表达，说话不够漂亮。就像她对父亲的照顾，无微不至，任劳任怨，唯命是从。我又何必苛责与改造一个老人？母亲愿意学，我一定耐心教她；母亲不想学，就随她去，只要她开心自在就好。历史上，既有"半部《论语》治天下"的赵普，也有博览群书的季羡林；生活中，既有顿顿山珍海味之士，也有餐餐苞谷红薯之人，各自安好长寿就好。看来，是我又一次自以为是，好为人师，将个人喜好与意志强加母亲。就像，我一直以为父亲早就吃腻了"老三样"，没想到，父亲生病住院期间、临终前，最想吃的还是母亲的"老三样"。如今，每次去墓地看望父亲，母亲都会凌晨起床，为父亲精心准备。虽然还是"老三样"，但一蔬一饭、一羹一汤之间，有多少甜蜜的回忆，就有多少悲恸的怀念。

  此刻,我突然意识到好友的良苦用心,知我莫若她者,三番五次送秋葵予我,醉翁之意不在打造一个"秋葵娘子",而是让戏称"秋葵娘子"的我明白:秋葵之至味在于无味,遇甜则甜,遇咸则咸,但并非人云亦云,随波逐流。工作、生活、学习、交友,"各美其美,美人之美",才能"美美与共,天下大同"!

月亮女神

在我的成长道路中,如果爸爸是太阳男神,那么妈妈就是月亮女神。她用女性特有的温柔、细腻、节俭、淑良与贤惠,哺育、润泽、滋养、照耀着我,让我在几十年的生活折磨中,能韧如蒲苇,坚如磐石,洁如明镜。

从小热爱运动的我,一定遗传了妈妈的强大基因。妈妈初中时就是运动健将。作为校篮球队的中锋,篮下防守、篮板抢球、运球传球,尤其擅长三分球远投,为校队夺冠立下汗马功劳。在女子100米短跑中,妈妈打破学校纪录。我想,在20世纪60年代,穿着解放胶鞋,风一样奔跑的妈妈一定很飒。射击比赛中,妈妈3发子弹30环!我的妈妈一定是被鸡零狗碎的生活耽误的运动天才。

因为"文革",妈妈未能顺利完成高中学业。后来,妈妈成为数学教师,她积极参加各类进修和培训。记得我读小学时,妈妈晚上还会在煤油灯下誊抄笔记、演算题目。很多个清晨,看见妈妈双眼布满血丝,两个鼻孔黑黑的。1993年我备战高考,那时候还没有复印机,同学有本翔实的历史复习资料,妈妈一个字一个字,帮我抄完了整本书。可惜,在多次搬家中,珍贵的妈妈版手抄本遗失了。

那时候,爸爸隔三岔五外出开会学习,都是妈妈照顾我的衣食起居。从记事起,我就知道妈妈有每天记账的习惯,精确到一分钱。我也知道,妈妈有私房钱,一直压在床角。我还知道,那为数不多的私房钱,是妈妈买菜时一分一分省下来的。迄今为止,我都觉得奔80岁的妈妈非常神奇,她能迅速心算出几斤几两是几元几角几分,比计算器都快。

小时候,我特别怕陪妈妈买菜,她买一个土豆,都要挨家挨户问过来,然后再折返回去买,还要讨价还价,直到卖家坚决不肯卖时,妈妈才兴高采烈带着战利品回家。长大了,我还是怕陪妈妈买菜。她除了巡视整个菜场,还会把枯烂的叶子轻轻剥掉,遇到脾气暴躁的商贩,会厉声呵斥几句。我觉得挺丢人,赶快拉着妈妈逃也似的离开。工作后,我依旧怕跟妈妈一起买菜,妈妈走到任何一家摊位前,都要"隆重"介绍我。我很汗颜,因为我既不是家喻户晓的名人,也不是腰缠万贯的商人,更不是手握大权的官员,我只是普普通通的一名教师而已,但妈妈的骄傲和自豪却是发自内心的。

其实,在妈妈眼中,无论我胖瘦高矮,贫穷富有,都是天使一样美丽的存在。而我,曾经因为妈妈拍照爱戴太阳镜而数落她。直到,我的眼角也有了皱纹,直到女儿给我拍照,我也开始戴起墨镜时,才明白,其实,每个妈妈都想成为孩子心中永远青春靓丽的风景。

上了中学,妈妈隔三岔五会偷偷塞给我一毛钱。80年代的一毛钱,可以买8颗高粱饴,或1袋瓜子,或2个馒头,让我单调而枯燥的上学路,洒满糖果瓜子香。我的初中,离家2公里;我的高中,离家1公里。六年,2000多个夜晚,妈妈说"女孩子,不安全",每天接我下晚自习,风雨无阻,像月亮婆婆一样伴我左右,护我周全。我走,她也走;我停,她也停。冬天的时候,回到家,还会给我煮一包方便面。80年代的方便面,也算零食中的爱马仕。等我上床,妈妈已经用汤婆子把我的被窝手动焐暖了。如果作业太多,妈妈就会拿出家里破了的袜子衣服,缝缝补补,或者编织毛衣陪着我,直到我睡下。

妈妈的针线活儿,和妈妈的刀工一样,都是绝活儿。妈妈缝补的地方,几乎看不出破绽。妈妈手切的萝卜丝,比龙口粉丝还细。如今,扣子掉了,毛衣脱线了,我还是习惯性地喊妈妈。只是妈妈的眼睛已经老花,需要我穿针引线。每次缝完,我由衷称赞,妈妈则像少女般害羞地说:"看不清,胡乱缝的。"其实,好几次,我看见妈妈偷偷吮吸扎破的手指。可是,面对不愿老、不服老的妈妈,我假装视而不见。唉,岁月不会饶过任何人,哪怕曾经动若脱兔的妈妈,如今也明显迟钝了。

妈妈还有个习惯,就是读书看报,要一个字一个字读出声来,一张报纸可以读一天。不过,凡是她读过的文字都记得很牢。近几年,我出版了几本书,只是出于礼貌送给父母。没想到,理论性较强、相对乏味枯燥的书,妈妈竟然一字不落地读完了!还和我讨论其中的细节!我真的无法想象,蜗牛一样读书速度的妈妈,牺牲了多少追剧、聊天、睡觉的时间?只因那是她女儿写的!

妈妈的婆婆——我的祖母,在香港生活了大半辈子。一开始,看不起妈妈,觉得妈妈高攀了爸爸。但,祖母永远无法感同身受,因为祖父母的出身,爸爸孤身在外,挨批挨斗,生活举步维艰时,是质朴善良的妈妈,不离不弃,患难与共,给予绝望中的"走资派"爸爸以生的勇气和活的动力。

1997年,我大学毕业。同年,祖母病重,从香港回到宁波,准备叶落归根。那时候的祖母,一度瘦到了60斤,各种脏器开始衰竭。妈妈像抚养孩子般,每天换着花样,一天六顿,调剂各种营养饮食。祖母在像蛇一样蜕了层皮后,奇迹般好转了,只是无力上下楼。每当风和日丽,50多岁的妈妈把70多岁的祖母,从四楼背到楼下公园,晒太阳,看风景。祖母对妈妈说:"阿芳啊,你就像我的电梯。"其实,早在前几年,妈妈膝盖的骨刺已非常严重,自己走路尚且疼痛难耐。我不忍心,提出要替换妈妈。妈妈说:"你毛手毛脚,万一把阿娘磕了,摔了,可了不得。"没想到,有次妈妈一脚踏空,她一手扶牢祖母,一手撑地,祖母一点儿也没受伤,妈妈那只撑地的手则180度翻转。三年后,祖母还是走了,临终前,祖母平静中充满欣喜,拉着妈妈的手说:"找到你,是阿华的福气。你对我的照顾,此生无法报答,下辈子再报答你吧!"这是一个婆婆对媳妇最高的肯定和褒赞。

我的月亮女神啊,你为了成就太阳和星星的光芒,放弃了所有的梦想,你时常沉默不语,却胜过万千言语。时代不同,观念不同,也许终其一生,我也成不了妈妈那样的妈妈。但我坚信,妈妈的温良恭俭让孝悌,会像血液一样在我的每一寸肌肤里潜滋暗长,潺湲流淌……

母亲的花草

母亲喜欢莳花弄草。

小时候,我们住在学校的家属院里。一年三季,院子中间都有各色花草和蔬菜:春天的韭菜花、香椿头,夏天的番茄、黄瓜、玫瑰、月季花,秋天的菊花。

冬天,室外温度太低,母亲会在室内养一些水仙、兰草、仙人掌之类的,淡淡的青草味,清新着每一个大雪纷飞的梦境。是白雪公主还是冰雪奇缘?早已淡忘,记忆里只有满屋似有似无的暗香浮动。甚至半截萝卜、半个土豆、一粒大蒜、一棵白菜心,被母亲养在水里,都能郁郁青青在厨房间的窗台上,与满窗的冰花争妍斗艳。冰天雪地的日子里,最不能忘怀的是翻飞在母亲指尖的棉花。

每年岁末,母亲会为我们亲手缝制棉衣棉裤棉鞋。我们的衣裤里,照例装的是新棉花,蓬松暄软。母亲的衣裤里,装的却是换下来的旧棉花,僵硬臃肿。一心只为孩子温饱的母亲,很少顾及个人仪表。赶在农历新年前，母亲还要将家里的棉被逐一拆洗，将旧棉胎重新弹松弹软。母亲的手，因频繁浸泡在冷水里洗刷而红肿开裂。母亲的手（至少在冬天），并非"光洁柔软"。恰恰相反，因其毛糙，帮我们抓挠背心，才最止痒舒服。就这样，在没有鸭绒被、鹅绒被、蚕丝被的岁月里，在没有暖气、空调、电热毯的 20 世纪 80 年代，母亲用无私的爱，温暖着全家人的寒冬腊月。特别冷的时候，我们的被窝里还会多一个用棉布包好的铜制汤婆子。社会在进步，经济在发展，现在的孩子很难理解杜甫《茅屋为秋风所破歌》中"娇儿恶卧踏里裂"的含义，我们这代人，却可以从字里行间读出生活的艰辛和苦楚。

在全民物资匮乏的年代，母亲用她握粉笔的一双巧手，用她的奇思妙想，用园子里就地取材的花草，为我们一无所有的生活额外添加了点糖，渲染了些诗意，让我们成年后回望童年时，身上还有棉花的余热，齿颊还有花草的芬芳：拌上猪油的白米饭，上面点缀些许剪碎的玫瑰花瓣，绝对秀色可餐，不需要其他蔬菜，就可以吃下两大碗；白花花的盐水面条，撒一把橙黄明艳的金盏花，一下子就有了食欲；早上起床，就着腌渍过的、碧绿生青的胡萝卜缨子，一碗开水淘过的、缺少卖相的泡饭，几口就扒进肚子；晚上，偶尔还有醪糟与我们同床共枕，我们早早上床，就是为了让桂花酒酿的梦长一些、更长一些；秋燥易上火，母亲会用菊花泡水，偶尔加一块老冰糖，冰凉凉，甜丝丝。

今年暑假去探望母亲，发现阳台上的花草更多了。虽然都是些吊兰、雏菊、绿萝等寻常花草，但母亲却悉心照料、精心培育，一如当年照顾我们一样。忙完家务的母亲，一有空就戴上老花镜，戴双棉线手套，一根一根地擦拭绿植叶子。母亲还如数家珍地告诉我，哪一盆是邻居送的，哪一盆是卖花老板给的，哪一盆是她分枝换盆的，哪一盆是她捡回来救活的，哪一盆是父亲最钟爱的……看母亲乐在花草之中，我的心也宽慰许多。"少年夫妻老来伴"，原本比较内向的母亲，自父亲去世后，更加沉默寡言了，只有在谈及她的花草时，言语才会多一些，神色才会活泛一些。其余时间，母亲非必要不出门，她宁可趴在窗台上，看路上来来往往的行人，以及道路两旁荣枯盛衰的花木。我知道，母亲害怕出门，是担心不知情的人询问她："老伴儿还好吗？"几十年来，邻居们早已习惯看到我的父母双双携手，同出同进。我不确定世界上是否存在理想的爱情模样，如果有，就应该像我的父母一样，相知相守50年，柴米油盐，有商有量，儿孙绕膝，白头偕老的平淡日月。

近年来，除了养花，母亲还会为一家老小编织拖鞋。其实，万能的淘宝上"凡所应有，无所不有"。但我除了提醒母亲注意休息，不要过度劳累之外，并不阻挠。因为母亲是用这样的方式，打发一个人无聊的光阴，又发挥余热，传递对晚辈的疼爱。母亲的针线活儿，本就可以化腐朽为神奇。一根线绕几圈就是一朵迎风招展的花、一株摇曳生姿的草。我和孩子们的衣裤破了，节俭的母亲不舍得扔掉，她会找块好看的布头，剪成花草的样子，仔细缝补，竟然真的看不出破绽。

那日，陪母亲浇完花，坐在沙发上翻看相簿。我觉得母亲最漂亮的两个时候。一个是她读中学时，梳着两条又黑又粗又长的麻花辫，炯炯有神的大眼睛，笑容虽有点青涩腼腆，但掩饰不了浑身上下洋溢的青春气息。一个是我读中学时，那时候刚流行烫发，顶着满头发卷的母亲，像头上开满了花。我牵着母亲的手，在大街上来来回回地走，恨不得让全世界每个人都看见我像花儿一样的母亲，还有母亲头上花枝乱颤的云朵儿。可惜，最是人间留不住，朱颜辞镜花辞树。今年，我的母亲快八十了，苍颜白发，齿动眼花，老态龙钟。但在我心中，母亲依旧是一朵美丽娇艳的女人花。在过去的几十年，母亲为了全力以赴支持父亲的事业，培养我们成才，放弃了个人的梦想与追求，把自己活成一棵独当一面的树。如今，孩子已长大，草木会发芽，母亲却悄然褪了颜色，减了芬芳。

林徽因在《你是人间的四月天》中写道："你是一树一树的花开，是燕在梁间呢喃，你是爱，是暖，是希望，你是人间的四月天！"在我年少时，"你"就是母亲眼中的我；在我中年后，"你"就是我眼中的母亲。母亲在，家就在，爱就在，希望就在。

岁岁有母亲，年年有欢喜。

发如墨

人到中年,看着两鬓间隐约突兀的如雪发丝,情不自禁怀念青发如瀑的少年时光。

记得那时候,流行一则洗发水广告,大意是:"我所钟爱的女孩,应该有一头乌黑亮丽的长发。"闭着眼睛想想:"香雾云鬟湿,清辉玉臂寒""鬓挽乌云,眉弯新月"的佳丽闺秀,别说男人,女人看着,爱美之心,也好生欢喜。

世界之大,无奇不有。有一种陆生藻类植物就叫发菜,又叫头发菜,其外形与头发一模一样。李渔第一次遇到,"见炕上有物,俨然乱发一卷",误以为是婢女梳头时掉落的发丝,婢女告诉他,那是一种像头发一样的美食。于是,好学又好奇的李渔,在《闲情偶寄》中写道:"询之土人,知为头发菜。浸以滚水,拌以姜醋,其可口倍于藕丝、鹿角等菜。携归饷客,无不奇之,谓珍馐中所未见。"这段文字,不但记录了人们初见发菜时"前可见古人,后可见来者"的相似反应,还记载了发菜的食用方法。第一次看到如墨一样乌漆、如发一样柔软的发菜，宛如一簇丽人的长发，飘落入盘。色相实在不够讨喜，甚至让人有点反感、排斥，甚至反胃，连忙敬而远之，哪敢轻易触碰？更何谈大快朵颐？

之后，陆陆续续接触了一些做生意的朋友，才知道，在东南沿海，尤其是广东、香港、澳门、台湾一带，很敬重发菜，逢年过节，走亲访友，宴请宾客，除了送脑白金和旺旺大礼包之外，还会送"发菜"。因为，"发菜"谐音"发财"，象征着"四季发财，生意兴隆，财源广进"。发菜的盛行，据说还和一个传说有关：唐朝有个商人，富甲一方，有好事者刨根究底，总结出他发财的秘诀是每顿饭都吃一盘发菜。于是，一传十，十传百，大家争相效仿，还专门把发菜做成金钱形状，唤作"酿金钱发菜"。一个"酿"字妙到极处，寄寓人们希望日子红红火火，衣食无忧，时刻酝酿着像拥有一棵摇钱树般，取之不竭，用之不尽的种种美好愿望。在经济发达的今天，发菜送礼，送的人有心，收的人坦然，还讨个吉利的口彩，主宾两厢心里都暖意融融。

曾看见很多商铺店家，在正对大门的入口处，都会摆放一只招财猫，或者貔貅，或者财神爷，或者玉白菜，但是，菜单上并未书写"招财猫""貔貅""财神爷"之类的菜名。当然，现在一些时尚的甜品糕点铺子，有此类惟妙惟肖的可爱造型除外。唯独，有"发菜"赫然在列。

有一年，因严重贫血住院。出院后，拗不过姐姐的好意，抵达宁夏银川静养。原本"不近烟火"的姐姐，那段日子，每天除了上班，就是日夜陪伴我。听说发菜有神奇的疗效，特地托人从当地老乡家买了一大包发菜。每天,在厨房里变着魔术:发菜丸子,发菜球,发菜面,发菜饭,发菜粥,发菜饼,发菜汤,发菜羹,发菜煲……

第一次喝发菜鸡肉蘑菇汤的情景,至今历历在目。

鲜嫩的鸡肉丝,柔滑的平菇条,碧绿生青的香菜,爽脆的发菜段,胡椒粉的辛辣,芝麻油的鲜香,无须多说,千言万语都在汤里。低下头,在清亮的汤水中,看见高度近视的姐姐,弯着腰,鼻子几乎贴到台面,一根一根清洗发菜的模样。不知不觉,我的眼镜片上也蒙上了一层氤氲的水雾。

一汤匙,一汤匙,慢慢喝下去,当热乎乎、滑溜溜的羹汤,顺着口腔,进入食道,流进肠胃,一路熨帖着每一个饥渴的细胞,浑身有说不出的舒坦惬意。那种奇妙的味觉盛宴,宛如《老残游记》里,听王小玉唱书:"五脏六腑里,像熨斗熨过,无一处不伏(服)帖;三万六千个毛孔,像吃了人参果,无一个毛孔不畅快。"

从此,一发而不可收地爱上了发菜,煲汤,做菜,来者不拒。不仅是发菜的营养价值,还有它对于我生命的特殊意义。不仅迷恋于发菜的味道,而且沉浸于发菜所引起的执念。在这千变万化的世间,在这唯利是图的红尘,只有血浓于水的亲情,才会历久弥坚,亘古不变。

当然,发菜并非"还魂草"或者"救命丹"。在汉代,被扣边地牧羊19载的苏武,整日"渴饮雪饥吞旃",传说正是以野菜为食,其中就有发菜,才得以存活。从那以后,权贵们就把发菜作为贡品献给皇帝食用。据说,在慈禧太后的菜单上就有一道

"拌发菜"。在杭州灵隐寺、福建南普陀寺等的素斋中，还有一道罗汉菜，就是用十八种食材，即发菜、豆腐、素鸡、素丸子、素肠、香菇、蘑菇、木耳、黄花菜、嫩笋、青豆、红番茄、白果、栗子、菜心、油面筋、线粉、豆腐皮制成。这样清爽自然的菜肴，吃下去，才能去浊存清，去伪存真，寡欲清心，一心向佛、一生向善。

发菜，是宁夏"五宝"之一。生长在黄土高原的野山峻岭之上，经西北雨雪的洗礼，历经雾霜的滋润，有极高的食用和医用价值。有几年，发菜的行情，水涨船高，贵如黄金。据说，搂10亩草场，才能得2两发菜。劳民伤财，得不偿失。因此，2000年，国务院将发菜的保护级别从二级调整为一级，并下令禁止发菜采集、收购、加工、销售和出口。

现在想来，突然有一种无比罪过的念头，为了那些已经下肚的发菜，也为了那些日益沙化的草场。

昨日，金风不燥，秋高气爽。独自漫步在姑苏的七里山塘，在熙熙攘攘的人群中，忽然听到某店家正在播放周杰伦的《发如雪》："你发如雪，凄美了离别……你发如雪，纷飞了眼泪，我等待苍老了谁。"突然，泪珠涌动。想着，我与姐姐相隔千里，聚少离多，朝夕相处的，也就是每天品咂发菜羹汤的静好光阴，还有守不住的流年芳华。

是啊，一晃，十几年过去了，记忆中，发菜的滋味依旧，亲情的回味依旧，只是，我们都已不再青发如墨了。

烹茶思梅香

天地寥廓，众生海海。于千万人中，与某一个人的相遇相知，都是上苍的慷慨眷顾和赐予。在偌大的苏州城，我与吴门画家周思梅女士，共饮数十年的洞庭水，活跃在彼此的朋友圈里，却从未谋面。

在榴花照眼明的五月，在澄湖水岸的梅花草堂，我们第一次从线上走到线下，从虚拟回归现实。不承想，不同生活经历的我们，竟然一见如故，两情相投，真是三生有幸。从绘画到书法，从阅读到写作，从过往到未来，从生活到艺术，从身体的病痛到理想的蝶变，从默默无闻到一鸣惊人……直到把一段段的人生故事泡开，把一壶壶的碧螺香茶喝淡，把一层层的灵犀情谊浓酽。

眉清目秀、柔情似水的周思梅，出生于苏州太湖之滨的一个农家小院。像很多江南农村孩子一样，周思梅小时候爬山、插秧、种树、采茶、养蚕、捉黄鳝、摸螺蛳、钓龙虾，"也傍桑阴学种瓜"，但仿佛命中注定，这个本名叫"四妹"的苏州"小娘鱼"，从小就格外钟情于梅。古有庄周梦蝶，今有思梅爱梅。无论是红梅、绿梅、蜡梅，还是梅子、梅枝、梅花，她都看在眼里，喜在心里。尤其听学堂老师讲解"岁寒三友""花中四君子"之后，对"不要人夸好颜色，只留清气满乾坤""无意苦争春，一任群芳妒""疏影横斜水清浅，暗香浮动月黄昏""已是悬崖百丈冰，犹有花枝俏"的梅花，愈发如痴如醉，如梦如狂。也许，梅花就是她的前世，她就是梅花的今生。常常，周思梅独自对着后院的一株梅树，一坐就是大半天，物我两忘，相看不厌，似与知己好友互诉衷肠。如此，暮来朝去，耳得之而为声；春秋代序，目遇之而成色。那些她所心仪过的每一片绿叶、细嗅过的每一枚花瓣、轻抚过的每一茎虬枝，以及万千梅形梅状梅气梅韵，已了悟于胸。故，每一次兴之所至提笔挥毫，皆能心到笔到、眼手合一，行云流水、一气呵成。且，在每一滴翰墨丹青的晕染中，都浸润着、沉淀着、淬炼着如梅花般无畏、不屈、坚韧、高洁、乐观、清绝、孤傲、通透的生命底色。

对爱梅如子的周思梅而言，"独乐乐不如众乐乐"，光爱梅、看梅、赏梅还远远不够，她立志要把自己所见所闻、所感所想的梅花，借由自己的心手，统统呈现于尺幅之间，与更多喜爱梅花、热爱艺术、追求卓越脱俗的知己好友分享：嶙峋的梅干，见证岁月的沧桑凌厉；旁逸的梅枝，是对自由的渴慕向往；滴翠的梅子，记录着成长的欢愉酣畅；傲雪的梅花，是高洁谦逊的精神宣言。

一路走来，周思梅感激学艺路上的每一位恩师，说他们是

"毫不利己专门利人"的人梯，接力并助力自己的成长。早年，周思梅跟随费松伟、朱耕原、邵文君诸先生研习山水，兼收并蓄，博观约取。后又拜在海上名家钱定一先生门下，转益多师，融会贯通。近年又得义父戴敦邦先生悉心指导，汲取众长，举一反三。题材从专精到广博，绘画与书法之技艺日益精进，渐臻化境。点染泼墨看似云淡风轻，举重若轻，其间的艰辛如人饮水冷暖自知。周思梅说："人都是有惰性的，严师才能出高徒。"迄今为止，造诣初成、小有名气的周思梅，每隔一两个月，还要带着最新的创作，毕恭毕敬、诚惶诚恐去上海"交作业"。耄耋之年的戴敦邦先生，率性天真，喜怒常形于色。看到周思梅的半点进步，他不会吝啬一点赞美之辞；听到周思梅在荣宝斋个展上的多件作品被收藏，成交喜人，他激动得在视频中当场泪流满面；反之，他对发现的问题，批评起来也是丝毫不留情面。

谈及近年在绘画和书法上的突飞猛进，周思梅坦诚地说："我从不否认天分的重要性。勤奋决定艺术的下限，天分决定艺术的上限。若有高人指点，可以少走很多弯路。"周思梅所取得的成绩，除了个人的勤奋刻苦、努力好学，老师的无私倾囊相授之外，也离不开她广泛的阅读涉猎，扎实的文艺理论基础，以及保持与"比自己优秀的人"交流的习惯。周思梅形象设喻说："即便因为种种原因，他也许不能带10楼的你到达12楼，但至少会让你知道12楼的风景。"如今的周思梅，于画作的空白处，也会留下彼时彼地的创作感悟，诸如"画家以古为师，自是上乘。以天地为师，自然传神，心手相忘，神之所托也""中国画讲究书法用笔，以书入画是古代画家一直在实践和追求的骨法用笔,指的就是书法用笔"等都是经验的总结、智慧的结晶,质朴真诚,通俗易懂。周思梅再三强调,书画者务必欣赏名家大作,且要看原作,这是高科技精装版画册无法替代的。因此,但凡有名家画展,即便千里、百里之外,她都要去看,一去三五天,天天泡在展馆里,反复细品、慢酌、琢磨、沉吟。她告诉我,近距离品鉴原作,就像身临其境、脚踏实地逛苏州园林一样,与隔着屏幕神游不可同日而语。在窗明几净的现代展厅中,透过宣绢的纹理,水墨的温度,运笔的线条,她时常能找到与某位画家的气息相通之处。上次看完"四吴画展"(吴待秋、吴湖帆、吴琴木、吴子深)回到家,心有触动的周思梅,连夜画了几幅墨竹,方才酣然入睡。这是经典原作给予她的灵感与激情。艺术是相通的,书法、绘画如此,音乐、舞蹈如此,阅读、写作亦如此。

其实,我很难把眼前思维敏捷、谈笑风生、妙语连珠的周思梅,与一个罹患癌症的病人联系起来。三十岁时,风华正茂的周思梅罹患绝症,身处人生的至暗时刻,在生死一线之际,周思梅没有怨天尤人,没有自怨自艾,更没有自暴自弃,而是选择坦然面对,接受诡谲命运的安排。每日轻衣淡茶,心无杂念,沐手抄经,画梅疗心。七年的深居简出、禅定清修,两千多个日日夜夜的归隐历练,终于凤凰涅槃,劫后重生。周思梅深知,往后余生的每一个日日夜夜,都是她与生命赛跑"赚"来的时光,只有分外珍惜,才能不负来这滚滚红尘一遭。

见面那天,正好是周思梅第106次用工整娟秀的小楷抄完《金刚经》近六千字全文的日子。她告诉我:"抄写经书是我生病以来的日常功课。268字的《心经》,我已抄了上千遍。《金刚经》

我准备抄写108遍，因为108是个神秘的数字。你看，一年有12个月，24节气，72候（五天为一候），加起来正好108。108是9乘以12所得的数字。9代表九大劫，12代表十二因缘。108可以代表'无常'，代表'慈悲、喜悦、宽容'，代表'十八般苦行'，代表108种烦恼，代表108尊佛的功德等。无论代表什么，都劝人们珍惜当下，行善积德，广结善缘。"我深以为然。

生活需要仪式感，那就谨以此文作为我们友谊开始的注脚吧。

浪　姐

在影视综艺节目海量生产、鱼龙混杂、目不暇接的今天，芒果电视台通过别出心裁地整合资源，制造了巨量引流的传奇。就像《乘风破浪的姐姐》一经播出便热度爆表，除了参加节目的姐姐个个貌美如花、多才多艺之外，还因它能让人在沉浸观赏时，勾起很多青春的美好回忆，点燃女性勇敢追梦的心火，打破性别与年龄的枷锁，掀起一波波女性自我觉醒的浪潮。

其实，我身边就有一位名副其实的"浪姐"，其声名远早于《乘风破浪的姐姐》首播时日。她与我同龄，曾是职业学校的一名语文教师，我俩因团委举办的文艺会演而结识。那时候，她二十岁出头，从苏州大学文学院毕业没几年。纵然面庞青涩，惜字如金，依旧遮挡不住眼睛里闪烁的灵气与光芒，举手投足间还留存着大学文学社社长"指点江山，激扬文字"的风范与气度。她的眸子很黑很亮，像两粒玄鸟的枇杷核，滴溜浑圆；又仿佛一潭汪汪的池水深不见底。虽不言不语，却胜似千言万语。

熟识之后，吸引我的，还有她富有磁性的嗓音和水蛇般曼妙的舞姿。不必惊讶，也不必怀疑。因为浪姐最初读的是中等师范，琴棋书画舞蹈和文化课都是必修课。若不是成绩足够优异，能力出类拔萃，她怎么能从同一届几百名学生中脱颖而出，保送进苏州大学？迄今为止，一曲浑厚低沉的《干杯朋友》始终在耳畔回荡："朋友你今天就要远走，干了这杯酒，忘掉那天涯孤旅的愁，一醉到天尽头。也许你从今开始的漂流，再没有停下的时候，让我们一起举起这杯酒，干杯啊朋友！"很多次，在KTV宇宙球灯的霓虹里，分不清浪姐是田震，还是田震是浪姐。浪姐和田震，相似的不只是声线与音色，更是倔强的脾气、坚韧的性格，以及一颗不安现状、向往远行的灵魂。如果世间万物皆有因果，那么浪姐钟爱这首歌，一定因为唱出了她的心声，触动了她的心弦。浪姐曾告诉我，职业学校没有升学压力的安逸舒适，也许是很多人梦寐以求的。但她最害怕一成不变、"温水煮青蛙"的生活，她担心"清风吹不起半点涟漪"的日子，会一寸一寸消磨掉青春的激情与斗志。虽然她爱家爱孩子爱丈夫，但她不想太早加入只谈论家长里短的油腻妇女行列。

于是，从小生活在江南的浪姐，决定放飞自我，果断停薪留职，去广袤的西北边陲看看。在新疆，为了谋生，她应聘到报社做了一名见习记者。每天喂马，劈柴，面朝天山。虽然采访任务很多，压力很大，生活很苦，强烈的紫外线在脸颊留下印记，干燥的气候蒸发了皮肤的水分，但浪姐像小马达一样精力充沛，每次都能出色完成采写任务。即将转正时，报社领导推荐她去轮台文化馆做个体制内的馆员。这次，浪姐像来新疆时一样决绝，没有犹豫和迟疑，干脆利落地拒绝了。因为在浪姐看来，人生贵在体验。一年的记者生涯，她已经体验了很多人的生活，不再心存遗憾。在新疆的365天，在每一个梦醒时分，浪姐都无比想念江南，想念病重的母亲，想念故里水乡。也许，只有真正远离，才更加懂得珍惜拥有，懂得故乡的意义。新疆再大，也挽留不住游子似箭的归心。任性恣意的浪姐回来了，继续潇洒自信地做语文教师，为职校的学生们慷慨激昂地讲解着"长风破浪会有时，直挂云帆济沧海"。

教学之余，浪姐博览群书，笔耕不辍，先后在《上海文学》《雨花》《朔方》《中国作家》《青春》等杂志，发表数十万字的作品，一时间声名鹊起。然后，她与时俱进，以文学创作之特长，创办教育培训机构，十年里做得风生水起。多年前，浪姐一路北上，圆了"无冕之王"的梦想；多年后，"缪斯女神"的愿望始终未能达成，却从未熄灭，一如休眠火山。终于，当收到鲁迅文学院为期三个月的学习通知书时，浪姐内心可以燎原的星星之火被引燃，她决定再次北上。这一次，她要与体制彻底告别，她要与自由永久相拥，她要与文学长相厮守。在很多人惋惜地摇头中，浪姐仰天长啸，挥一挥衣袖，不带走一片云彩，留下一个飒爽的背影。

是的，"生活不只眼前的苟且，还有诗和远方"。"世界那么大，我要去看看！"这才是我所认识的、又酷又帅的浪姐！从鲁院学成归来的浪姐，仿佛受到文曲星的指点，下笔如神，灵感爆棚，大作频发。这还不够，好像生来就有一双隐形的翅膀，浪姐从南飞到北，从东飞到西，从国内飞到国外。有时候我的工作太

忙,几天没有联系浪姐,想到了便抓紧问候一下:

"在哪里浪呢?"

一张在丹麦安徒生博物馆前的照片发过来了。

过了几周,"又去哪里云游了?"

"在威尼斯乘坐贡多拉呢!"

不得不佩服浪姐的勇气和胆量。很多时候,她仅仅依靠手机里的导航和翻译软件,独行九州,风风火火闯天下,西欧、东欧、北美……还有一次,好长时间没有浪姐的消息,隐隐有些担忧,发信息不回,打电话不通。过了两天,她才嘻嘻哈哈,没事人一样,发了一堆企鹅和海豹的照片过来,原来,浪姐去了南极!网络不稳定!

天哪,在浪姐的人生字典里,只有想不到,没有做不到。一路走来,从浪姐身上,我看到女性成长的智慧与力量。任何时候,都不要给自己的人生设限:只要敢于突破自我,年龄就不是魔咒;只要勇于粉碎偏见,性别就不是枷锁;只要乐于接纳世界,语言就不是障碍。但愿每个人,无论男女,都能突破舒适区,像宗悫一样"愿乘长风破万里浪",像浪姐一样乘风破浪,快意江湖!

多年后的一个夏日午后,我又想起了田震,想起了那首歌:"天空是蔚蓝的自由,你渴望着拥有,但愿那无拘无束的日子,将不再是一种奢求……绿绿的原野没有尽头,像儿时的眼眸,想着你还要四处去漂流,只为能被自己左右,忽然间再也忍不住流泪……"我打开浪姐的朋友圈,她正在乌兹别克斯坦、哈萨克斯坦体验生活,考察丝绸之路,与帅哥靓女合影留念呢!她的文案是:"我低头行走,想象着玄奘在沙漠中行走暑热难消的滋味,没有什么能击溃他西天取经的宏愿。我一个人,也是斗志昂扬,多久没有这样无拘无束行走在异国他乡?"

报喜鸟

每当读到冯骥才先生的《珍珠鸟》,"真好!朋友送我一对珍珠鸟……"便会想起一位熟识的朋友,也情不自禁感叹一句:"真好,身边有只报喜鸟。"

不吃虫的他,每天起得很早。先浏览一遍苏州本土的报刊,但凡有作协会员发表文章,他会第一时间将相关链接发到吴中作协交流群里。让作者大清早看到,开启一天的美好心情;也让其他群友在文学早餐的分享中,丰盈心灵,馥郁精气神儿。

其实,作为作协领导,他本可以不这样做,或者让其他干事去做,毕竟这不是他的职责范围。事情虽不大也不难,也着实耗精力和时间。他却从不"勿因善小而不为"。捧着对同人的一颗热心,顺手就做了,一做就是数年,从不懈怠,亦不抱怨,也不邀功。群里有人感谢他时,他统一回复:"不客气,举手之劳。"大家心知肚明,一天举手容易,天天举手不易。于是,都亲切地昵称他为"报喜鸟"。

有一次，我有事去找他。他的办公室门敞开着，只见他整个人埋在一堆花花绿绿、新旧参半、错落有致的书籍中，头发凌乱，迎着光，清晰看到头顶竖着的些许花白头发。他一边翻阅，一边在纸上记录着什么。我在门口安静地等了一会儿，他竟然丝毫没有察觉。我敲门后，他才从书堆里猛地抬起头来，双眼布满了血丝。看到我，立刻站起来热情招呼，又是泡茶又是倒水，没有一丁点儿领导的架子和做派。还热情介绍他最近翻看的史志和撰写的文章。滔滔不绝，如数家珍，兴奋得像个迫切想要与他人分享阅读心得的孩子。我听得津津有味，差点忘记找他的正事了！

坐了片刻，我起身告辞，他递给我一个鼓鼓囊囊的、大大的牛皮纸信封，上面用铅笔写着我的名字。打开一看，里面装的是近月来刊有我拙作的《苏州日报》和《姑苏晚报》，我一下子怔住了！万千思绪涌上心头。忙碌的生活与工作，很多时候，我只是收藏电子链接，自己都忘记收集整理纸质样刊。记得父亲在世的时候，会将有我名字的报纸统一收纳好，按时间顺序排好……下楼前，我瞥见他的办公桌旁，还有一大堆码得整整齐齐的、和我手里一模一样的信封，我想，那里面肯定装的是其他同人发表的文章。那一刻，彻底颠覆了他在我心目中粗枝大叶、不拘小节的形象。若不是有心、用心、细心，怎会如此不怕费心、劳心、苦心？

记者出身的"报喜鸟"，工作中实事求是、一丝不苟，生活中也有板有眼、一本正经，所以，有人会觉得他太"迂"、太"方"，不够圆滑、不懂变通、不谙世故、不够讨喜，他也因此得罪了不少人，但他始终坚持己见，恪守原则。一直以来，他热衷史志研究，已经成为苏州颇有影响的文史专家，对苏州城门城墙、香山帮泰斗蒯祥家族、通俗文学大家冯梦龙家世里籍、文学家杨绛及表演艺术家夏梦与苏州的关系等，都有证据确凿的独家成果。有一段时间，他正痴迷于冯梦龙家世里籍研究，逢人便说，一吐为快，不管别人知不知道，感不感兴趣，理解不理解。有时候，还会与人当即争得面红耳赤。只要他看到网络上关于冯梦龙的五花八门的文章，他都会第一时间引经据典、撰写文章，证伪或赞同。实践是检验真理的唯一标准，时间可以大浪淘沙。事实证明，他是对的。我发微信祝贺他，他回复道："其实很多人不知道，说的话之所以得罪人，并不是因为你说错了，而是因为你说对了。"后面还加了三个害羞的表情。相处久了，他那种"知我者，谓我心忧；不知我者，谓我何求"的淡然，那种"懂的人，不用解释；不懂的人，解释也没用"的超脱，那种"不困于情，不乱于心"的潇洒，那种"他强任他强，清风拂山岗。他横由他横，明月照大江"的坦荡，倒也成了其独一无二的特质和魅力。

　　人是多面的，不可貌相，更不可以偏概全。有一次，几个文友小聚，谈笑品茗，宾主尽欢。有人带头起哄让"报喜鸟"助兴唱歌，其他人一起附和。没想到，"报喜鸟"真的没推辞，而是落落大方站起来，闭上眼睛，手之舞之足之蹈之，用筷子打着节拍，轻轻摇晃着身体，用低沉、浑厚、磁性的男中音，深情而舒缓地吟唱："你问我爱你有多深，我爱你有几分，我的情不移，我的爱不变，月亮代表我的心……"唱罢，看见他的小眼睛有点朦胧迷离，他的眸子里有亮晶晶的波光在闪烁。那神情举止，此时无声胜有声，俨然想到了某年某月某日某人某事，具体细节已不重要，重要的是，我们看到了他善感多情、温婉若水的另一面！席中，正好有两个外地文友，次日一早就要离开苏州，很遗憾未曾听过苏州评弹。"报喜鸟"不假思索地说："这个好办，我儿子就是学评弹的，我叫他来献丑一曲。"立刻免提打电话，不巧，他儿子在上海演出，赶不回来。但是他的古道热肠，好客盛情，一片冰心，让外地朋友深受感动。原来，他并非墨守成规、刻板教条的"书蠹头"，也是个洞明世事、练达人情的"伶俐虫"。

日久见人心，路遥知马力。大智若愚，是他的生活智慧；刚直方正，是他的为人秉性；爱憎分明，是他的处世风格；穷根究底，是他的治学信条——他就是这样一个善良至诚的人，一个简单纯粹的人，一个脱离了低级趣味的人，一个有益于作协会员的人。

身边有只报喜鸟，真好！

卓玛草

"江南好,风景旧曾谙。日出江花红胜火,春来江水绿如蓝。能不忆江南?"令香山居士念念不忘的是江南草长莺飞的春天,以及像春花一般绚烂妩媚的娇娃。纵然他有一颗向阳而生、青春萌动的心,也一定不会喜欢夏天的江南。

伏天七月,江南每一粒空气的分子中,都燃烧着随时会炸裂的火苗,马路两旁的绿植,为了生存,尽可能弯着腰低着头,避免艳阳的直射。除了疾驰而过的汽车,路上行人游客的数量也骤减了,就连一贯嬉闹玩耍的孩子也鲜有了。他们要么躲在空调间非必要不外出,要么被送进各类补习班为了不输在起跑线上。

幸好我的孩子已经长大,不再需要接送;幸好我还有寒暑假,可以暂时逃离江南的暑热;幸好我还有一帮热衷慈善公益的朋友,可以一起做些有意义的事情。于是,我们一路西行,飞机换火车换汽车,去青海玉树看望藏区的孩子,去参加他们的成长仪式,去甘南寻找曾在江南生活学习过,后来回家乡创业的藏族姑娘卓玛草（昵称"小草"）。

自从踏入囊谦县吉曲乡寄宿制中心学校校园的那一刻起，自从与他们乌黑的眼睛对视的那一刻起，我就被他们的能歌善舞、热情大方感染。他们衣着朴素，皮肤黝黑，编着藏辫儿，戴着遮阳帽，带着纯净的微笑，用有点生硬的汉语问候我们"阿姨好"，用真诚质朴的词汇夸赞我们"阿姨好漂亮"。一贯戒备森严的心防，很快被孩子们的天真无邪感染融化。

这里的孩子，相比东南沿海拼爹、拼妈、拼学区房的孩子，他们的家基本在四十多里之外，每周回家一次，需要附近的孩子拼车。在藏区，没有像内地一样的传统暑假。每年五月到六月中旬的虫草假相当于他们的暑假。他们的暑假，没有电子产品，没有零食、电影、游戏、冰激凌，当然也没有辅导班。届时，所有的孩子，都会跟随父母上山挖虫草。所挖虫草的数量和质量决定他们一年的收入，谁也不敢怠慢偷懒。这些眼疾手快、聪明伶俐的孩子们，个个都是父母的左膀右臂。

也许，真应了"穷人的孩子早当家"之说，这些孩子从小懂得父母劳作的艰辛和不易，对家庭有自发的责任和担当。对他们而言，最舒服的要数草原的夏天，有假期，有赛马，有牛奶草。最难熬的则是冬天，那可是零下二三十摄氏度的刺骨寒气，出门脸上像刀割一样疼痛。宿舍里没有暖气，没有空调，没有煤炉，只能依靠烧牛粪，或者几个孩子抱在一起相互取暖。近几年，来自苏州几所学校对口捐助的棉被，让孩子们的住宿条件得到了很大的改善。

当天，我们住在学校宿舍里，和孩子们吃同样的饭菜，盖一样的被子，聆听一样的晚课和虫鸣。日日劳碌浮躁、疲于奔命的心，像被清水淘洗过一样轻松干净。神奇的是，那个夜晚就连被失眠困扰的人，也一觉酣睡到天明，就连多日来的高原反应也明显好转。

一个人，不到西部，不到高原，是无法真正感同身受"北风卷地白草折，胡天八月即飞雪""离离原上草，一岁一枯荣""草枯鹰眼疾，雪尽马蹄轻"的苍茫辽阔，那是与江南"迟日江山丽，春风花草香""草长莺飞二月天，拂堤杨柳醉春烟"截然不同的意境。一个教育工作者，一个母亲，不到藏区，不到校园，是无法被孩子们求学的热望和生活的艰辛触动的。他们生如草芥，见风而长。没有娇生惯养，没有锦衣玉食，没有温室暖房，有的只是斗雪傲霜，不屈不挠，顽强生存，乐观向上，坚韧刚毅，拔节生长。

"90后"藏族姑娘卓玛草，就是高原上众多经历生活凄风苦雨摔打的普通小草之一，但是通过好心人的资助，通过个人的勤奋刻苦，好学善思，她把自己活出了树的姿态，将绿色洒满家乡的原野。生长于单亲家庭的她，从小乖巧懂事，聪明能干。她帮母亲做家务，挖虫草、卖虫草、赚学费。2004年，年仅10岁的卓玛草在寒风中出售好不容易找到的几根虫草时，遇到了改变她命运的洪波阿姨。被卓玛草艰难求学之路深深触动的洪波，将自己一路的所见所闻讲述给周围的朋友，朋友们纷纷表达愿意助学的愿望。

于是，经过一年多的筹划，2005年2月19日，洪波与一帮志同道合的爱心人士共同创建了格桑花西部助学网，卓玛草就是格桑花西部助学网资助的第一个孩子。赠人玫瑰手留余香,洪波也成为 2006 年度央视"感动中国"入围人物。是的,219,爱要久!他们如是说,亦如是做。14 年过去了,他们已经一对一资助了 23 万多个孩子,这就意味着,有 23 万多个孩子因为有了来自全国各地爱心人士的关爱,得以完成学业,从此收获不一样的生活,甚至奠基了无限可能的未来。

滴滴爱心汇聚成爱的海洋。在大家的帮助下,卓玛草顺利读完了小学、初中、高中。2015 年,卓玛草大学毕业。她先去格桑花助学网合肥站实习,后来又到苏州的工厂、学校、酒店实习,学习酒店管理和服务。2015 年 8 月,大家得知卓玛草的创业梦想,便自发众筹帮小草圆梦——经营特色民宿"阿拉的家"。如今,卓玛草升级版民宿"阿拉的家",在三年疫情后,迎来了创业以来百花争艳的春天,房间天天客满,供不应求。

在空余时间,现已结婚生子的卓玛草,还和丈夫供波东周在郎木寺山脚下,经营一家旅拍店,开设公众号,受到很多年轻人的青睐和关注。生意火爆的时候,他们每天只睡几个小时,但他们从不觉得苦,心里乐开了花。一路走来,他们真诚感恩每一个帮助他们的人,感恩每一个光顾民宿的旅客,感恩每一个光临旅拍小店的游客。

在藏语中,"卓玛"是对女子的称呼,是"度母"的意思,代表美丽神圣的女性。曾经的卓玛草确实是一棵"没有花香,没有树高,无人知道"的小草,现在沐浴爱之雨露长大的她,已经从高原上一株柔弱寻常的小草,变成了一朵艳丽芬芳、向阳开放的格桑花,长成一棵可为他人遮阳避雨的大树。她已经能够立己达人,用自己的所学,用自己的双手,用深扎高原的根系,回馈社会,反哺家乡,把爱的温度传递给更多的人。

天地阔大,万物渺小。每个人行走世间,都如草芥、浮萍、沙鸥、沧海一粟,都会遭遇生命中至暗时刻的孤独与无助。所以,无论居庙堂之高,还是处江湖之远,都不要吝啬我们的微笑与善意。因为,很多时候,我们需要别人的帮助与指引,就像别人需要我们的温暖与光亮一样。

阿拉的家

像很多外地游客一样,初次听到客栈的名字——阿拉的家,我也在猜想老板会不会是上海人。因为在中国,"阿拉"与"上海人"似乎成了一对形影不离的孪生姐妹。

说来也奇怪,此次出行,第一天从无锡飞成都的航班,就因台风加暴雨延误了六个多小时。抵达玉树之后,严重的高原反应自不必说,单是从囊谦到尕尔寺到尖扎,几乎一路风雨兼程。沿途,遇到了路基塌方,车辆侧翻,汽车底盘被卡,轮胎打滑,一行人下车冒雨步行,尕尔寺峡谷一夜听雨,猴子钻进帐篷躲雨等各种状况。所到之处,就连当地人都说,也罕见连续下这么长时间这么大的雨。看来,要怪只能怪自己,谁让我们一车都是江南水乡来的"小龙女"呢?走到哪里就把雨水带到哪里。

抵达郎木寺,已近傍晚。仿佛有神灵相助,竟然雨过天晴,天色明朗如昼,空中还出现了绚丽的七彩虹。欢呼雀跃的我们,像一群兴奋不已的孩子,一边大呼小叫,一边透过车窗眺望。闻名遐迩的郎木寺,坐落于半山之腰,白塔红墙金顶历历可见,仿佛近在咫尺,唾手可得。落日的余晖,为在白龙江上盘旋起落的水鸟们,镶上了金色的翅膀。并不宽阔的柏油马路上,到处都是穿戴各色服饰的旅人,有金发碧眼的背包客,有叫卖酸奶的藏族孩子,还有为游客编藏辫的妇女等。各地牌照的汽车来去如流水,人在车上宛如江湖泛舟,从流飘荡。呈十字交叉的两条主干道,没有红绿灯,没有交辅警,再堵再慢,也没有人摁喇叭,没有人争抢加塞。最多摇下车窗,轻轻拍拍车门,一边说"当心当心",一边次第缓缓滑过。长三角快节奏的生活,终于在此刻,在"东方小瑞士",在"川北之北,甘南往南",彻底放慢了脚步。旅行之妙,除了阅山川、览天地、见众生,还可以悦自己。当我们携带遗落已久的灵魂一起漫游时,便会惊喜地发现,随处都能享受静美的时光,随时都有意料之外的美好邂逅。

车子继续往北,远远看见一幢红色的二层小楼,依山而筑,临河而建,四个白色的大字——阿拉的家,在青藏高原湛蓝的穹庐之下,格外醒目。天与云与山与水,浑然一体,好似一幅色彩简洁明快的油画。大道至简,返璞归真,是造化的神奇。下车走进一个农家小院,只见停车场平整洁净,草坪如茵,围墙边的几株格桑花随着夏日的晚风轻歌曼舞,与手捧洁白哈达的主人,一起在袅袅的炊烟中欢迎远道而来的客人。

入住后,才知道"阿拉"是卓玛草母亲的名字,"阿拉的家"是在阿拉的老屋上重新翻建的一座L形(我理解为Love的缩写)客栈。在郎木寺,"阿拉的家"属于开办时间比较早、手续规范、好评众多的民宿之一。而这一切,源于格桑花西部公益助学组织的鼎力支持。所有施工及装修费用全部来源于爱心人士的众筹，他们甚至利用寒暑假，从全国各地自发前去"阿拉的家"，挖土、平地、拔草、运石头、布置房间等。可以毫不夸张地说，这里的一砖一瓦总关情，一土一石皆有心。所以，"阿拉的家"是一个与上海、苏州、安徽，乃至全国各地志愿者有关的"大爱之家"。

并且，格桑花西部公益助学组织多年前就看到了郎木寺的旅游前景，深谙"授人以鱼不如授人以渔"的助人真谛，以"阿拉的家"为一颗孵化的种子，从起初的物质扶贫到如今的智慧扶贫，积水成渊，积善成德，日复一日，水到渠成。他们先帮助阿拉一家解决温饱问题，然后通过三餐的供应、房间的保洁、当地特色农产品、手工艺品的售卖等，帮助周边更多的藏族家庭脱贫，从而让越来越多的孩子接受更好的教育，以知识武装头脑，用科技提升能力，假以时日，反哺家庭、家乡和社会，最终实现"帮是为了不帮""被爱是为了爱人""从一到众共同富裕"的良性循环。从这个角度而言，"阿拉的家"不仅是阿拉和小草的家，也是许许多多藏族儿女的家。

虽然一路上早有耳闻，但这是我第一次走近吃苦耐劳、坚韧不拔的阿拉，悉心聆听她的故事，不仅感同身受"女本柔弱，为母则刚"的勇气，而且体会到家长潜移默化、言传身教的影响。记得杨绛先生曾写道："人虽然渺小，人生虽然短促，但是人能学，人能修身，人能自我完善，人的可贵在人自身。"作为单亲母亲，阿拉为了抚养小草姐妹长大，曾多次离藏外出，到内地务工。因为没有文化，又不会说汉语的她，只能干一些诸如打扫卫生、洗碗刷盘子等的粗活累活儿。有了自己的前车之鉴，她下决心再苦再累也要让小草姐妹接受教育，用知识改变命运，用智慧摆脱贫穷。就这样，二十多年如一日，阿拉每天起早贪黑，披星戴月，走南闯北，过着极简的生活，靠出卖体力赚些微不足道的小钱，勉强维持一家人的开销。诚然，生活的负累与艰辛，过早地在阿拉身上留下了痕迹：粗了手脚，白了头发，驼了背，弯了腰，但阿拉无怨无悔，无他，只因她是一位母亲，像天底下所有的母亲一样平凡而伟大。阿拉说，很多年前她收到过几大包捐助的衣服，她只给自己留了一件必需的，其他衣物都慷慨地送给了周围的邻居。

随着交流的深入，眼前这位朴实如泥土、质朴如青稞的女子，让我倍生敬意。面对苦难，阿拉不屈不挠、不怨不哀；面对财富，阿拉知足知止，不贪不占；面对帮助，阿拉心怀感恩，涌泉相报。现如今，小草姐妹已结婚生子，能够独当一面经营"阿拉的家"。阿拉也当上了外婆，含饴弄孙之余，阿拉已经学会用比较流利的汉语，接待南来北往的客人。清晨一杯热乎乎的奶茶，夜晚一床软暄暄的被褥，让每个客人都能拥有宾至如归的温馨与舒心感。因此，对于漂泊天涯的游子，对于行走山海的旅人，"阿拉的家"更像母亲的家、祖母的家，让人卸下所有的伪装、防备、欲望与风尘，心无杂念，酣然入眠。

临走时，阿拉和小草给大家塞了些自制的糌粑，饱含热泪逐车相送，一边挥手，一边大喊："明年回阿拉的家啊！"

"嗯，明年一定回家！"大家异口同声地回答。

一朵云和另一朵云

我的父母都是教师。受家庭的耳濡目染和潜移默化，我在高三毕业时，不假思索报考了师范大学。毕业后也如愿以偿，像父母一样成为一名光荣的人民教师。

在我从教的 25 年里，因为学习深造和工作变动，我教过小学生、初中生、高中生、大学生，教过汉族、维吾尔族、哈萨克族、回族学生，教过亚洲、非洲、美洲、澳大利亚学生。迄今为止，我与许多学生都保持线上或线下联系。我的学生，有的成了企业家，有的成了银行高管，有的成了单位的领导干部，有的成了金牌销售，有的成了行业精英……无论从事什么工作，他们都能爱岗敬业，遵纪守法，勤奋努力，这是为人师者最大的欣慰。

因为工作的性质，我对进入苏州教育系统的学生，多了一份关注。我的学生，有的成了副校长，有的成了德育主任，有的成了总务主任，有的成了大队辅导员，有的成了学科带头人，有的成了优秀班主任……活跃在苏州各区的幼、小、中学教育战线上,如今他们也个个都桃李满天下了。对我而言,每个学生都是百花园里一株千姿百态的花草树木,令我的教育人生异彩纷呈,为我的教育之路洒满芬芳,让我的记忆长河色彩斑斓。

2000年,我班里有个叫小尤的苏州女生,黑黑小小,瘦瘦弱弱,每个周末都要请假回家,理由不是"看病",就是"挂水"。看她弱不禁风的样子,确实不像装病,但独生子女的娇气肯定也是有的。那时候,班级有个来自南京高淳,名叫小凤的女生,母亲患病,父亲打零工,家里还有个年幼的弟弟,生活条件非常艰苦。我帮她向学校申请了补助,带头号召班级同学为她捐款捐物。同学们纷纷慷慨解囊,5元、10元、20元、50元不等,我记得小尤和好几个同学,捐了100元!那时候,100元可是他们半个月的零花钱!之后,经得家长的同意和赞许,我和几个家境不错的学生(小尤是其中之一),坚持每个月资助小凤,直到她大专毕业。

2007年,我从原来的学校辞职读研。有两三年时间,我和学生们的联系基本停留在QQ上。2010年冬天,我还在外地读书,听说我们一直资助的小凤(在苏州某学校做英语老师,刚生完二胎)病危,被送到苏大附一院抢救,是小尤央求父母托人找的专家,组织几个同学在ICU外面轮流守护。可即便大家全力以赴,同窗之爱,稚子之啼,最终未能挽留住一朵鲜花的凋零,小凤的人生才刚开了个头,生命却永远停留在了25岁……小尤和几个同学,代替我们曾经的班集体,送小凤最后一程。之后的两年,小尤和几个好心的同学,一直坚持给小凤的孩子邮寄奶粉和衣物。2010年夏天，听说在相城区黄桥实验小学做英语老师的小尤，暑假去青海玉树支教，一去就是半个月以上。说实话，我无法把严重的高反、艰苦的环境和病瘦的、娇弱的小尤联系起来。

事实胜于雄辩。柔弱的小尤真的去了！她不仅去了，而且一发而不可收，年年都去，从不间断，即便玉树地震，即便自己进行肺部手术前后，都没能阻止她的脚步；她不仅去了，还给那里的孩子们上英语课、生理课，还把外面精彩的世界讲给孩子们听；她不仅去了，十几年来，个人合计出资十几万元，资助多名西部困难家庭的孩子，重返校园，完成学业，实现梦想；她不仅去了，还坚持每年带父母、孩子、亲戚，以及热心公益的同事、同学、学生及其家长一起参与爱心助学。

2023年7月，我第一次跟小尤去青海玉树，去体验一下那里的校园生活，去看看那里的老师和孩子。一路上，依旧瘦弱的小尤，强忍着高反，忙前忙后，有问必答，做我们一行人的资深向导。这次，她像照顾她的学生一样对我嘘寒问暖，并如数家珍地向我介绍各个学校、校长、老师、学生的情况，俨然我的"百度小百科"。鉴于她对所到之处的风土人情、人文概貌、路况名胜等了如指掌，大家夸她简直是当地土著。小尤开玩笑说："你们看我的肤色，我上辈子肯定不是苏州'小娘鱼'，而是玉树'格桑花'。"

小尤告诉我，当她第一次抵达海拔近4000米的孜荣小学时，她被眼前破败的校舍、破旧的桌椅、穿着破烂的孩子们震惊了！在江南的温山软水里长大的她，从小养尊处优、娇生惯养的她，若不是亲眼所见，真的不敢相信东西部经济和教育的天壤之别。作为老师，作为母亲，她想为当地的孩子做些实实在在的事情。她说："我曾经觉得'明天和意外，不知哪一个先来'只是一句鸡汤文。小凤的离开，让我第一次思考生命的意义。踏上玉树的土地，让我第一次认真思考活着的价值。当有一次车辆翻下山谷的时候，当医生确诊我是早期肺腺癌患者要做手术的时候，我就下决心在我的有生之年，在我的能力范围内，尽可能帮助更多需要帮助的人。我之所以这样做，不是为了他们的一句'谢谢'或其他，只是因为我觉得助人很快乐，活得很充实，有意义。"

从开始到现在，小尤助学助人，毫无自私自利、沽名钓誉之心，只是真诚地赠人玫瑰，只是单纯地插柳栽花，但是我们的社会不会忘记那些在暗夜里为他人点灯的人：2017年，小尤入选"中国好人榜"；2018年，苏州相城区成立了"尤苑好人工作室"，带动全校教职员工、学生、家长、社会参加公益活动；2019年，小尤获评"全国向上向善好青年"称号，并被教育部表彰为"全国优秀教师"；2020年，小尤获得"2019江苏教师年度人物"称号。在我看来，小尤获得这些殊荣，都是名副其实，实至名归。一如读书时，因为助人为乐，品德高尚，获得"优秀共青团员"称号一样。

我时常想，一个人一生，做一件好事是稀松平常、不足为奇的；一个人数十年如一日，坚持做好事才是难能可贵、不可多得的。小尤只是我众多学生中的一个。读书时的成绩并非名列前茅，但从资助小凤开始，她的善良就给我留下了深刻的印象。毕业进入社会，成为教师之后，她能一以贯之，将爱和善良进行到底，薪火相传。这不就是"一棵树摇动另一棵树，一朵云推动另一朵云，一个灵魂唤醒另一个灵魂"（雅斯贝尔斯）的教育真谛吗？

一首东渡的"诗"

小时候，觉得时间像蜗牛，自己总是长不大；现如今，年近半百，突然发现一年一年就像过山车，有迅雷不及掩耳之势。而记忆，却时常回溯到很久之前。如果这是衰老的标志，好吧，我承认，我真的老了。

那些沉寂在岁月长河中的人，某一天伸个懒腰，翻个身，苏醒了，像精灵一般，活跃在我的脑海，出现在我的梦境，督促我将散不成章的片段，重新编码、排序、梳理。

诗，就像她的名字一样，是个温婉美丽、秀外慧中的苏州女孩。入校后，凭借优异的中考成绩和出众的表达能力，竞选当了班长。我是她的班主任，上情下达，和诗的交往自然多些，交流也深入些。诗的父母都是地道的老苏州，家境比较殷实，家教非常严格。他们对诗的要求近乎苛责，样样都要争第一。诗是独生女儿，他们百般疼爱又望女成凤。他们主张"艺多不压身""现在不吃学习的苦，未来就要吃生活的苦"。所以，从小到大，诗的双休日都辗转在各类培训班。温柔平和的诗，对父母的所有安排，言听计从，没有半句抱怨。她说："我知道父母都是为我好。周围亲戚朋友家的孩子都很优秀，我的父母好面子，希望我比他们都优秀。我理解，我会竭尽全力为父母争回面子，不让他们失望。"经过多年"魔鬼式"训练，"腹有诗书气自华"的诗，成了乖巧听话、温文尔雅、尊师爱友、大方得体、多才多艺的"别人家的孩子"。学校里大大小小的活动，都能看到诗的身影：国旗护旗手、晚会主持人、优秀班干部、演讲比赛、文艺会演、知识竞赛等。每次都有不俗的表现。但没有人知道，暗地里，诗对自己有多狠。在外人看似"毫不费力"的成绩与荣誉的"大满贯"背后，都是诗不为人知的"非常用力"。

印象中，在校读书的几年，诗的情绪非常平稳，没有大起大落，大悲大喜，她对任何事情都有种"得之坦然，失之淡然"的平静与超脱。对周围的老师和同学，她不卑不亢，有礼有节，但鲜有青少年的"热情似火""热烈奔放"。那时候，我刚大学毕业，与他们相差六七岁，平时像知心大姐姐，事无巨细地关心他们。而且，因为诗经常为我跑腿干活，我对她还多了份偏爱。即便如此，诗对我也保持亲而不近、爱而不密的状态。她的成熟，不符合她的年龄，但不影响她成为品学兼优的学生。

想必任何年代，无论哪方面出类拔萃的人，都会吸引很多爱慕者。隔三岔五，会有同事或学生告诉我，谁又在追求诗，谁又给诗写信，谁又送礼物给诗。同时，我也听说诗把谁的信件和礼物物归原主，还听说有一次她的父亲为此把诗打得伤痕累累等。

说实话，我并不太担心他们懵懂的喜欢能成"气候"，掀起"风浪"。少年的感情就像流感，会脑热头疼，会胸闷流泪，会传染，也会自愈，然后就会自带抗体，具备免疫力。父母家长不要"谈爱色变"，盲目去"堵"，巧妙科学引导即可。当他们成年立业，有缘在一起，就祝福他们"白头偕老"；无缘相忘于江湖，成为一个酸酸甜甜的梦，也不错。

千禧年前后，出国潮依旧火爆。诗带着父母的厚望，以及对异国的好奇，东渡日本。勤奋好学的她，顺利通过语言关，进入日本的一所大学深造。毕业后先在日本一家中日合资公司做文员，后来，换过几个公司，都和教育有点关联（莫不是师范时播下的种子？）。日本的就业压力、日企的工作强度与严苛，尽人皆知。即使优秀如诗，作为一个外国人，升职加薪很难。二十多年过去了，国内的同窗好友都结婚生子，诗依旧单身，漂泊在外，过着普通人的寻常时日。

一开始，诗每年回国两次，看父母，见朋友，逛园林，吃美食。好友去日本，她也抽空陪同游玩、购物。淡淡的笑容，柔柔的话语，让人如沐春风。疫情三年，诗没有回国，与大家的联系也骤减。最近一个朋友圈是元旦发的："每天工作很疲惫，下班没力气刷手机。不要再寄东西给我。我不懂拒绝，会有心理负担。我在断舍离，减持物件、社交软件、人。给我一段时间，等我调整好，会联系大家。"可是近一年了，诗仿佛人间蒸发，语音电话不接，微信留言不回。

很多人不明白，为什么多年来，诗宁可独自留在日本饱受孤独，节衣缩食，也不愿回国。如果诗不出国，在苏州肯定有房有车有家有孩子，过着衣食无忧的日子——父母想要她过的日子。到了知天命的年纪，我慢慢开始理解诗的选择。

四十多年来，诗一直为父母而活，中规中矩，活成他人想要的样子，唯独没有为自己活过。就像她说的，她不懂拒绝，无论是父母还是亲友，礼物还是压力，喜欢还是厌倦，她都微笑着全盘接受。而人的自我意识一旦觉醒，就会改头换面，告别过去。也许，疫情时的举目无亲，孤立无援，让诗重新审视生命的价值和人生的意义。我猜想，诗当初选择东渡日本，潜意识中也是为了远离父母，从精神上"断奶"。如今，大病初愈的诗，并未如父母所愿大富大贵，光宗耀祖，但她终于做回了自己。在人生地不熟的异国他乡，开心悲伤，钱多钱少，只是个人的事情，与他人无关。孤独，也是她自我疗愈的一种方式。她减少回国次数，不是不想家，不是不孝顺，而是为了保全自己和父母在亲友面前的脸面……诗的懂事与周全，让人有点心疼。

人生有很多种活法，"成功"不该有标准答案，飞黄腾达、扬名立万是，平淡安稳、轻松自洽也是。一个人的"幸福"，不是别人"看见""希望"的，而是自己"争取""感受"的。

桂子飘香，秋风过耳。我漫步在英华园里，听见孩子们的琅琅书声："轻轻地我走了，正如我轻轻地来；我轻轻地招手，作别西天的云彩……"我的思绪仿佛又回到二十多年前的迎新晚会上——舞台上，一个落落大方的女孩，正在声情并茂地朗诵："悄悄地我走了，正如我悄悄地来；我挥一挥衣袖，不带走一片云彩。"那个女孩名叫诗。

有准备的人

如果百年修得同船渡，千年修得共枕眠，那么一定需要万年才修得师生一场的缘分吧？我与小靖的重逢，冥冥之中，仿佛也是上天的安排。不早不晚，不疾不徐，就在那年那月那个金风送爽、欢声笑语的姑苏校园里。

那天，去苏州金阊实验小学听语文课，没想到，那个班的英语老师，竟然是我二十多年前教过的一个西山女孩——小靖。记得读书时，热情大方、踏实真诚、勤奋好学的小靖，收获了良好的人缘，受到大家的一致好评，多次被评为"优秀团员"，获得奖学金。而且，在太湖边长大的她，天生一副好嗓子，音域宽广，音色圆润，音量高亢，吐词字正腔圆，时常登台表演，合唱、朗诵、演讲、话剧，是学校的文艺骨干。大家戏谑她："唱得比说得好听。"毕业时，在上方山下，石湖之畔，我们互赠留言和礼物，相约定期聚会。但那时没有网络，交通也不发达，学生又来自江苏全省，聚会一次谈何容易。更何况，毕业之后，还有很多始料未及的状况。直到最近几年，一些学生才陆续有了消息，一些学生迄今杳无音信。每次听闻，或为他们开心，或为他们嘘唏，情不自禁叹流年似水，感人生无常。

看着小靖对她的学生有问必答、和颜悦色的样子，想起大学毕业不久的自己，也像小靖一样用爱心、耐心、热心，呵护着小靖们的健康成长，一时感慨万千。2007年，我从原来的学校辞职读研，暂时离开了吴中区。读研期间，我又在苏州日本人学校、苏州大学海外教育学院，做兼职的对外汉语教师。后来通过教育局的公开招聘考试，进入市区一所百年老校；其间，又去另一所学校交流了两年。掐指一算，大学毕业25年，我先后去过5所学校。后来得知，小靖毕业20年，因工作分配、调动、交流等原因，先后去过胥口小学、彩香小学、金阊实小、山塘小学等6所学校，光这一点，也算是"青出于蓝而胜于蓝"了吧。唯一不变的是，多年来，我们怀揣教育梦想，带着敬畏与真诚，在各自的园丁岗位上，默默耕耘，静候花开；用扎实的专业知识与高尚的道德修为，去感染、引领、点亮一颗颗纯洁无邪的心灵，让教育的薪火代代相传。

如果说"人生在于折腾"，那么用在小靖身上再恰当不过。在祖父母"重男轻女"观念和言行中长大的小靖，从小好胜不服输，她不信"女子不如男"，她偏要努力做到"巾帼不让须眉"，她要证明给祖父母看，她不但不比堂兄弟差，而且比他们更优秀。所以，她从来不给自己的人生设限，她相信人生有很多可能，并不断打破思维的定式与桎梏。

幸运只会光顾有准备的人，光顾像小靖一样始终信奉并践行"生命不息，奋斗不止"格言的人。原本毕业要回西山岛的小靖，通过日积月累、持之以恒地学习和历练，一路步履不停，经过一次次严苛的笔试和面试，实现了从乡镇到城市，从吴中区到市区的无缝跨越。随着知识体系的不断完善、教学水平的不断提高、教学经验的不断丰富，各级各类荣誉也水到渠成，纷至沓来。但是，对"活到老学到老"的小靖而言，每一个目标的抵达不是终点，只是下一段征程的起点。多年来，在教育的百花园里，小靖像辛勤的小蜜蜂，采花酿蜜，厚积薄发，为学生奉上一把又一把的蜜糖。尤其在结婚生子，成为母亲之后，她对学生和家长多了一份共情与换位思考，教育的艺术日臻圆熟，成为学生眼中严而不厉、柔而不溺的好老师，实现了从"经师"到"人师"的蝶变，也和我成为无话不谈、亦师亦友的好朋友，分享日常的喜乐哀愁。

诚然，即便内心再强大，意志再坚强，小靖到底不是铜墙铁壁，她也遭遇过人生的至暗时刻，沦陷过情绪的低谷。付出与收获之间的落差，工作与生活之间的冲突，理想与现实之间的矛盾，也曾令她一度迷惘彷徨，焦虑抑郁，寝食难安。幸好，她及时向书本、向专家、向前辈求助求教。慢慢地，一直"内卷"的她懂得"成为更好的自己，不如更好地成为自己"，她开始放平心态，放低期待，去接纳生活的不完美，接受世事无常、孤独挫败、突如其来的无力感、自己的不足和缺点等。也是从那时候起，她每年寒暑假带自己的孩子出门远行，览名胜，观天地，悦自己，见众生。就这样，小靖从大量的阅读、摘录和不停的行走、书写中，开阔了视野，获得了新知，汲取了力量，夯实了自己。不惑之年，小靖终于实现了从义无反顾、正面强攻到退二进三、曲线救国的转变。眼前突然海阔天空的她，再回首发现：那些曾经以为跨不过的槛，已然一跃而过；那些曾经以为永远无法愈合的伤口，已然结痂。小靖这才恍然大悟，原来"世间的人和事，来和去都有它的时间。我们只需要把自己修炼成最好的样子，然后静静地等待就好了"。是的，人生很长，不必慌张，从容前行便好。再次遇见小靖，是在依山傍水、三面环山、世外桃源般的明月湾，彻底放空之后的小靖又满血复活，也许我该叫她"小强"了吧？

　　生活不易但生命美好。我相信，从今往后，小靖定会用曼妙的声音，继续歌唱流金岁月的馥郁甜香、菁菁校园的精彩片段，以及平凡生活里的每一份美意与确幸。

桃李不言

九月,秋老虎的威力一点儿也未减,连日持续30摄氏度的高温,甚至还有愈演愈烈之势。不过,在我看来,除了垂死挣扎的蚊子有点恼人之外,这座千年历史文化名城——"东方威尼斯"的初秋,日日都是国色天香。

清晨,望着湛蓝高远的天,数着散淡轻盈的云,还有道路两旁郁郁青青的树木,生命的勃发,现世的安稳,出行的自由,让人忍不住热泪盈眶。那一刹那,特别能够理解刘禹锡"晴空一鹤排云上,便引诗情到碧霄"的心境与豪情,就连自己都有哼唱小曲的冲动。收音机仿佛心有灵犀,播放着糯软的《姑苏好风光》。是的,好风光的姑苏,是我名副其实的第二故乡。从读书到教书,我已经在这里生活了30多年。每一座园林,每一条老街,每一个古巷,都有关于恩师、同窗、学生、亲友的美好记忆,一经打开,就如清泉汩汩流淌。

暑假两个月,说长不长,说短不短,我和孩子们真的有些彼此想念。他们会给我留言，或倾诉与父母相处的烦恼，或分享学习上的喜悦，或推介优秀电影和书籍……九月，终于在绿树成荫的慕家花园，在丹桂飘香的石榴园里，又见孩子们熟悉明媚的笑脸，共同庆祝属于我们的第39个教师节。最值得一提的是，这个九月，我还在《姑苏晚报》遇到了"小猪"，一个1997年我教过的学生。

其实，最早引起我注意的，是作者刊登在5月6日上的《骑过古城区》。作者的名字在我脑海中一闪而过，我笑着摇摇头："偌大的苏州城，也许只是同名同姓罢了。"文章写的是他带着孩子骑行，走街串巷，从干将路到丁家巷到西大园江澄波的住宅，再取道慢书房、由巷、颜家巷、公园路、十梓街、葑门，然后回家。这一大圈，包括沿途他所驻足停留和随意关注的，穿越时空，竟然与我多次踏访的足迹惊人地重合。

在文脉源远流长的苏州，一个读书人如果不知道江澄波，不知道文学山房，一定不算是真正的读书人。现年97岁的江澄波先生，勤勉好学、吃苦耐劳、淡泊名利，把"给读者找书，给书找读者"当成毕生最快乐的事业。八十多年来，他从文庙、古旧书店、图书馆、藏书家等各处淘书、收书、购书，再将之售予有缘人。他还及时甄别、修复、抢救、保护了一大批价值连城的古书，有的成了独一无二、千金不换的珍本。江老拒绝营利性拍卖，他希望精挑细选的古籍未来能进入图书馆、博物馆，成为各处的镇馆之宝，让苏城书香绵延千年而不绝。由江澄波先生的祖父创建的文学山房，距今已有124年的历史，几经搬迁，现坐落于钮家巷。门店虽然不足20平方米，已然成了苏州的一个"文学地标"，吸引全国各地的学者、文人、爱书者、藏书人、游客慕名而来，看书，寻书，购书。即便什么也不买，只是伫立浸润其间，也是一种文气的熏陶和感染。

以前，我去文学山房买完书，会顺便到对面的状元博物馆坐坐，喝杯茶，聊聊天，那年那月正好有朋友主持馆里的工作，每次探访都有宾至如归的亲切。作者提及的慢书房，位于蔡汇河头，闹中取静，是个让人一旦遇见，就会情不自禁慢下脚步、感喟"繁华静处遇知音"的地方。"慢师傅"鹿茸，纯粹出于热爱读书，才苦心经营着这片书房，并亲自策划、主持、编辑每一场新书分享活动和公众号。我曾在慢书房做过新书分享，也聆听过别人的分享，目之所及，耳之所纳，心之所向，都是关于书与人，关于生活与美的碰撞与惊艳。至于作者笔下由巷的"黑"，也颇能感同身受。八年前，有个熟识的朋友在巷子里开设书画工作室，虽然门外的灯箱招牌一直亮着，但独自行走在狭窄、逼仄、悠长、漆黑的巷子里，隐隐还是有些诡异和紧张。

之后，在晚报上还陆续看到同一作者的其他文章，几乎都与苏州的历史文化、名胜古迹、方志诗文相关。他书写时，习惯从生活日常出发，兜兜转转又回到生活本身，明白晓畅，收放自如，读起来文艺且不失烟火气，轻松有趣。今年教师节前夕，我才偶然知悉，文章作者真的是我曾经教过的、外国语师范学校的学生！

20世纪90年代，中等师范的录取分数线，远高于普通高中的录取分数线。苏锡常的几所师范，曾誉满江苏，培养了一大批德才兼备的教师。我清晰记得，这个男生初中毕业于吴江青云中学，1997年9月入校，在男生屈指可数的师范院校，喜欢读书、尤爱历史、爱好舞文弄墨、脾气随和的他，很受大家欢迎。因为他的肤色本身有点黑，新生入学后又冒着秋老虎军训，加之他姓"朱"，于是所有的师生都亲昵地叫他"小猪"（"小朱"），他欣然答应，一点儿也不生气。毕业后，绝大多数都做了小学英语教师。"小猪"也不例外。那时候，网络并未普及，唯一的联系方式只有电话。当电话、住址、单位发生变更，与很多学生就慢慢失联了。后来，听说"小猪"辞职经商，生意做得风生水起，与爱慕已久的同班女生"有情人终成眷属"，喜结连理，并育有两个可爱的孩子。

自是人生长恨水长东，岁月果真催人老。想当初，我教"小猪"的时候，他刚初三毕业，如今他的大宝也初三了。在毕业后的23年里，"小猪"一路摸爬滚打，经历了很多人世浮沉。偶然的机遇，彻底改变了他的人生走向。但我坚信，有全面系统的素质教育打底，有"学高为师，身正为范"的校训激励，有中外文学的朝夕滋养，他做老师一定是个博学的老师，他做商人一定是个儒雅的商人。

那天，刚确认"小猪"时，我很惊喜，也很诧异。一个"英语"老师，怎么突然写起"汉语"文章，且一发而不可收？他说："老师很重要，您当初给我的作文评语，就是今天的果。"虽然我并不记得具体写了什么，但我懂得呵护孩子们健康的兴趣、灵性的爱好。那天，我一如既往地表扬他"青出于蓝而胜于蓝"，他谦逊有礼地说："我是您正儿八经的授业弟子，我在晚报看见了您，也希望被您看见，为您争光，就心满意足了。"原来，每个孩子都需要"被看见",就像我们每个人都需要"被看见"一样,与年龄无关。所以,"教师"不仅是一个闪亮的称号,更是一份发光发热的责任。需要我们时刻心怀慈悲与敬畏,春天播下真诚的微笑与赞美,夏天与孩子平等对话、共担风雨,秋天静候每一朵花的嫣然绽放、每一枚果的丰硕芬芳!

时光里的心跳

时光里的心跳
——王尧《时代与肖像》印象

我与王尧先生并不熟识。

十年前,我的第一部文学评论集《楼梯上的三重奏》出版时,为了增加文集的"分量",诗人长岛请王尧先生帮我题写了序言。洋洋洒洒四千多字的序言里,王尧先生对我这样一个素未谋面、名不见经传的业余文学批评青年,给予了充分的肯定和鼓励,提出了中肯的期望和建议。十年后,当我捧起王尧先生的《时代与肖像》,沿着温润如玉的文字拾级而上,俨然走进一代人的思想记忆,聆听悲欢离合的光阴故事,还有旧时光里的心跳——青春少年的萌动、文学青年的热爱、城乡变迁的思考、家国情怀的传达等,合奏出一场盛大的心灵归乡曲。

在《时代与肖像》里,存在两种时间:历史的时间和个人生活的时间。个人参与了历史,在叙述中将自己历史化了;历史在个人经验中呈现,个人的生活变得有意义或无意义。一步一顿，沿着娓娓道来的文字，就像缓缓回放一部黑白电影。开篇，扑面而来的，是一个小男生彼时彼刻逼真生动的心路历程。像那一代的很多人一样，王尧先生少年时，对"颜如玉"的认识，源于文学作品的阅读，而且无一例外，书中的"异性"肖像，都烙上了时代的印记，言行举止都和革命斗争以及英雄主义相关联。例如"50后""60后""70后"耳熟能详的冬妮娅（《钢铁是怎样炼成的》）、卓娅（《卓娅与舒拉》）、白茹（《林海雪原》）、春兰（《红旗谱》）、金环与银环（《野火春风斗古城》）等，滋养哺育了几代人。可一旦文学的纯粹想象遭遇现实的繁杂烟火，那么即使一条裙子、一盒雪花膏、一双凉鞋、一块手帕都足以"惊艳"一个乡村少年纯洁无邪的心。此种睹物思人，借物抒怀，移情于物的手法和心境，延续了《诗经》"青青子衿，悠悠我心……青青子佩，悠悠我思"以来的传统。长大后再回首，才知道"在意她的事情"本身就是一种潜意识的喜欢，"觉得心里烦躁"是学生时代的朦胧情感不被社会允许的压抑矛盾反映。在王尧先生笔下，往事并不如烟似风，即使是选择性记忆，那些少年时代的伙伴、那些精妙的细节、那些生动的过往，因为传神的文字而鲜活隽永。想起近年在几次会议上，看到王尧先生依旧一副"老班长"的范儿，一直乐呵呵地笑着，慢条斯理地发言，偶尔不动声色地幽默叙述，脸上还会露出一丝羞赧的神色，让人忍俊不禁的同时，又与其笔下的少年形象相重合。《时代与肖像》的书写，没有太多华丽的辞藻，王尧先生"我手写我心"，将"文如其人"与"人如其文"完美融合并呈现于纸端，字里行间的细微点滴，一颦一笑，一举手一投足，总能不经意地触动读者的心弦。一部随笔,唯真诚真心真实最动人,一如鲁迅《从百草园到三味书屋》、巴金《随想录》、萧红《祖父的园子》、朱自清《背影》般,让人回味悠长,百读不厌。

任何事物都具有两面性。偏远的乡村,匮乏的物质,虽然限制了王尧先生的想象,但是也激发了对"另一种生活"的向往。乡间多面的人物,多样的脸谱,多种的肖像,多重的故事,多变的生活,多维的思想,都是王尧先生取之不尽用之不竭的文学素材。《毛诗序》云:"情动于中而形于言,言之不足,故嗟叹之,嗟叹之不足,故永歌之,永歌之不足,不知手之舞之,足之蹈之也。"像鲁迅《朝花夕拾》一样,王尧先生用一支生花妙笔,挥洒点染,让那个单调的时代和那些平凡遥远的人物立体而丰满,亲切而可近。印象深刻的是胸前挂着大红花、会拉手风琴的知青左老师。无论是她上课进教室前整理衣服,还是上台表演穿裙子袜子凉鞋,处处都体现生活的仪式感。她与小吕恋爱,本是喜事,但父亲老左因小吕父亲被"打倒"而坚决反对,为此,父亲老左扇了左老师一巴掌。文章写道:"巴掌打在左老师的脸上,但在我心里留下了创伤记忆。"那一记耳光,岂止是左老师一个人的创伤,更是一代人永远难以忘却的伤痛。虽然"知青屋里没有知青了",但留在"知青"记忆里的伤疤,一经触碰,都是无言的辛酸血泪。另一个是皮肤白皙、热爱俄罗斯文学、不爱下田劳动的表姐,也算是"我"的文学启蒙老师之一。在年复一年、日复一日的似水流年里,清高脱俗的表姐下岗了,残酷的生活将青春芳华、手无缚鸡之力的表姐,改造成了一个又抽烟又驼背又辛勤劳作的家庭妇女。虽然"我"心里始终念着表姐的好,却一直未能有机会给表姐做点实实在在的事情,而善良的表姐从来不会计较"我"的种种不是,即便"我"不能亲自去扫墓,表姐若地下有知,也一定会像往常一样想:"王尧兄弟太忙了。"表姐的慷慨大方、慈悲大度、善解人意,让"我"心生愧疚,无地自容,黯然神伤。还有,村庄里的李先生和《康熙字典》、练气功的王叔叔、说三国的田爷爷、爷爷奶奶的家教家风等,都是王尧先生的财富宝藏,是他走上文学之路的奠基石。

对王尧先生而言,带有乡音的普通话几乎是他的"标配"。但他从不掩饰,更无不自在。每次与会或上课,都自然大方地流利言说。在《时代与肖像》中,王尧先生风趣地写道:"几个不怎么说话的同学偶尔开口,大家才发现乡音最重的不是我",而且带有乡音的普通话,也是"那个时代教育和文化的产物"。诚然,在那个时代,对于乡村的孩子,文明的轨迹就是离开乡村,而最好的离开方式就是受教育,就是读书,就是参加高考。一旦顺利如愿离开乡村,成为一个在城市里生活的知识分子后,无论再平和再真诚,都无法消弭与昔日同学之间的隔阂。打个比方,离开村庄前,王尧先生与村庄是水乳交融的关系,离开后是水油不相融的隔离。这不仅是城乡的差距,更是思想与认识的差距。王尧先生道出一个真理:无论古今中外,无论亲朋好友,当彼此没有了共同的经历和话题,再浓再深的情感也会被时间冲淡,能够剩下虚拟现实中的嘘寒问暖,已经聊胜于无了。因此,文集中涉及"乡愁"的话题,都有一种挥之不去的淡淡忧伤与深深无奈弥漫于其间。

相比一些盲目歌唱苦难困顿、萧条凋敝、孤独离散的写作者,王尧先生能够始终保持知识分子的理智与清醒,他诚恳地写道:"乡村是锄头落地的声音,不是乡愁吟唱的诗。"毕竟,有些"记忆并不弥漫阳光,否则我就不必背井离乡"。不同于鲁迅先生等小说人物实实在在的"身体返乡",王尧先生借由文本《时代与肖像》实现"心灵返乡",通过真性情的文字书写,获得叙述的自由,恢复乡村的记忆,开诚布公地袒露心声,彻底"清算"自己,寻找一份真切的身份认同——我是谁?我从哪里来?将到哪里去?其"不虚美,不隐恶"的表达风格,颇得《史记》笔法之精髓。作为一名享誉文坛的大学教授、知名学者,入木三分地自我批评与解剖,是需要勇气的。文集中,王尧先生并不否认自己走出乡村后对乡村的惦念,但更多的是"终于走出村庄的兴奋甚至荣耀"。王尧先生并未像一些写作者成名成家后,出于各种因素考虑,对故乡和父老乡亲进行主观的想象美化,又鼓又呼,讴歌赞美,而是实事求是地写道:"我从心底里有些拒绝故乡,故乡也未全盘接受我。这种隔膜感我难以名状,有时甚至很糟糕……30年前我就有背井离乡的感觉了。是我想逃离那个村庄的,那个年代不想离开故乡的人肯定是狗日的。如有乡亲读到本书的这一部分,请宽宥我,一个你们看着长大的孩子。"不矫揉,不造作,不虚伪,很直白,很纯粹,很接地气。社会的发展进步,打破了农业社会"安土重迁""父母在,不远游"的传统秩序。"人往高处走"是人之常情,"好男儿志在四方"也是常理,无可厚非。所有对美好繁华的向往,"都是对贫困的释放"。反而,过分标榜、张扬、煽情与拔高,倒显得虚情假意了。

当然,王尧先生的"记忆并不缺少温暖,否则我就没有返回的勇气了","我在故乡生长了我的身体、血脉、秉性和口音，在苏州成长了我的思想、知识、能力和文字"。尤其对养育自己的父母，王尧先生常怀感恩："我们无法抱怨在乡村长大，因为没有人可以抱怨自己的父母，乡村孩子是不会抱怨比自己挣扎得还厉害的父母的。我和少年伙伴，常常衣衫褴褛，但即便是衣服上的一块补丁也是从父母身上剪下的；我们总是在昏暗的灯光下读书做作业，太强的灯光反而会刺激我们的眼睛，但这盏灯的煤油还是从另外一盏灯倒进来的，我们的父母在黑夜中打发时光。在那样的日子里，世界上总有光，没有煤油了，我们等待晨曦，在鸡鸣的时候起床背书；世界上总有温暖，衣服单薄，我们凑在灶膛口取暖……"字字含情，句句有爱。父母给予孩子的不仅有生命、衣食、温暖、光明，还有身处苦难坚忍、豁达、乐观、积极的精神——心有阳光，才有诗与远方，心中有暖，何惧人生苍凉！

想起李敬泽先生在《跑步集》中写道：两个人"被空间和时势所隔，他们以书写、以遥望克服这种阻隔，但是在他们的不隔中又内在地存留着隔，一种不隔之隔，一种由隔而生的珍惜珍重，以及柔情和温暖。"其实，一样适用于个人对故乡的离开与回归。正是因为这种融入与疏离等各种杂糅的情愫，多年来在王尧先生的内心深处不断酝酿发酵，促使他不断深入思考人与人，人与城乡，人与社会，人与时代的关系，也赋予了本次写作实践的意义。通过王尧先生的文字，青年读者可进一步读懂父母和祖父母，找到关于父母辈、祖父母辈的记忆，并珍惜个人年轻时的经历和记忆。

笔者以为，这些饱含深情厚爱的人生感悟，这些刻骨铭心的经验教训，这些目达耳通的智慧结晶，是文集中最耐读、最精彩、最有思辨意味的片段。因此，这部《时代与肖像》，不仅是王尧先生的个人成长史，是一个乡村少年的蜕变史，而且是一代知识分子从"离乡"到"归乡"、"性灵"到"品格"的精神成长史，是时代剧变中的"小我"与"大我"的统一史。

故每一次翻阅，在哗哗的书页声里，都能聆听到时光里各种铿锵有力的心跳，伴着阵阵墨香与读者同频共振。通过"他"和"他们"，唤醒"我"和"我们"，以及日渐在无涯的时间洪流中所遗失、所泯灭、所钝化、所忽视的那部分真善美。

在田野里捡拾童心
——庞余亮《小先生》印象

喜欢在人流如织的节假日,安静宅在家里,在文字里翻越万千山海,在书香中踏遍唐宋明清。

这个劳动节,满耳朵都是网红黄老师:"在小小的花园里面,挖呀挖呀挖,种小小的种子,开小小的花;在大大的花园里面,挖呀挖呀挖,种大大的种子,开大大的花;在特别大的花园里面,挖呀挖呀挖,种特别大的种子,开特别大的花……"满眼睛都是庞余亮笔下野蛮生长、远近大小、高矮胖瘦不等的"小先生"。一路跟着他们,不知疲倦地奔跑在苏北广袤的田野里,低眉信手,左顾右盼,都能捡拾到那些远逝的、漠视的、丢失的、可贵的童心,顿觉耳聪目明,心无旁骛,神清气爽。

"小先生"之所以"小",是因为年纪小,体重轻,个子矮,教龄短,经验少。因为"小",童心未泯,与孩子们代沟浅,才能像兄长一样与孩子们打成一片;因为"小",初出茅庐,才会受到老先生家长般的呵护、提点与帮助；因为"小"，所见所闻所感才更真实更纯粹；因为"小"，没有装腔作势，刻意煽情；因为"小"，未来才能有不断成长、强大、成熟的空间与可能。文集中，"小先生"是孩子们名正言顺的"小先生"，孩子们是"小先生"的"小先生"，也是大人们的"小先生"。文集外，"小先生"、孩子们、自然万物都是我们的"小先生"，应时刻保持谦逊、理解、慈悲、同情、宽容、尊重之心。

无疑，《小先生》寄托着庞余亮作为一个乡村教育工作者的清醒认知与美好希冀，让人想起"人民教育家"陶行知先生倡导的"小先生制"：受过教育的儿童将习得的文化知识不断推广、随时随地教给别人，在教别人学会知识的同时，也教别人成为另一个"小先生"。"学学半"的方法，不但有效解决了贫穷国家和地区师资不足、经费缺乏、资源不均等教育问题，而且能够像一粒"星星之火"，燃起燎原之势，让"一棵树摇动另一棵树，一朵云推动另一朵云，一个灵魂唤醒另一个灵魂"。

《小先生》确实小，简短凝练，章章精品。每一篇书写的都是与乡村学校日常教育教学相关的小事情、小片段、小心思、小感悟，贵在清新细腻，功在细枝末节。无论过去现在未来，无论作者读者学者，每一个小故事都是随时随地可以单独拿出来温故知新，见贤思齐，暖心润肺。你看，一年四季，在办公室外一架又一架的纸飞机，教室内飞来飞去的纸飞机，屋顶上不断"遇难"的纸飞机，甚至还有在上课时"撞上了我的后背，然后坠在我的脚下"的飞机。那一刻，闯祸的孩子必然忐忑不安，如坐针毡，其他几十个孩子也屏气敛声，目不转睛，等待"我"怒发冲冠、河东狮吼、连坐罚站的处理。但是,"我没有回身,继续在黑板上写",因为"我知道,面对这些调皮的孩子,沉默比批评更能浇灭他们的野性子"。意料之中,"我隐忍的愤怒'感染'了很多学生。一位男生终于怯生生地站起来。这就是刚才那架纸飞机的飞行员……后来这堂课纪律变得出奇的好。下了课,我发现很多学生都在操场上学习我上课时掷飞机的姿势……"一件课堂突发的小事情,一架偏航的小飞机,偶然成了鲜活的现实教材和教育契机,彰显出"小先生"和风细雨、润物无声、呵护童心的教育理念。事实证明,对于孩子,馒头比拳头有效,微笑比呵斥有用,沉默比唠叨有力。因为"亲其师",那堂课后孩子们不约而同,纷纷模仿"小先生"帅酷的投掷姿势。"台上一分钟,台下十年功","冰冻三尺非一日之寒",想必"小先生"在成为"小先生"之前,也像他们一样,扔过无数的纸飞机,否则怎么会有如此娴熟的手感与技艺?当然,因为"亲其师",孩子们今后一定还会模仿"小先生"写字、读书、说话、走路等,出于亲切,出于喜欢,出于爱戴。"刹那间,我们的校园仿佛是一座繁荣的航空港",乡村孩子的美好人生从这里启航,有实写,有想象,有期待。多好啊,"小先生"言传身教于潜移默化之中,在课堂上"种小小的种子,开小小的花"。

《小先生》虽然小,人小志大,纸短情长。教学伊始,"小先生"写备课笔记,只写正面,空着反面,不是浪费纸张,而是准备记录课堂反思。或是无心插柳,或是有意栽花,寻常的教师备课本便有了生命、有了灵魂、有了活力,成了孩子们、同事们、乡邻们、鸡鸭猫狗们自由自在、"你方唱罢我登场"的"纸操场"。在受过师范教育专业训练的"小先生"心底,教育是需要遵循客观自然规律,春耕夏耘秋收冬藏的农业,不是流水线上千篇一律、千人一面的摩登工业。所以在"小先生"风雨无阻、寒来暑往、因材施教的经营侍弄之中,这一块方寸天地,不仅成为"小先生"的个人工作日记,也成为各类乡村孩子和家庭的成长记录,还成了一部乡村教育的校园日志,多角度、多方位、真实再现了乡村校园良好的生态环境,以及人与人、人与自然和谐共处的美好画卷,物质贫穷但精神并不匮乏,生活平淡但并不平庸:那时候的乡村学校没有围墙,各类"编外学生"自由来去,一如曹文轩《草房子》中秦大奶奶的鸡鸭。"前几天是一只红翎雄鸡跳到三年级的窗台上引吭高歌,昨天是一头浑身是泥的猪闯进了办公室的大门'嗯嗯'地发表意见,今天又有两只白鹅在五年级的教室门口一唱一和",还有猪羊狗等留级生、鸡鸭鹅等旁听生、喜鹊鹧鸪等借读生、麻雀老鼠野兔等寄宿生、猴面鹰等流生,形象生动的比喻、惟妙惟肖的拟人、抑扬顿挫的排比,精彩纷呈,俯拾皆是。加之作者不动声色又揶揄调侃的语调,诙谐幽默的语言,极富表现力和感染力。每每读到精妙之处,无不会心莞尔,心花怒放,拍案叫好!就像偶尔路过半亩方塘,一只青蛙突然跃出水面,迸溅起乱珠碎玉的水花,一圈圈漾开去的涟漪,就是一寸寸增长的阅读快感。这一切的"小确幸",皆源于"小先生"数十年如一日的观察与思考。坚持在备课本之一隅,进行景物描绘、人物速写、谈话设计、故事勾勒。一个人的"不平凡"不在于惊天动地之举,而在于坚持做好每一件"平凡"的小事。庞余亮的写作习惯,是否受到唐代诗人李贺随身携带的锦囊与妙句，清代小说家蒲松龄设茶摊交换鬼怪故事，英国诗人济慈口袋里的小纸片，美国小说家杰克·伦敦挂在窗帘、衣架、橱柜、床头、镜子、墙面上的小纸条的影响，不得而知。可以确认的是：优秀的写作者都有惊人的相似，"小先生"能够在字里行间，"种大大的种子，开大大的花"。

《小先生》虽然小，小中见大，意味隽永。"小先生"捧着一颗赤子之心，饱蘸热爱与责任，一笔一画，一字一句写下发生在乡村校园里爱岗敬业、为人师表、感恩惜福、仁者爱人的美谈与佳话。篇幅虽短，五脏俱全。正如一滴小小的水珠，同样可以折射出太阳的万千光芒。集子中每一篇选文都开口很小挖掘很深，能以小事情见大道理。起承转合之结构行云流水，浑然天成；娴熟老道之运笔，放得出收得回；新颖吸睛之标题，激发兴趣，吸引读者；从容不羁之节奏，可紧可松，可大可小，可近可远，是中小学生学习阅读与写作的优秀范本。譬如《我的秘密武器》一文，素简朴实的文字，处处溢满童真童趣，让人忍俊不禁。起笔从乡下孩子"玩起来，就像一群没上笼的小马驹"的野性写起，引出他们为了释放内心燃烧的小宇宙，创造性手工制作"枪支弹药"。芦柴枪、木头枪、钢枪、泥巴枪的制作，不但"灭了内火"，而且协调了心手，锻炼了能力，在想象中实现了驰骋疆场、扬名天下的英雄梦想。当心爱的枪被没收后，狡黠的孩子也会察言观色，他们知道"我"心软，便先交一份皱巴巴的检查书，再"表演"泪如泉涌，"我"就会还给他们。校长则不同，他铁血冷面，野蛮暴力，不但把枪狠狠地摔地上，还要踩几脚，"那支枪立即哑了口"。此处无声胜有声，无须多言即可意会。"小先生"与"老校长"教育方式之优劣立见高下。也许,"老校长"只知道踩在脚下的是塑料仿真枪,不知道他同时踩在地上的还有孩子们对世界、对人生、对教育、对学校、对先生的好奇心、探索心、敬畏心。最妙的是结尾,"收缴的武器"唤醒了"我"沉睡已久的童心,让"我"想起儿时对手枪的种种渴望,下意识"握住了其中的一把枪,瞄准窗外树枝上的一只麻雀",巧的是窗外"居然露出我们班一个丢枪学生的脸,他居然还冲我笑了笑,露出了口中掉了门牙的上牙床"。一浪叠一浪,一环套一环,营造出一幅妙趣横生的画面。孩子是在笑"小先生"睁一只眼闭一只眼瞄准目标的模样,还是在笑"小先生"没收了枪自己偷偷玩?作为在孩子们面前一本正经的"小先生","我"有些尴尬,有些忧虑,"不知道明天孩子们会怎么说我玩枪的事?"其实,善良无邪、古灵精怪的孩子不是"嘲笑",而是"欣喜"遇到和他们一样的童心。毕竟,变化的只是儿童,不变的是永恒的童心。"小先生"曾经是小孩子,"老校长"曾经也是小孩子。年复一年,"小先生"在学校、文学和孩子们心灵的花园里"种特别大的种子,开特别大的花"。

显然,《小先生》清新婉丽的叙事风格,自然灵动的美学意趣,质朴纯良的文学观念,与沈从文、汪曾祺、曹文轩等一脉相承。文集是对 20 世纪 80 年代苏北乡村的回望与记录,发现与确认,而非一部浪漫甜蜜的田园牧歌。其中,既有诗意乡野中的贫瘠落后,女孩辍学的冷峻现实,家庭暴力的司空见惯,也有教育资源的倾斜不公,坎坷转正的残酷辛酸,权力本位的根深蒂固……每次翻阅,宛如聆听一首安恬宁谧的小夜曲,裁节有法,曲尽其情,可以静心清心洗心,也可以动心省心惊心。

仔细品鉴,眼前又像立着一帧精妙绝伦的双面绣,启人心扉,悦人耳目。一面是天真无邪的孩子,一面是童心未泯的先生;一面是校园中的小欢喜,一面是人生中的小忧伤;一面是成年世界的苦恼无奈,苦中作乐,一面是童年世界的快乐无忧,以苦为乐。庞余亮就是那位天资聪慧、心灵手巧、土生土长的绣郎,他以文字为针,以博爱为线,以乡村为绢,通过细心的观察、细致的构思,用细腻的描写、细密的修辞,将细微的情节、细密的思绪,自然流淌在指尖,点染于尺幅之间,沉重苍凉的世界也为之轻盈而温润。

艺术的行走与行走的艺术
——葛芳《南极之南,远方之远》印象

人生是一场从生到死的行走。虽然,终其一生,我们都逃不过"寄蜉蝣于天地,渺沧海之一粟"的天命,但是一样长短的人生却可以活出宽度不一的精彩。有的人百岁一生如朝夕一日,有的人昼夜一日如沧桑一生。

青年作家葛芳,似乎与生俱来为行走而诞,那看似温婉娴静的外表下,奔突着一颗狂野、无羁、不安的诗心。从少年到青年,从乡野到城市,从无锡到苏州,从江南到边疆,从江苏到全国,从国内到国外,从北半球到南半球。她就是一本活色生香的移动地理图册,让读者足不出户,便可以随着她妙趣横生的文字行走天涯,神游八荒。

也许,对很多陌生的读者而言,这个非同寻常的女子就如杳杳南极是个深不可测的谜团,顿时萌生太多太多的疑惑:她怎么会有如此丰厚的时间、精力、财力周游世界?她怎么会有那么

精妙的细节、辞藻、思想可以言说与表达？她如何可以在现实生活与浪漫艺术之间自由游弋切换？

嘘，不要着急，请先静心读读其最新行走文集《南极之南，远方之远》吧！

这是一本游记随笔，其体裁归根结底还是散文，既然是散文，就必须是作者的真情实感，来不得半点虚假和浮夸。因此，聪明的读者只要用心翻阅浏览，一定可以在《南极之南，远方之远》的字里行间，寻觅到各自想要的谜底，然后综合拼接起来，就可以还原成一个三维立体的葛芳印象。

葛芳行走四野，与现代很多人"上车睡觉，下车尿尿，到了景点拍拍照，回到家啥也不知道"的走马观花式的旅游有着本质区别。每次出发前，葛芳都会查阅大量资料，做好充足的功课。同样都是休闲游走，但是葛芳的攻略并非仅仅止于美食和景点，她更侧重目的地的风俗况味和历史文脉。

因此，葛芳的行走，从本质上来说是一场文化艺术的行走：在阿根廷布宜诺斯艾利斯，作者试图寻找大文豪、哲学家博尔赫斯残留在寻常巷陌中的气息；在德国汉莎航空的航班上，作者闭目怀想本哈德·施林克《朗读者》的情节与主题；在玫瑰花园，作者梦见诗人、画家阿多尼斯，还有纳博科夫的《洛丽塔》；在贵族公墓，作者瞻仰阿根廷的"国母"贝隆夫人；在探戈表演中，作者感悟"心灵的脱逃与行动的钳制"……

"没有比脚更长的路，没有比人更高的山。"博闻强识的葛芳，还用联想和文字，把一个人的行走演绎成一场古今中外文化艺术交融的盛宴，打通了不同艺术门类之间的界域。她思接千载,目及万里,由极地醉人的蓝天,联想到苏州"弹词开篇里的娇滴滴""昆曲里巾生的温情脉脉";由咖啡厅女歌手的蓝眼睛,联想到法国"莫奈油画中的睡莲";由其上扬的眉眼嘴角,联想到美国奥斯卡女主角娜塔莉·波特曼;由法式小甜点,联想到法国"普鲁斯特品尝的小玛德琳娜的味道";由眼前的极地旖旎雪山,联想到中国"王子猷雪夜访戴安道的情趣";由平整如镜的水面,联想到日本松尾芭蕉的俳句"古池冷落一片寂,忽闻青蛙听水声"……丰富广博、应接不暇的信息,充分调动读者的阅读兴趣,让人在轻松愉悦的泛读中,得到知识的滋养和思想的启迪。

除了文字,文集中一张张精心选配的插图,一帧帧友爱深情的"小贴士",柔软、温润、相得益彰、恰到好处,凸显了一个教育工作者的细腻情怀和责任担当。熟悉葛芳的读者都知道,这个江南女子身上有北方男儿的英气与豪迈。当年,为了追逐身心自由和文学之梦,她毅然离开体制,亲手摔碎了众人艳羡的"铁饭碗",然后"仰天长啸出门去",到鲁迅文学院研修,到南极、到澳大利亚、到欧洲行走,同时经营一家颇具规模的教育培训机构,且做什么像什么,做得风生水起。即便如此,葛芳也没有短视地停下行走的脚步。她始终不忘初心,时刻清醒地知道自己要什么。教育培训是她践行个人教育理想,也是她赖以生存的物质保障,而非个人生活的全部,在她内心深处,还有诗和"南极之南,远方之远"。当然,俗世生活中难免还会遭遇管理、写作、人际交往、情绪的逼仄困境,那时或远或近的行走,便成了立竿见影的灵丹妙药,沉重的肉身也为之轻舞飞扬。很多时候,所有的痛苦挣扎都是生命的积淀和历练，人只有在绝处方能逢生，在绝地才会反击，然后迎来人生的海阔天空，艳阳高照。

葛芳深谙"一日有一日的领会，十年有十年的风光"，所以一有空闲，她就像独行侠一样，满世界飞，广交天下朋友，"指点江山，激扬文字，粪土当年万户侯"，用行走的脚步丈量有限的人生历程，用精妙的文字书写无限的生活百态，把每一个凡世烟火过成滋味隽永、眉飞色舞的诗词，让人流连忘返，手不释卷。

从这个意义而言，《南极之南，远方之远》既是一次艺术的行走，也是一次行走的艺术。葛芳乘着颜料、音符、文字、图片的翅膀，在南极满目的冰山里、在老庄返璞归真的信仰里、在佛教"顺应万物，持经达变，执而不着"的哲学里，不为形役，逍遥遨游，观大自在，探究生命的秘密花园，寻觅理想主义的天堂。在艺术的行走中，在文字的书写中，在哲理的思考中，领悟行走的艺术：活在当下，敬畏自然，与万物交流，反观自我，回望童年，品味孤独，感念家国，超越自己。书中写道"南极，梦的制高点"，其实，对一个以"行走"为人生梦想的人来说，从来没有最高最远，只有更高更远。南极，只是作者葛芳此时此刻的制高点罢了，一旦抵达便意味着失去，因为"修行是一场永远无法到达尽头隆重的盛事"。

生命不息，行走不止。下一站，葛芳将要行走哪里？我想，答案就藏在葛芳的下一部著作中。

慢煮的翰墨时光
——叶梓《书法里的茶》印象

披星戴月的上班族,每天沦陷在繁杂的事务中,被滚滚汹涌的人潮裹挟而行,只能低头着急赶路,无暇停下脚步,去欣赏一朵花的绽放,去聆听一只鸟的吟唱,去体会一根草的风情。我亦如此。

难得有半日清闲的周末,在暖暖的冬日午后,在一杯热茶的芬芳里,在叶梓翰墨飘香的文字里,慢煮着时光风月,品鉴着书法妙构,始觉寻常烟火生活的美好与浪漫,闲适与从容,原来也可以这么简单。

一直觉得,所谓缘分,是一个玄而又玄的东西。最早认识叶梓,是十几年前在彼此的博客里,隔着屏幕,以文会友。后来,叶梓从甘肃到了浙江又辗转定居苏州。我们的友谊从网络走到现实,不但看到了叶梓的庐山真面目,而且喝到了叶梓亲手烹煮的茶汤,听到他关于书法、文章、文人、茶叶、美食等的逸闻趣事眉飞色舞的讲述。如今，朋友圈里，叶梓的办公室俨然是热闹的"老王茶馆"，虽然不能和苏州的阿万茶楼相媲美，但平日里三五知己，六七好友，煮水、煎茶、焚香，搭配着瓜子苹果花生，谈人论事，把盏话萍聚，也是人生一大乐事。

因此，叶梓的每一部作品，我都有幸拿到了签名版予以珍藏，且每一部都认真翻阅过。《馈赠》《穿过》《天水十八拍》《陇味儿》，寄托着游子对家乡的深情与厚爱。《客居萧山》，是叶梓对萧山生活的回忆、感念和总结。《流浪的诗圣》，是叶梓对杜甫颠沛流离一生的梳理和感喟。《山水客》，描绘的是一个北方人眼中带有温度的江南山水。《书法里的茶》，既有对名家书法作品的独到鉴赏，也有对文人墨客与茶的渊源趣事的叙述与想象。需要赘述一句，这是我所收藏的叶梓作品中，唯一无序无跋的一本。不过，倒也符合叶梓明心见性的性格，开门见山，卒章留白。

熟识叶梓的人都知晓，像冯巩对电视机前广大观众说"我想死你们了"一样，每次聚会，喜欢插科打诨的叶梓入场，先环顾四周，然后笑嘻嘻地说"某某是我女朋友"，被大家否定后，就改口说"某某是我的前女友"或"某某是我的前前女友"，逗得大家哈哈大笑。然后，吃着吃着，喝着喝着，抽着抽着，一不小心，叶梓的状态来了，就成了活跃于席间的主角。他左右逢源、与谁都自然熟的本事，能让不同身份、地位、年龄、领域的宾客，眉开眼笑。这，自然离不开记者出身的叶梓，多年在江湖行走，眼观六路耳听八方的社会经验，更主要的是叶梓的敏捷才思，自如应对。

生活上，叶梓有很多金点子，能够整合各种资源和人脉，做过很多朋友的"军师"和"幕僚"。写作上,叶梓总是有很多新颖的角度,开口无须大,切入却很深。比如《书法里的茶》,只要叶梓愿意,就可以写成一个系列,《唐诗里的茶》《宋词里的茶》《元曲里的茶》《诗经里的茶》等,关键是,叶梓可以把艰涩的历史资料、冗杂的人物关系、偏僻少见的诗文歌赋,妙手做成一锅活色生香的大杂烩。即便,别人引用过的资料,在他手里,煎煎、炒炒、煮煮,便成了浓郁醇香的"王记回锅肉"。叶梓是个慈父,每周末都会给正在读高中的儿子做饭烧菜,虽然没有品尝过,但以叶梓调配文章、寻章摘句、驾驭气氛的功夫可以得知,家常的饭菜也能被叶梓烧出宫廷的味道来。

话题好像扯远了。其实,在我看来,叶梓《书法里的茶》,就是将读帖与读心,品茶和品人,书趣与茶禅,匠心整合,灵活架构,仿佛一个活色生香的卤水拼盘,任君各取所需,尽情饕餮。

读帖与读心

叶梓的文章,善用闲笔做悬念。先虚晃一枪,顾左右而言他,然后再切入正题,曲径通幽,渐入佳境。

对选用的每一帧书帖,叶梓都认真阅读、研究和涵泳。例如,对于"松江本"《急就章》,叶梓如是写道:"此本章草和楷体各书一行,字体略扁,字形规范,笔力刚健,寓变化于统一。通篇古朴淳厚,纵横自然,是古章草的代表作品,亦是学习章草的优秀范本。"既有对谋篇布局、字体字形的精练点评,也有对其在书法史上价值和意义的重申。尽管寥寥数笔，但也起到了四两拨千斤的效果。直到文末才娓娓道来：因为这是中国古代书法里最早的一幅含有"茶"字的书法作品，所以开篇写它。

从龙飞凤舞的《苦笋帖》，叶梓读出了怀素"期待有朋自远方来的喜悦之情"，而"喜悦的背后，是怀素洒脱诗意的人生"。并且通过想象，穿越时空，还原场景，与怀素共时共情。"一个渴望或者等待朋友登门造访的人，兴之所至提笔动墨，不会去思忖着要写出什么稀世名帖"，这确实是人之常情。"在怀素的心里，惦念的可能是厨房一角的苦笋，或者是一杯清香的绿茶，这就是古代文人日常生活的一部分"，一如中国的四大名著，恰恰是无心插柳之作，最终成为"无意于佳乃佳"的名帖，青史流芳，靠的是时间的积淀，是历史的大浪淘沙。

品茶与品人

《书法里的茶》既在读帖，读心，也在品茶，品人。

古有唐寅深夜孤坐，手持茶盏，静静地品味着人生的酸甜苦辣。其"茶罐汤鸣春蚓窍，乳炉香炙毒龙涎"，写出了茶与香之间的关系。"煮茶伴以焚香，赏心乐事矣。好香在炉，茶烟方袅，一壶清茗，知己共饮。茶暖香温，时光慢流。"今有叶梓优哉游哉，每天喝喝茶，读读书，写写文，会会友，享受着江南山水的温润滋养。

在介绍文彭题于扇面的一首无题诗时，叶梓写道："一个人，只有放下了，才会意满志得，才会悠然闲适，才会面对新篁脱粉、芭蕉吐绿的美景,能够沉浸其中,物我两忘,感受那种属于生命的巨大孤独。"入乎其里又出乎其表的文字,也是热爱生活、喜欢茶文化、广结朋友、人到中年的叶梓,在从北到南的辗转中,在历经各种风雨变故后,一种刻骨铭心的感同身受,以及生活的大智慧。

书趣与茶禅

叶梓的聪慧,在于发现古人的书趣,挖掘书法背后的逸闻,还有与茶相关的风雅之事,并付之以图文并茂的小品文形式,可观、可闻、可思、可回味。

书法的趣味,在于字形字体的千变万化,在于墨色的浓淡深浅,在于笔法线条的灵动神韵,在于书写状态的不拘一格,在于意料之外的平中见奇。还有书法者或耿直、或愚钝、或洒脱、或狂傲不羁的迥异性情与生活百态。如今,斯人已逝,往事都作了土,只有那些书法作品和书人佳话,为后人以多种形式记录和传诵。

茶禅一味,即能从禅中闻到茶香,能从茶中品出禅味,茶中有禅,禅借茶悟,二位一体,水乳交融。其实,"禅茶一味也是一场生命的修行,不喝茶也能入禅,天天喝也未必入得了禅,在茶与禅之间,一定有一条秘密通道,不是每个人都能发现它的来路与归处"。叶梓写得有点绕,有点玄,有点心灵鸡汤,但确实不乏道理,读之亦能会心莞尔。

叶梓《书法里的茶》,深入浅出,博古论今。从古代书法作品中，整理出古人关于茶宴、茶媒、斗茶等习俗，并且梳理了古人喝茶的茶器，对于茶叶的分类和储存等，让读者在其行云流水的文字叙述中，揭开了书法和茶的神秘面纱，无须附庸风雅，它们只是古代文人学士日常生活不可分割的一部分罢了。

笔者不懂书法，也不懂茶，但兴之所至，准备就着叶梓妙趣横生的《书法里的茶》，来碗茶汤泡饭，细嚼一下人生百味。

园林与人生
——蒋晖《园林卷子》印象

在天色微雨的秋日，展读蒋晖的《园林卷子》，宛如穿行在兴废更替、浮沉易主的山水写意之中。走走停停、指指点点、涂涂画画的，都是历史的风云和人生的况味。

纸色温润如玉，目录凤眉清秀，凝练含蓄又诗意禅味地浓缩了每一章节的核心内容。一眼，只需一眼："浮生若梦沧浪波""狮子林里江南春""淡墨停云拙政园""耷园三山藏一身""药圃怀玉香可度""花步徘徊望瑞云"就让人不忍释卷，浮想联翩。是的，这将是怎样一番笔墨长轴？嘘！别急，让我们徜徉在作者妙笔生花的文字里，且读且停，且思且想，且享受且珍惜。

俗话说：中国园林甲天下，江南园林甲中国，苏州园林甲江南。《园林卷子》是几个苏州著名园林的兴衰史，也是一部苏州政治、历史、经济、文化、艺术、建筑、饮食、书画等的沿革史。以苏州现存最早的园林——沧浪亭为例,它始建于五代,是中吴军节度使孙承祐的私人豪宅。北宋时,苏舜钦购买重修命名为沧浪亭。三年后,苏舜钦病逝,章惇不断建阁造堂,规模弘丽。南宋时,韩世忠以武力胁迫章氏后人强占此园,在山间筑飞虹桥,在山上建寒光亭、泠风亭、翊运堂,在水边建濯缨亭,还有瑶华境界、清香馆、翠玲珑等名胜。建炎之难,沧浪亭第一次遭灭顶之灾。元代时,释宗庆在沧浪亭西建妙隐庵,释善庆在东建大云庵(后称吉祥庵)。明代才子沈周作《草庵图》并题画诗序,此时,沧浪亭是一个野老扶杖的修行之处。嘉靖二十五年(1546年),"沧浪僧"释文瑛,在大云庵旁重建沧浪亭,请好友归有光再作《沧浪亭记》。清初,喜欢书画的宋荦巡抚江南,用了一年半的时间,重修沧浪亭。他把寻觅到的文徵明手书隶书"沧浪亭",作为门楣匾额,并亲自撰辑《沧浪小志》二卷。后又邀请"四王"之一的王翚画《沧浪亭图》,请康熙多次题字。慢慢地,沧浪亭成为官绅议事之所,政治教化功能也日益凸显。而沈三白《浮生六记》又让沧浪亭充满浪漫祥和、旖旎风月。道光年间,江苏布政使梁章钜主持再修沧浪亭,楹联成为一大特色。后来,顾沅、陶澍修五百名贤祠。太平天国时期,刀兵浩劫,沧浪亭第二次被毁。直到同治十二年(1873年),江苏巡抚张树声(张家四姐妹是其后裔)再次主持修复沧浪亭。民国十六年(1927年),颜文樑将苏州美校(后改名为美专)迁至沧浪亭。1947年,上海实验工场拍摄了黑白故事片《浮生六记》。金宇澄的小说《繁花》里的几个主人公,半夜就坐在沧浪亭外的石栏杆上,各怀心事。

就这样，仿佛在不经意的笑谈之中，作者蒋晖已将千百年的沧浪历史风尘勾画了了。我想，只有胸藏千丘万壑、古籍史料，下笔方能如神点染、举重若轻。文史知识丰厚的蒋晖，在写作每一个园林时，并非简单刻板地"掉书袋"，而是赋予木石园林以温度和生命，让方块文字有了灵性和质感，字里行间、段末句首，处处充满语言的机趣和思辨的智慧，使读者在轻松愉悦的会心阅读中，增长知识，开阔眼界，获益匪浅。没错儿，蒋晖《园林卷子》描绘概说的是园林，这里有标志性的物件，如亭台楼阁、假山池沼、游廊花木、家具陈设、器物丹青、书法碑刻等。但也不全是园林，这里还有世事无常、官场是非、命运多舛、文人襟怀、家学传承、气质性情、历史渊源等非物质的气息。一切匠心，在园林之中，也在园林之外；在文字之中，也在文字之外。

一个字，一个字，轻轻读着，突然就顿悟了一点佛家的禅心意趣。是的，"寄蜉蝣于天地，渺沧海之一粟"，世间万事万物，或大或小，或重或轻，或远或近，都像苏州园林一样随生随灭。春秋代序，文字是脆弱"无常"的，文字也是坚强"有常"的，前生后灭，生灭变化，此刻无法预测下一刻的命运。《园林卷子》本身的"无常"既是园林不可掌控的被毁与重建，也是园林主人仕途命运的兴衰起落。其"有常"不仅是亘古的山间风月，沧海云雨，更是历代文人墨客隐逸山林，寄情山水，"以出世之姿态，做入世之事情"的精神。其实，不管哪一个朝代，哪一方帮派，哪一种审美，每一个园林主人都不厌其烦、斥以重金把个人人生理想寄托在"造园"事务之中。本意只为取悦自己，未料，无心插柳柳成荫，同时也取悦了他人。从这个意义而言，每一座园林都是其主人用丰厚的物质堆起的精神之花，是其在俗世生活中寄托灵魂的一隅净土，是一首乌托邦之诗，是一个远离喧嚣的世外桃源。

蒋晖在恣意的写景、叙事、抒情挥洒中，立场鲜明，只是他更为含蓄隐约，老辣不露。例如，对洪秀全无知愚蠢的毁灭文化行径，只一句画龙点睛的评述："这包栗子真贵！"鄙视、愤恨、遗憾、无奈已然溢于言表。对沈德潜迂腐愚钝，不识时务，只一句："沈德潜有些多事！"此时无声胜有声，一语千钧。对文徵明为人、为文、为画的景仰崇敬，只一句"仰止亭里，文徵明依然山人打扮"，一切尽在不言中，足矣。

一切景语皆情语。任何笔下的风景，都是内心风景的外化。因此，是否可以说，《园林卷子》也是蒋晖苦心寻觅的一个理想生活之梦？一个文学梦？一个文艺梦？园林的秘密太多，读者见仁见智。但有一点是肯定的，那就是蒋晖看重的，不单单是那些烟消云散的故人故事，更是那些闲适冲淡、不慕名利、安贫乐道、与时迁移、应物变化、"天地与我并生，而万物与我为一"、"面对提起，转身放下"的明月襟怀。这正是一个人，一本书，一个园子，一个城市，一个民族最可宝贵的东西，永远鲜活在浩瀚的宇宙时空中，明丽如虹。

园以人显，人因文名——蒋晖做到了。

吴门旧雨里的温情时光
——沈慧瑛《过云楼档案揭秘》印象

翻开沈慧瑛老师的《过云楼档案揭秘》,就像走进曲径通幽、别有洞天的晚清苏州书香世家。亭台楼阁、回廊水榭、匾额纸笺、雅集沙龙、金石遗文、书画收藏、宾主逸闻等,处处弥漫着时尚文艺的气息。和苏州的私家园林一样,《过云楼档案揭秘》的装帧设计朴素、低调、内敛,但沈慧瑛老师的每一篇文字都力透纸背,举重若轻,于无声处听惊雷,让人流连忘返,回味绵长。

苏州的士绅生活、园主的更迭变迁、复杂的人物关系、家族的姻亲故事、频繁的书信往来、微妙的心理波动,都被历史学养深厚和艺术修为高远的沈慧瑛老师梳理得眉清目秀,描绘得趣味盎然,总结得准确精辟,读起来活泼有趣,丝毫没有尘封已久的历史馆藏,拒现实人生于千里之外的佶屈聱牙之感。

当拂去时空的云烟雾罩,每一位才子佳人的音容笑貌,就像隔壁相邻一样亲切鲜活;每一段名流大家的风雅韵事,就像娱乐新闻一样惟妙惟肖;每一幅书画妙构的来龙去脉,就像亲朋好友一样如数家珍。但这一切呈现给读者的阅读与解构,描写与叙述,轻松有趣,腾挪跌宕,入得其里出得其外,无不源于沈慧瑛老师经年累月进行的大量历史资料搜集、查阅与整理,以及与顾氏后人面对面的访谈、核实。没有兀兀穷年"板凳要坐十年冷"的勤奋刻苦,哪来"功到自然成"的累累硕果?

一部图文并茂的《过云楼档案揭秘》,凡引经据典,无一处无出处,体现了沈慧瑛老师作为历史学者的严谨治学态度。在《真伪〈姚大梅诗意图〉》中,沈慧瑛老师就从档案文献的角度,从《姚大梅诗意图》的册数、题跋、钤印、流传四方面加以条分缕析,断定过云楼顾氏收藏的《姚大梅诗意图》为真本,但这也是基于现有资料的一家之言,并非权威的盖棺论定,所以沈慧瑛老师在文章末尾非常谦虚又客观地写道:"期待更多顾文彬、顾麟士及其同时代人相关文献资料的出现,彻底破解《姚大梅诗意图》的流传、真赝之谜。"对于过云楼主人顾文彬,为什么在妻子浦氏去世后,并未续弦,只是先后纳蒋氏、浦氏、张氏为妾,无人知晓。真正的原因,当然只有已故的顾文彬本人知悉了。对此,沈慧瑛老师如是分析:"或许是夫妻情深……将正室的位置永远留给浦夫人。""或许"一词,是作者的主观推测,更是人性化的温情希冀。

的确,沈慧瑛老师笔下的历史人物,无论是收藏大家,还是国学泰斗、画坛妙手、书界翘楚,不再是万众瞩目的完美的"神"一样的存在,而是有着七情六欲的真实的"人"。《过云楼档案揭秘》书写的文字风格和样式，体现了沈慧瑛老师"去神化"的史学态度，她始终带着一颗同情心和同理心，还原彼时的历史现场，细心观照每一个历史人物。所以，文本中出现的众多人物，每一个都是有温度的、真实的、生动的、可以伸手触摸的，而非冷冰冰、有距离、面目模糊的。《收购〈风木图〉》一文，顾文彬与顾承父子的书信往来，一波三折，特别有趣，值得把玩。"倘肯将前得伊家之麓台卷还他，情愿抵去一百二十元，只需找伊八十元……我思鱼与熊掌皆我所欲，不如与他二百元为是。"坦言对未得和已得珍品的喜爱和执着，绝不会轻易放弃"拥有"，也绝不会把珍藏拱手让人。因为儿子顾承觉得二百元太贵，没有及时购买，父亲顾文彬很生气，厉色批评儿子："风木卷依他所索之价，一文不减，有何不成？要汝斟酌者，应否还其麓台卷耳！"成交之后，张家对这桩买卖并不满意，有反悔之心，想赎回麓台卷。父子统一口径，先是推托被李鸿裔要去了，后来父亲又嘱咐儿子："此卷既不肯还他，或择麓台之中下驷带几件来，以为搪塞地步。"由此看得出，顾文彬作为收藏家的犀利眼光、精准判断，以及作为商人的精明、讨价还价，还有作为浮沉宦海的官员，对于社会人情世故的左右逢源。贪婪、得意也好，率真、知足也罢，都是毫发毕现的真实人性，和地位、身份、才学、时代没有必然关联。读者在暗自窃喜"原来高不可攀的他们，其实和我们一样平凡、可爱"的会心莞尔之余，更有一种对于人生、人性、人心较为通透的了悟。正如唐太宗李世民所说："以铜为鉴，可正衣冠；以古为鉴，可知兴替；以人为鉴，可明得失。"《过云楼档案揭秘》中的每一个历史人物，都是我们现实生活的一面镜子。

对于历史文献类的作品，无论专业还是非专业人士，阅读起来，多少是有些枯燥乏味的。但是，《过云楼档案揭秘》却文如其人，温婉如水，一口气读完，丝毫不觉得生涩和疲惫。究其原因，一方面，是因为作者的叙述语言，亦庄亦谐，既富有时尚前卫时代气息，又充满寻常烟火的味道。例如，《喜得〈出山图〉》中"担心心思活络的秦缃业，再出什么'幺蛾子'"将顾文彬内心的忐忑和不安淋漓尽致地表现出来。另外如"在'北漂'的九个多月里""顾氏一门是地道的'追星族'""冒广生对顾麟士'撒娇'说""是顾氏父子得以将珍贵字画'一网打尽'的主要原因""顾公硕在二十世纪二三十年代是标准的'文青'""作为'顾氏家族CEO'的顾承"等，信手拈来，插科打诨，拿捏有度，且极富文学表现张力。另一方面，章节之间的过渡自然流畅，犹如说书人"要知后事如何，且听下回分解"般引人入胜，俯拾皆是。例如，在《兄弟情深》中，讲述冒广生一心想到吴中游玩，会见故旧，可惜各种意料之外，最终未能成行。"在这通书信中，冒广生还提到一件心事，这件心事与《查声山写经图》有关。"下一篇，自然而然写《求〈写经图〉》，水到渠成，衔接流畅。

不难发现，《过云楼档案揭秘》传承了《史记》笔法。写人记事，不但具有史学研究价值，而且具有文学作品的鉴赏意义。很多篇章末尾的感悟和点评，都是卒章显志，画龙点睛之笔。譬如，"纵然如孟光、梁鸿般恩爱，他们还是不能牵手到最后……五年的相伴，二十年的分离，顾麟士以一幅《鹤庐怀梦图》和诗词表达了对谢蕙不尽的思念和对人生无常的无奈……""尽管书画、古玩等收藏于个体而言都是'过眼烟云',但优秀的中国书画艺术也通过他们的收藏、流转得以相传,滋养后人的精神世界,提高人们的审美情趣"等,内容广泛,角度多样,揭示了过云楼的前世今生,过云楼的命名,以及《过云楼家书》对于研究苏州晚清政治、经济和社会历史、士绅家庭、吴门书画、家风传承、个人成长等多方面的价值和意义。其学丰,其言精,其情真,其意深,其旨宏,值得沉潜其中,行走品鉴。

光影的舍利
——"苏城纪事"摄影师联盟及其作品印象

"上有天堂,下有苏杭",具有两千五百年历史的名城苏州,自古钟灵毓秀,它以精致典雅的园林、糯软香甜的美食、余音绕梁的昆曲、巧夺天工的刺绣、轻柔华丽的丝绸等享誉中外。吸引不同时空的人,以各自擅长的方式,用心记录着这一座城市的沧海桑田、前世今生。或者是曼妙通透的文字,或者是缤纷性灵的色彩,或者是神秘变幻的光影……无论哪一种形式,相异的只是介质,不变的是对这座城市的爱恋与痴迷。

在苏州摄影界,就有这样一群人,他们因共同的爱好、理念和梦想走到一起。他们用手中的镜头、犀利的慧眼,敏锐捕捉着本色的苏州生活;他们将纷攘的世界、形形色色的人生状态聚焦在方寸之间,给人无限丰富的想象和联想;他们不矫饰,不浮夸,力争以原生态的面貌示人,故而其作品更接地气,更有市井味道,更贴近现实状态的苏州。那些瞬间定格的影像,在任何时候欣赏品味，都如光影的舍利，静默在岁月深处，诉说着苏州的小城故事。种种红尘过往，皆安然素简，无声有情，呈现出不一样的人文江南，给予人视觉的冲击、心灵的震撼、思想的启迪。它就是成立于2016年10月1日的"苏城纪事"摄影师联盟。

"纪事"与"纪实"，区别在于二者的内涵与外延。"纪实"主要是记录事实，"纪事"则不但有记录事实之意，还可以作为一种体裁，外加"纪念、纪年、纪元、纪传"等意思。

"苏城纪事"摄影师联盟，与新闻摄影不同，他们并非"高大全上"的文案宣传，也非"横眉冷对"针砭时弊的"正义之光"，他们只是主张用心描摹，更加"真诚"地介入生活的本质，非虚构地、纯粹地客观"再现"而非主观"表现"生活的本相。因为坚持"清者自清，浊者自浊"，为"人生"而摄影，不为"比赛"而摄影，所以他们从来不预判、不引导、不暗示、不绑架观众的眼球与思想，而是把丰富充盈的思考空间留给广大观众，让他们凭借阅历深浅自行取舍，恣意神游，享受参悟生命真谛的妙不可言。

"苏城纪事"摄影师联盟，与时尚风光摄影不同，他们更加强调作品的"独立"。他们主张独立的精神、独立的思想、独立的角度，反对东施效颦、反对亦步亦趋、反对人云亦云。如果说，拍摄苏州园林某一个季节的美，可以选择在不同的时间和地方"守株待兔"，并且多次反复拍摄，后期精心加工处理的话，那么"苏城纪事"摄影作品则是时不我待的、稍纵即逝的、活在当下的"唯一光影"。它的美，就在于不可复制的无穷变化，在于真实与温暖。以其每月一次的"命题"拍摄为例,镜头下陌生的面孔和苏城故事,却如此"走心",打动着无数的观者。在《苏城纪事013:你可知,春天如此短》中,姚轶群抓取的是一群年轻人登上灵岩山顶,欢闹间隙片刻的寂静场面,达到"此时无声胜有声"的效果,黑白默片,有种"劝君惜取少年时"的紧迫感。谬宇欢拍摄的是常熟吴市老街的晨光旧书店,"晨光"与"辰光"谐音,时光老去,让人莫名有种"物是人非事事休"的伤感。王亭川拍摄的是桃花坞一社区精神康复驿站,病人们在天井里缓慢踱步的情形,那明媚的春光犹如康复的希望,让人心生欢喜。孔浩强选取的是人民路一家售楼中心里,接待员热情地为客人端茶送水的图景,春回大地,万物生长,是否也同样温暖了清冷的楼市呢?黄帆拍摄的是一个工人正在富仁坊清理下水道,春寒料峭,他脸上的笑靥如青青小草一样质朴憨厚。美丽的苏州,一刻也离不开他们的辛劳装扮!陈垠旭抓拍的是游客在怡园赏春的片段,那个红衣女子,无疑是整个画面的点睛之笔,俨然一朵桃花,灼灼其华,怒放生命。那扇敞开的门扉,一定是通往春天,通连心灵,通向幸福的大门吧……摄影师们从园林、山峦、老街、商业、房产等苏州生活的方方面面、角角落落、点点滴滴,捕捉着有意思、有意义、有价值的画面,个性化地反映着立体的、真实的、本色的苏州,表达着他们对社会人生各自独特的眼光和态度,观察和认知,同时也为后人留下宝贵的第一手资料。

当然,无论是主张"真诚"还是"独立","苏城纪事"的拍摄都离不开"深入"——深入学习、深入思考、深入生活。他们敏锐地意识到：在熙来攘往的人群中，很多人为了生存和欲望在匆忙而孤独地奔走，各自掩埋着伤痛、无助、喜悦、感动等情绪。他们希望通过镜头，"让人看见"众多孤独和苍凉的心灵，让他们彼此碰撞，相互影响，抱团取暖。当然，在创办伊始，"苏城纪事"的摄影师们，本身也在"抱团取暖"、结伴而行，但是他们不会把自己的意志强加给读者。毫无疑问，他们在按下快门的那一刻，必然不是随随便便、漫不经心的娱乐消遣式的"拍照"，而是经过头脑的快速思考和甄选的"摄影"艺术。因此，"苏城纪事"摄影师联盟的每一次摄影，都不是简单地停留在"记录"生活的层面，而是一次注入美学理念的、富有思想性的、融汇灵与肉的"创作"。他们紧紧团结在人类学专业毕业的"圈主"——倪黎祥的周围，每月定期递交"命题"和"自命题"摄影"作业"各一张，时常聚在一起，开诚布公地探讨摄影的理论、技巧、方法、经验、得失等，相互切磋、学习、勉励，共同提高进步，矢志将"苏城纪事"这一"理想"进行到底，将这一摄影理念和"思想"传递给更多的人，影响更多的人。

在创刊号《侬好，苏州》中，余贞庆拍摄的是相城区北桥镇一处正在大兴土木的工地，高高耸立的黄色脚手架，在绿树掩映下，显得格外突兀，无情地把空旷无云的蓝天切割成零零落落的几块。谁也无法阻止历史的车轮滚滚向前，但是又不得不承认，随着城市化进程的不断推进，在古老的苏州城日益现代化的同时，许多适宜居住的世外桃源般的江南村庄，一个接一个无可奈何地退出历史舞台。从今往后，没有了青山绿水，住在钢筋混凝土中的游子，何处安放连根拔起的乡愁？也许，这已经不是一座城、一个人的际遇,而是一个国、一群人的命运,其思想意义和忧患意识振聋发聩。顾畅选取夕阳西下的平江路,与行色匆匆的游人不同,一位老者坐在河边的石凳上,手摇蒲扇,吹风纳凉,悠然自得,颇有一种超凡脱俗的淡定。可是,在快节奏的今天,飞奔的时代洪流裹挟着每一个人"低头赶路",有多少人能够或者心甘情愿适当停下脚步,慢慢走,欣赏、享受"慢"生活的馈赠?丁湘义则把一位正在网师园拍摄紫薇花的外国游客,摄入自己的镜头,那专注的神情、投入的姿态,俨然具有了卞之琳"你站在桥上看风景,看风景的人在楼上看你。明月装饰了你的窗子,你装饰了别人的梦"的哲理意境,侧面表现着苏州园林"务必使游览者无论站在哪个点上,眼前总是一幅完美的图画"(叶圣陶《苏州园林》)的美……张爱玲说:"因为懂得,所以慈悲。"这些摄影师们,站高望远,把对这座生活、成长和工作的城市的热爱,用上万的像素镌刻在摄影图像中,直观形象、生动逼真又发人深省。

对于任何技艺,"活到老,学到老""从量变到质变""学以致用"都是亘古不变的真理,只有不断打磨、钻研、精益求精、与时俱进,才能臻于醇熟。摄影亦不例外。假如一个相对成熟的摄影师,只能拍摄出吸人眼球的风光景物类作品,而不能够拍摄出"苏城纪事"类作品,那么不是他的摄影基本功的问题,而是他的思想观念未能彻底转变,或者他的文化准备不够充分所导致的。否则,即便有一两张佳作,也只是偶然的巧合。毕竟,灵感只会光顾有准备的人,那些为人称道的摄影的"慧眼"其实根源于其摄影的"慧心",是经年累月思考、斟酌、琢磨的结果。归根结底：思想决定眼界，文化决定格局。

的确，在这个普遍流行娱乐至上、碎片化阅读、小资怡情、肤浅轻薄的时代，"苏城纪事"摄影师联盟及其摄影作品，也许稍微显得有点不合时宜，不太讨巧，但是他们对于"纪事"摄影信念的执着，对于"苏城"发展历史的责任感，促使他们能够耐得住寂寞，受得了冷落，坐得住硬板凳，默默无闻，一步一个脚印地践行着梦想。他们坚信，"苏城纪事"摄影，"只要出发，任何时候都不晚"，因为他们关注的虽是"当下"，而价值却在"未来"。将来的某一天，他们的作品，一定可以成为后人研究苏州城市发展变迁最真实、最可靠、最珍贵的档案资料，让他们得以还原这一历史时期相对真实、完整、常态的苏城面貌。那些构图、角度、色彩、光影等俨然是记录"苏城"历史的活化石，一定会彰显其从无到有，"从 0 到 1"的意义，只是时间早晚的问题。就像日本摄影家斋藤康一的摄影写真集《在苏州》(1985 年东京版)，在当时并没有引起多少轰动，时隔几十年后，沿着时光之河逆流而上，他真实记录了改革开放时期的太湖人家、老宅居民、刺绣女工、园林里的孩子等苏城人文风貌和动人瞬间，成为今日追忆苏城似水年华的无价之宝。因此，今日好像在做微不足道小事的"苏城纪事"摄影师联盟，长远来看，其实在做一件造福后人、功德无量的大事。

虽然，在与"圈主"倪黎祥的交谈中，他一再谦逊地表示："即便不是我们，迟早会有人关注和开始'苏城纪事'摄影，我们只是走得早一点，有幸走在了他人的前面而已。"其实，在声光色影众声喧哗、视觉审美疲劳的今日，坚守严肃真诚的"苏城纪事"摄影师联盟,已经成为苏州摄影圈"第一个吃螃蟹的人",一年不到的时间,他们以小见大、知微见著的"本色"光影,形象直观地唤醒很多人被"屏蔽"的记忆,回放日常真实生活的情态和细节,引起很多圈内圈外人士的密切关注,在很大程度上还促进了对古城苏州的保护。让我们为他们的高瞻远瞩点赞!为他们的责任担当喝彩!

行文至此,突然想起扎西拉姆·多多的一首诗,特别契合一周岁的"苏城纪事"摄影师联盟特立独行的现状和姿态,以此作结:

> 你见,或者不见我
> 我就在那里
> 不悲不喜
> 你念,或者不念我
> 情就在那里
> 不来不去
> 你爱,或者不爱我
> 爱就在那里
> 不增不减
> 你跟,或者不跟我
> 我的手就在你手里
> 不舍不弃
> 来我的怀里
> 或者

让我住进你的心里
默然　相爱
寂静　欢喜

老人·老城·老街坊
——卢承德摄影印象

最近,古城苏州一位 83 岁的老爷爷火了!

2018 年 9 月 16 日,第二届阮义忠摄影人文奖颁奖典礼,在吴江同里丽则女学隆重举行。来自苏州的卢承德先生,以其 13 年来坚持拍摄的"老街·老宅·老百姓"的人文纪实专题,在数千名参赛选手中脱颖而出,并入围前 15 名。虽然,最终并未成功跻身前三名,但这丝毫也不影响卢老先生对摄影艺术的热爱与执着。

像时下很多空巢老人一样,卢老的儿女都在外地成家立业,退休后的生活单调而空虚,不喜欢麻将、交谊舞,也不喜欢钓鱼、下棋的他,每天与老伴儿宅在家里,大眼瞪小眼,晃来荡去。儿女担心长此以往会得老年痴呆症,于是,卢老 70 岁时,在日本富士胶片公司工作的儿子给他买了一台佳能单反照相机,鼓励他和母亲四处走走玩玩,活动活动筋骨,拍拍照片,交交朋友,看看世界,让晚年生活过得丰富多彩一些。

就这样,儿子一个发自孝心的细微举动,促使卢老一发而不可收,开启了全天候的摄影生活。退休十年赋闲在家的他,每天像上班一样有规律地早出晚归,穿梭在苏州的大街小巷,老宅里弄。据不完全统计,卢老平均每年拍摄两万多张照片,迄今为止,已经拍坏了五六台照相机。收入并不优渥的卢老把一半以上的退休工资都花在了摄影上。令他欣慰的是,相濡以沫的老伴儿毫无怨言,儿女也鼎力支持,他便愈发沉迷其中,"七十岁学吹打",乐此不疲,撸起袖子,迈开步子,加油干啦。

摄影伊始,零基础的卢老,既没有专业的技能,也没有高深的理念,更没有任何拍摄的章法可言。一切都"跟着感觉走",顺从本能反应,只要看到自己感兴趣的、有意思的人事与物件,就"咔嚓咔嚓"全部拍下来。70岁学摄影又不耻下问的他,本想拜自己的同事、当时在摄影界小有名气的吴万一为师,但比他小近20岁的吴万一老师一个劲儿谦逊地说:"不敢枉为人师,不敢枉为人师,如果您真的有兴趣,可以随意参考我的照片。"然后,慷慨地拿出自己较为满意的100张照片给卢老。万万没想到的是,谦虚好学又勤奋刻苦的卢老,竟然"依葫芦画瓢",根据照片后面备注的时间与地点,按图索骥,历时一年多时间,一个接一个地拍摄了大同小异的100张照片。因此,有人曾对卢老开玩笑说:"你的摄影作品像吴万一。"卢老听了很不高兴,因为他一直坚信在追寻艺术的道路上,"学我者生,似我者死"的真理,他学习吴万一老师的摄影技巧,但他努力在作品里保持个人独特的视角与感悟。吴万一老师被他的执着所感动,彼此成为一辈子的忘年之交，二人虽无师徒之名，但有师徒之实：一有机会就互相探讨有关摄影的技巧与理论，以及每一次的拍摄心得与感悟。肺腑之言与经验之谈，让人生七十古来稀的初学者卢老获益匪浅。

前有吴师傅领进门，后续修行必须在个人。在海量的摄影实践中，卢老慢慢悟出了一些摄影的门道。不仅"灵感只会光顾有准备的人"，"幸运"也是如此。后来，孜孜不倦的卢老遇到了被誉为"走上国际影坛的摄影大师"、云南著名摄影家吴家林老师。吴家林老师对生命与自然的尊重与敬畏，其作品所散发的浓郁地域特色以及厚重的历史感和文化感，深深地震撼了卢老。他开始对自己摄影作品的内容和方向进行及时调整，更加明确了摄影的主题选择，坚定了"摄影就是艺术的记录"的观念，永葆一颗好奇之心，尽情享受摄影的曼妙变化，以及在摄影过程中邂逅的各种缘分与真情。

随着摄影学习的深入，卢老遇到了上海最具人文关怀的摄影家之一的陆元敏老师。那时候，他第一次了解了什么是真正的纪实摄影，那就是"为历史存真"，这为卢老后来加入"苏城纪事"摄影师联盟奠定了扎实的基础。当卢老看懂了陆元敏在大上海典型的小环境中的出手不凡，以及每一幅作品中所捕捉到的真实的上海城市气息之后，他便愈发有意识地学习运用点、线、面的构图技巧，以自己的人生阅历，用光影铺陈古城苏州和苏州古城那些不为人知的形色人生，令人眼界大开。

再后来，卢老遇到了生命中的伯乐——上海师范大学人文与传播学院的教授——林路老师。从事摄影教学和摄影理论研究

30多年的林路老师，多次积极推荐卢老的摄影作品到《上海摄影》杂志公开发表，并在他所教授的老年大学摄影班里，力荐卢老其人以及其作的妙趣横生与生命力量，还在自己的博客中多次展示卢老的作品，并从一个专业摄影评论家的角度，赞扬卢老刻苦钻研的精神，以及清晰质朴的摄影理念——专注于拍摄老城厢与老街坊，用影像记录身边即将消失的传统与文化，这极大地鼓舞了卢老的摄影热情与执念。

圣人无常师，更何况常人乎？卢老的照片能够从苏州最终走向全国，离不开无锡摄影家协会副主席唐浩武老师的慧眼识珠。每次提及在摄影路上帮助过他的人，卢老说得最多的话就是感谢。13年来，他得到很多同事、老师和影友无私的帮助和指导，虽不胜枚举，但一一感恩在心。

今年83岁的卢老，因为视力下降，精力有限，很多照片都是凭感觉"盲拍"而来，所以他也非常坦诚地说，自己的作品画质一般，内涵也不够丰富，很多地方无法和年轻人，以及专业摄影师相比。但是，十几年的摄影学习与探索，一路走来，他对自己的摄影眼光和定位充满信心。他一直推崇法国摄影家罗伯特·杜瓦诺的观点："日常生活里的奇妙情景是最动人的，你在街道上不期而遇的事情，是哪一个电影导演也不可能在镜头里给你安排出来的。"因此，卢老相信他可以在按下快门的瞬间凝聚起拍摄对象的生命整体，让静态的二维空间有了复活成三维的可能。卢老也一直慨叹"当局者迷"，对苏州园林感兴趣的常常不是苏州本地人，关注苏州老城厢与老街坊的往往也不是苏州本地人。反而，在上海生活了40年，来到苏州40年的"新苏州人"卢老，却矢志不渝地坚持用自己的相机，记录即将逝去的老房子、老巷子……言语间，眼睛里和神情中充满了惆怅与无奈。卢老说："我今年83岁了，我已经拍了13年了，我不知道自己还能不能再拍13年……我不知道苏州的下一代，再下一代，有谁会记得苏州老城厢曾经的模样。我之所以立足本土，热衷于拍摄苏州、上海的老街、老宅、老百姓，是因为我深爱这两座城市。我把最美的青春给了上海，我把更美的夕阳红给了苏州。我真的只想为子孙后代留下一点念想，留下一点资料可供回忆和凭吊……"

正是凭着对摄影的痴迷与钟爱，对苏州老街、老宅、老百姓的悲悯与厚爱，13年来，卢老以相机为笔，记录身边新鲜热和、有血有肉的小人物，以及他们日常生活的酸甜苦辣、他们情感世界的爱恨情仇。因为深谙达官贵人、影视名人的生活距离我们太遥远，所以卢老坚持通过世俗生活的细枝末节，展现一个时代不可或缺的人类生存样式。迄今为止，卢老先后参加了山西平遥国际摄影展（2013年《老城厢的苏州人》）、浙江丽水国际摄影展（2015年《老城新事》）、浙江宁波"中外摄影六人展"（2017年）、苏州"小巷的前世今生"个人摄影展（2017年）、"苏城纪事"摄影师联盟摄影展（2018年）、"中外摄影家看上海"国际摄影展（2018年）等不同规格的赛事与展览，以其谦逊的态度、执着的精神、人文的情怀、生动纯粹的世俗生活主题，在苏城、长三角乃至港澳台地区都小有名气。难能可贵的是，入围了2018年第二届阮义忠摄影奖，这是对卢老13年如一日艺术坚守的最大肯定。尽管没有拔得头筹，但是作为赛事评委之一的陈丹青老师，力挺卢老的参赛作品排名第一，这让卢老喜出望外，心花怒放。陈丹青老师这样写道："卢承德（第一名）：生存的质地，人性的温度，在老人的目光中与摄影美学合一。"而且，陈丹青老师还单独和卢老交流，鼓励他将自己十多年来拍摄的照片，精心加以筛选，早日结集出版，他愿意为卢老亲笔写序。只字片言，彰显了一个真正艺术家的风范与气度，以及对执着于学艺者的高度赞扬、肯定与勉励。

提及时下流行的手机摄影，思想开明的卢老并不排斥。他认为"存在即合理"，开放的社会应该倡导多元化的审美，"美就是舒服"，"能让人感动并停留几秒、能够抗拒人心浮躁与焦虑的照片就是好照片"。只不过照相机更加容易调节焦距，处理近景、远景和景深，可以控制曝光的速度，使拍摄的照片层次更加分明，主题更加凸显罢了。

同很多艺术门类一样，摄影技术在摄影本身之外。卢老坚信年龄不是障碍，只要方向正确，就一定可以从"量变到质变"，他历来所坚持的原汁原味的"老街·老宅·老百姓"的人文纪实专题摄影，在不久的将来，一定可以"星星之火燎原"，打动更多的读者，勾起他们对于"老街·老宅·老百姓"的点滴记忆。而他，就是那个愿意用脚步丈量古城，用慧眼捕捉瞬间，用照相机为小人物记录生活的耄耋老人。

畅想即将到来的 2019 年，卢老最大的心愿，就是可以挨家挨户回访他所拍摄过的 100 家住户，并亲手奉送自费为他们精心制作的系列家庭组照。可惜，到目前为止，仅回访了 50 多家，很多原住民随着老街、老宅的拆迁，已经迁徙、远离、老去、去世……也许，有些拍摄对象永远也回访不了了，但卢老对生活与生长于苏城的小人物的悲悯情怀，对摄影艺术的执着与厚爱，天地可知，日月可鉴！后人会因为这位老人的摄影作品，记住这一座老城和这里的每一个老街坊、每一段平凡真实的人生状态。

时光的标本
——于祥人文纪实摄影印象

每张照片都是时光的标本，从黑白银盐的光影到色彩斑斓的经纬，于祥摄影作品《一水一盘门》《一路一平江》，无不记录着时代的变迁，社会的发展，古城苏州的振兴之路。

从小受父亲的影响，于祥学习了七年的绘画，临摹过《清明上河图》。孩子活泼好动的天性使然，少年于祥渴望多姿多彩的立体世界，他愿意长途跋涉，风餐露宿，用脚步丈量世界，用镜头镌刻人生。

1987年，为方便写生，积累素材，父亲在人民商场买了台800多元的东德普拉蒂克 MTL5 相机，谁知尽从此改变了于祥的职业选择。从一名普通的摄影发烧友，到广电的《名城早报》和报业集团的《现代苏州》杂志的专业摄影记者，一干就是近20年！于祥把人生中最美好的年华奉献给了摄影，除了工作，他几乎不参加任何社交应酬，除了拍照，就是冲印、选择、扫描、归类照片等。在外人看来，这样的生活极其枯燥乏味，但于祥却乐此不疲，摄影已成为他生命中不可或缺的部分。对美好事物的眷恋、传统文化的执着、古城苏州的热爱，已融于他的血脉，化于他的呼吸吐纳之中。他从不后悔当初的选择，偶尔有情绪微澜，只要从家中珍藏的十几台相机中随便换一台拍摄一圈，心情便瞬间美丽起来。人生百年，能将个人兴趣爱好和从事的职业合二为一，便是最大的福报与幸运。

仔细翻看于祥的人文纪实摄影作品，每张都散发着温暖的市井烟火气息。数十年如一日，于祥坚持用黑白光影胶片，真实还原了近三十年来苏州市民的日常生活。随着古城的改造，城市化进程的推进，如古井、苏纶场、木马桶、小人书、公用电话、兴隆茶馆等很多物件、产业、生活方式，已慢慢淡出人们的视野，留给前人更多的怀旧与重温，留给后人更多的了解与纪念，有利于代际的沟通与交流。历史的车轮滚滚向前，谁也无法阻止。对于任何人，任何时候，"当下"都是各自的"黄金时代"，所以，大可不必悔恨或艳羡"生不逢时"，认准目标，脚踏实地，且行且珍惜，成为最好的自己才是正道。

当身边的朋友们凭一技之长，陆续开起了影楼，跑起了"私活"，腰包日益丰满的时候，于祥理解和尊重他们的选择，但并不为所动，在他心中，有比金钱更重要的东西，那就是一位人文纪实摄影师的情怀和一名"无冕之王"的责任和道德操守。每天，他依旧早早起来，背着照相机，穿梭在苏州的大街小巷，用心捕捉每个眨眼即逝的瞬间，让它们永远定格在黑白胶片上，鲜活在一代代苏州儿女的心中，静静流淌在时光之河中，任君采撷、回顾、念想。有一天,大雾笼罩,苏州城像一位娴雅的女子,披着洁白的面纱,一个耄耋之年的老者,精神矍铄,静坐在袅袅升起的煤炉烟雾中,白发白须白眉,如神仙下凡,远与近,明与暗,高与低,阴与阳,大与小,虚与实,现场与梦幻,清晰与朦胧,让人有一种恍如隔世、超凡脱俗之感。在按下快门的刹那,于祥突然发现只剩下最后一张胶片了,马上更换胶卷显然来不及。那一刻,他激动与紧张得手都在颤抖,屏住呼吸,生怕怦怦的心跳,打破这份可遇而不可求的神奇构图。后来,他和这位老者及其家属成为好友,因这张照片,找到了一位失联多年的小学同学,也算是一段"摄影奇缘"吧。当然,也有拍摄时,被人误解而拨打110的惊险经历。最后,因为他的坦诚与善良,憨厚与淳朴,获得了人们的宽容和理解,有的人还主动成为他拍摄的模特,即便成为他作品中的背景,也十分乐意。

芸芸众生,万千过客。每个人都是自我生命中的他者。因为彼此的信任与关怀,才发酵成一坛和谐的甘醴醇酿。对于祥而言,很多时候,摄影既是"观他",更是"观己"。"世事洞明皆学问,人情练达即文章",摄影亦如此。小小的二维平面空间,因为饱含对人世人情的理解,对人生人性的思考和审美,才会给读者留下无限的想象空间。

近几年,于祥的人文纪实摄影,早已跳脱了"技术"的层面,渐入"艺术"的佳境。也许,曾经年少轻狂的他,还努力加入各级摄影协会,争取在各类杂志发表摄影作品;现如今,年过半百的他,早已淡泊名利,全神贯注,心无旁骛,潜心摄影学习、研究与创新。反而有很多专题作品被《中国国家地理》

《城市地理》等国内外刊物采用,表面看也许是"无心插柳柳成荫",实则是"积土成山……积水成渊……积善成德,而神明自得"也。于祥每年摄影要用掉200多盒胶卷,粗略估算一下,从1987年至今,他已拍摄完了上万卷。有时,他还委托朋友,从国外购买拍摄电影《007:大战皇家赌场》和《辛德勒的名单》所用的柯达5222黑白胶片,以及专门用于冲印的药水,自己分装、拍摄、冲印。每次拍摄完毕,于祥都会像珍视自己的眼睛和名誉一样,优中选优。于祥的《一水一盘门》《一路一平江》摄影作品集里的作品,以800张中选一张的标准选片,远远超出美国《国家地理》杂志500张中选择一张的标准。难怪,无论是纸张、文字,或者是腰封和印刷设计,都有一种精益求精、撼动人心的力量。最重要的是,于祥能以"盘门"和"平江"为课题,一以贯之、坚持不懈地追踪拍摄了近30年,如果没有坚定的信念、顽强的毅力,以及对这座城市的深情厚爱,很难做到。

近三十年,于祥几乎走遍了盘门、平江路以及苏州的大街小巷,附近的居民像看见家人一样和他亲切地打招呼问好。如今,沿着于祥《一水一盘门》《一路一平江》的足迹,处处现代化的高楼林立,慢生活的古城踪影难觅,总让人有些许莫名的伤感和失落。幸好,于祥筹备出版的又一部摄影作品集《一城一姑苏》,又像历史的标本一样,为我们记录下繁华姑苏的旧日时光,让我们共同期待。

岁月中的悸动

古城保护的苏州典范
——范小青《家在古城》札记

古城保护是世界性难题。

在浩瀚的岁月长河中,在现代化的历史进程中,古城保护又迫在眉睫,刻不容缓。每个城市的特色不同,每届领导班子的思路不同,古城保护的方向和力度亦不尽相同。相形之下,具有2500年历史的古城苏州是幸运的,无论官方还是民间,无论过去还是现在,无论老苏州还是新苏州,每个人都尽己所能,在其位谋其职,为古城保护进言献策,奔走相告,努力让苏州的园林私宅,让苏州的老街深巷,让苏州的历史故事,让苏州崇文重教的精神文脉,代代相传。

长篇非虚构作品《家在古城》,堪称古城保护的苏州典范。范小青老师用小说家的精彩笔法,以时间为经、地点为纬,以走访行踪为线,生动形象又理性严谨地记录了苏州古城保护过程中,那些感人至深又不为人知的人物与故事。其中有经验分享,也有失误反省；有样板展示，也有悬而未决；有骄傲自豪，也有隐患担忧；有宽容理解，也有疑问迷惑……洋洋洒洒四十余万字，阅毕拍案叫好！不仅为范小青老师举重若轻的运笔架构、实地考察采访的执着点赞，而且为苏州历届地方官为人民谋福利的精神点赞，还为各行各业深爱苏州，并以各种形式保护古城的每一个有名或无名，个体或群体的百姓点赞！无论年龄、性别、职业，古城苏州是每个生长、生活、生根于此的人共同的"家"！

言语表达的苏州韵调

文学具有通识的共性，也具有地域的属性。在中国现当代文学作品中，京派和海派文学的特征相对突出。近年来，随着网络的发展普及，媒介的繁复多样，"苏派"文学就像"苏派"教育一样，日渐深入人心，文学"苏军"也走向全国，遍地开花。笔者以为，范小青老师就是精致温婉、含蓄内敛的"苏派"文学的代表作家之一。

语言是思维的物质外壳。范小青老师作为"老苏州"，构思行文，言谈论说，提笔挥毫，都借由苏州方言这个媒介。因此，在《家在古城》中，零星散落在叙述中的吴侬软语，就像夜幕上的星子，熠熠生辉，是点缀，也是特色。"螺蛳壳里做道场"生动反映出苏州老百姓狭小的住房情况和精致的生活习惯；"闷声发大财"既写出粉墙黛瓦的简洁高贵，又体现出苏州人低调内敛的性情；"各有各体，各有各体，热天热时，轧么近捂痱子的——"将乔阿爹的传统守旧活灵活现于纸端；"硬装斧头柄"

是说两件事情放一起突兀牵强;"热天凉笃笃,冷天暖烘烘"用叠词将名人故居往昔的称心惬意与今朝的拥挤破败形成鲜明对比,发人深省;"房子老了,要收作了,不收作就不能住人了"引出古城保护维修与整改的难题;"冬瓜缠到茄门里"是指关系的错综复杂,人物身份的厘清之难等。其精妙就在于彼时彼刻,或此时此刻的特定情境之下,只有方言才能精准地表情达意,让人会心莞尔。写作中,方言太多,读不懂;太少,没感觉;不多不少,恰到好处。范小青老师做到了正正好好。

作为古城苏州的儿女,范小青老师的语言俏皮可爱,处处充满了少女的情怀。"我和我的同德里,我们确认过眼神了",化用网络流行语,把同德里看成了心仪之人,赋予同德里以人的情感,表达一种人与里的彼此牵挂与不舍,限定语"我的",则将同德里于"我"生命的重要性、归属性、关联性传递出来。"从前的时候,东西很多,宅子里到处都是,不稀罕,1949年以后这种东西,也一样不稀罕。从稀罕,到不稀罕,再到稀罕,历史一直在绕圈子。"绕口令似的表达中,流露出对文物保护和抢救中,因人为破坏与遗失者的痛惜,对阴差阳错留存者的欣喜,还潜藏有对无知愚昧的批判。"苏州的小巷,条条都是大石头巷。就我们所在的这个地球,也是一块大石头呀",既巧妙化解了自以为确凿无疑的记忆偏差,又引出天降陨石的传说和沈三白居所的相关记载。"可惜那时我还在南京打工,没能参加,心里倍觉遗憾",范小青老师风趣地把去省城说成去"打工",既有对未能参加儿时朋友聚会的遗憾,也有对家乡古城苏州的眷恋与思慕。"作为一个搞了四十多年虚构文学的作者,现在却扬长避短地写起了非虚构,行文至此,我实在是忍不住想要想象一下了。"打通了虚构与非虚构的壁垒,对历史人物与场景进行合情合理的文学想象,有机融合,巧妙解决了非虚构写作中的虚实问题。

著作等身的范小青老师,对古城与古人、名人、今人(社区干部、保洁员、施工员、快递员、环卫工人等)始终秉持谦逊敬畏的书写态度。"关于老宅和名人故居,过去我们是身在庐山,知之甚少","至今我也仍然不能很彻底地理解和熟悉它们,它们所容涵的博大精深,恐怕是我穷其一生也不能望其项背的,它们的一块砖一片瓦,它们的一副联,甚至都够让我们品咂大半的人生了。"诚哉斯言!在古城苏州长大的范小青老师尚且如此,更何况我们乎?"我又忍不住不懂装懂地插了一句嘴""根据我的一点点可怜的知识和了解,我都不敢在殷铭说话的时候随便插嘴""因为我的庸耳俗目、孤陋寡闻,同时我也愿意为自己辩护几句,因为那也是有客观原因的:苏州的园子太多太多"等,除了主观的低调谦虚,也道出了苏州老宅和园子众多,让人目不暇接的实情,引领读者对历史、名人、古建等要有客观公正的科学态度,养成承认不足,加强学习,弥补缺憾的好习惯。

谋篇布局的苏州腔调

《家在古城》的行文结构,不像一般的非虚构文学作品,按照明显清晰的时间线索,以从过去到现在的顺序勾连全文。阅读起来,更像一条四通八达的巷子,或者几进几出的苏州院落,由几个可独立成篇,又彼此关联的代表性横截面连缀而成,像组装的家具一样灵活。然后，才就某口井、某座私宅、某个园林、某个人物、某条街巷等，继续深挖梳理。

这是范小青老师，在古城不显山、不露水、不张扬、曲径通幽的苏州文化的长期浸润熏陶下，进行的一种带着"苏州腔调"的结构尝试，也为主题明确的报告文学创作提供了有益的启示和有效的示范，写出了这一命题的开放性、实践性、延续性。

形式和内容是艺术作品的重要性质。海德格尔称："艺术在于形式与质料的完美结合。"英国文学批评家雷蒙德·威廉斯在《漫长的革命》中说："（认识）的形式与内容是密不可分的。"一般情况下，二者被认为是一组相对的概念，形式为表，内容为里，二者的协调便是艺术作品追求的最高目标。正如《论语·雍也》云："质胜文则野，文胜质则史。文质彬彬，然后君子。"意思是：质朴的内容胜过了文饰的形式就会粗野，文饰的形式胜过了质朴的内容就会虚浮。质朴的内容和文饰的形式比例恰当，外在的"文"和内在的"质"协调统一，然后才可以成为君子。虽然孔夫子本意是讲君子之道，但后人引用来描述形式和内容的关系，也是大体说得通的。当然，任何一部文艺作品，形式与内容的平衡都是相对的，并非精准的度量衡，读者大可不必吹毛求疵。

一部千年古城苏州的保护史，成百的人物，数不清的街巷、园林、私宅、文物，千头万绪的人物关系，卷帙浩繁的历史资料，若不是范小青老师精心的剪裁取舍，用心的量体架构，巧妙的匠心运用，如何在四十余万字的"螺蛳壳里做道场"？文本中，范小青老师以苏州古城的内核——子城为圆心，辐射到古城苏州的东西南北。也许，冥冥之中，这一切"在遥远的过去就已经为今天的马路铺垫方向"（《伦敦传》）；也许，这次书写，也是范小青老师的一次精神原乡之旅。开篇，范小青老师从同德里（这是范小青老师精彩人生启航的地方，是电视剧《都挺好》的取景处，是年轻人的网红打卡地）出发。1954年后，范小青老师以寻人为线索，满怀希冀与期待，沿着熟悉的小巷幽弄，"踩着旧日的时光，寻找着今天的新鲜"，一路走一路找一路想，追寻儿时的记忆，再现古城的今昔风貌，完美呈现人与城的过去与现在，让古城的某一段历史，与人的某一段经历重叠吻合。《家在古城》中，历史因人而鲜活，人又用言行书写历史。范小青老师并非板着面孔就事论事，叙述历史，而是将人生的有常与无常，历史的传承与变迁，老人留守老城，子女奔赴新城的必然，人与城邂逅的偶然等，完美呈现给广大的读者。在范小青老师笔下，城始终是人的生活场域，人是城的灵魂。没有城，人居无定所，有了城，人有了身心港湾；没有人，城只是冰冷的建筑，有了人，城就是温暖的家园。

主题意蕴的苏州情调

面对当代古城保护的难题，范小青老师通过眼力的发现、脑力的思考、心力的感受、笔力的表达，于《家在古城》中，传递出一种醇厚、悠远、纯正的文化气息和内敛、低调、含蓄的苏州情调。

许多"老苏州"返乡，之所以还能寻觅到儿时熟悉的苏州味道，与苏州几代人的坚持与守护是分不开的。行文中，范小青老师将"严肃的思考和温暖的感情相结合，认真工作与人间烟火相交织，实践的成就与未来的愿景相融合，呈现出世代宜居的古城之美"。当然，范小青老师也指出"让古城既保持传统风貌又充满现代活力，既面向未来的快速发展，又能够保护好亲切温暖的家园，这之间的平衡、均衡、协调，是没有终极答案的实践过程，是永远在路上的课题"。

《家在古城》由点到面，以点带面，书写出古城苏州之文脉与人脉、情怀与品格的薪火相传。从政府到百姓，从专家到草根，每一个人对这座古城的热爱和责任是一样的。范小青老师，不加修饰地再现了很多专业的、敬业的、全身心扑在古城保护事业上的基层干部代表形象，如朱依东、殷铭、平龙根等，他们秉持"城市，是人民的城市。江山，是人民的江山。人民的生活环境，就是城市，就是江山"的宗旨，始终把古城捧在手心里，搁在心坎上，对古城敬畏有加，谨慎行事，以人为本，为老百姓干实事，谋福利，让古城延年益寿。

在古城"修旧如旧""新中有旧，旧中呈新"的风貌打造中，苏州极具耐心和韧性。无论前路如何艰难，无论问题多么棘手，都不会影响前行者的勇气和步伐。还有作家朱军、潘文龙、王西野等，文史专家徐刚毅、史建华等，他们在各自的岗位上，以不同的形式，兢兢业业，任劳任怨，事无巨细，凭借双手和智慧，用精卫填海、愚公移山的精神，一个点一个点地琢磨，一条巷一条巷地打磨，一个街区一个街区地打造，在有意与无意之间，在坚守与勤勉之间，在现实与理想之间，开拓出连接过去和未来的原汁原味的历史街区,让古老的区域焕发出青春的活力,展现出和谐的格局,给予人们"家"的力量和温暖。

2500年的古城苏州,散发着过往历史的厚重气息,也感受到时代变革的猛烈激荡。相比太原、徐州、宝鸡、西安、武汉、洛阳、曲阜等相近历史年代的古城,苏州与众不同的唯一性在于"文脉的民间性,文化的普及性,文人的大众性",一代一代的苏州人,正是在新与旧、活与死、快与慢、物质和精神、灵动与厚重、粗放与精致、变与不变、能与不能、个性与共性、抢救和保护之中,以苏州人的良心,以苏作天工劳模精神,赓续古城保护的传统,叩击心灵,感染灵魂。

一方水土养一方人。作为时代变迁的参与者、见证者、记录者,范小青老师人在苏州,家在苏州,心系苏州。她用文字丈量历史,用心思度量岁月,用思想观照精神,将生活艺术化,将艺术生活化。因此,《家在古城》的字里行间,散发着浓郁的苏州味道,"强烈的文化自信,温暖醇厚的人民情怀,超越自我的创新精神"。每一次翻阅,都是一场真实而有温度的奇遇,看不完、聊不完……

一座城的管窥之窗
——叶兆言《仪凤之门》札记

在《仪凤之门》中,叶兆言先生以渊博深厚的历史学养、鲜明生动的人物形象、跌宕起伏的故事情节,展现南京城从晚清到国民政府正式定都南京(1927年)间的社会、政治、经济、文化、教育、生活的变迁与众生万象。洋洋洒洒25万字,以小见大,以点带面,将南京城半个世纪以来"城头变幻大王旗"的历史,浓缩于纸端。叶兆言先生手握一支生花妙笔,举重若轻、剪裁得当、纵横捭阖、收放自如,无论行文结构、语言特色,还是人物塑造、情节设置,处处可圈可点,尽显大家风范,字里行间为读者打开了一座城的管窥之窗。

人们常说"一方水土养一方人",其中也蕴含了地方和地理的意识,是文学的内在结构之意。在中外文学史上,有许多独具慧眼的作家,他们扎根并深挖足下的热土,书写出独具特色的地域文学。作家与地域彼此成就,地域因作家作品闻名遐迩,作家因书写地域扬名立万。譬如,福克纳之于约克纳帕塔法县,马尔克斯之于马孔多,老舍之于北京,沈从文之于湘西,萧红之于东北,汪曾祺之于高邮,莫言之于高密,王安忆之于上海,贾平凹之于商州,范小青之于苏州,李娟之于阿勒泰等,不胜枚举。无论贫瘠还是富庶,都从不同层面,给予作家无穷无尽的艺术生命力,成为作家生生不息的创作沃土和精神乌托邦。土生土长于南京的叶兆言先生也不例外。在小说中,他将与仪凤门有关的历史沿革,信手拈来,如数家珍:孙中山就职、宋教仁遇刺、五四运动、临城火车大劫案等。在个人认知视域内,以南京城的发展为评判标准,不隐恶不扬善,客观言说:"自从平定太平天国,历任两江总督,几乎都是晚清的能臣,都为南京城市建设,多少做过一点实事,都有贡献。李鸿章让南京有了现代工业,左宗棠让南京有了开放口岸,张之洞让南京有了大学和江宁大马路。不过,这些人加起来,都无法和端方的政绩相比"等。小说里的人物以仪凤门为圆心,活动半径辐射到南京城的各个角落。大到狮子山、绣球山、玄武湖、秦淮河、大运河、燕子矶、幕府山、下关码头,小到清和坊、狗耳巷、泥马巷、钓鱼巷、驴子巷。叶兆言气定神闲的语言技巧与运筹帷幄的叙事才华,可快可慢,可攻可守,可大起可大落,宛如对弈一盘胜券在握的棋局,胸有山水,出奇制胜,扑朔迷离,耐人寻味。

《仪凤之门》以一段京剧老生的唱词开篇:"孤赐你锦袈裟霞光万道,孤赐你紫金钵禅杖一条,孤赐你藏经箱僧衣僧帽,再赐你四童儿鞍前马后,涉水登山,好把箱挑。"像《红楼梦》里的判词般,暗示了人物的命运发展轨迹。主人公杨逵从一无所有的黄包车夫,通过察言观色,投机钻营,历经打打杀杀的刀山火海,成为富甲一方的三仁贸易有限公司董事长,成为可以"翻手为云,覆手为雨"的官商,成为集权力财富于一身的人中龙凤。但盛极必衰,盲目扩张,债台高筑,造成资金链断裂,加之商海的尔虞我诈,两党你死我活的是非纷争,妻子芷歆的突然去世等,彻底打垮了向来可以逢凶化吉、力挽狂澜的杨遂,迫使人到中年的他看淡生死功名。小说末尾写道,"人生如梦,梦中有梦,梦中又套着梦",杨遂梦见了"白天坐的小船,突然变成了一口棺材,一口油漆得锃亮的棺材,他们坐在黑色的棺材里,有说有笑,有点害怕,也有点觉得好玩"。这并非画蛇添足的无用之笔,恰恰是作者精致的细节描写与独到的匠心所在。在中国传统文化中,"棺材"谐音"官财",象征着杨遂的平步青云,飞黄腾达;"棺材"又象征着死亡与没落,棺材铺老板朱老七最终取代杨遂成为下关区的首富。这不但与小说开篇"离仪凤门不远一家棺材铺"前后呼应,使小说结构相对完整,而且言简意丰,卒章显志。此外,"棺材"还象征一个人从生到死,从死到生,从贫到富,从富到贫的轮回,象征一个产业、一座城市由盛而衰,由衰而盛的起落浮沉。在历史的长河中,百年人生不过沧海一粟。杨遂的一生,若梦一场,所有的是非成败转眼成空,是梦还是非梦,是虚还是非虚,是恶还是非恶,留待读者见仁见智。笔者以为,如果将开篇的京剧改成南京的地方传统戏剧,比如汲取扬州清曲和明清俗曲的南京白局,更易快速把读者带入专属南京的地域气场之中,会使小说更有特殊的意境和趣味,一如浙江的越剧、苏州的昆曲、陕西的秦腔、安徽的黄梅戏一样。

杨邃，是小说浓墨重彩刻画的人物。在作者笔下，他是南京城民间疾苦、时代艰辛的见证者，是南京城市政改造、经济发展的建设者，是南京城历史遗迹、文化名胜的守护者。他眼光犀利，头脑灵活，能与时俱进。在他身上，有作为父亲的慈爱，有作为丈夫的担当，有作为男人的阳刚，有作为商人的精明。他的成功，不仅是一个商界的传奇，也是一个阶层跨越的传奇。小说开端，那个每天在仪凤门附近，拉着黄包车的16岁少年，青春、朝气、健壮、机智，让人不禁想起年轻时的祥子。作为20世纪20年代中国破产农民"市民化"过程中的代表，祥子终其一生，无法凭借个人的奋斗与强大的黑暗社会相抗衡，最后只能沦为"个人主义的末路鬼"，被黑暗的现实社会所吞噬，在绝望中走向毁灭。纵观祥子的堕落，既有传统美德的丧失，也有民族文化的劣根性；既有无知民众的沉沦，也有社会"把人变成鬼"的病态。可以说，祥子的悲剧是社会底层大众的悲剧，是一个时代的悲剧，身处其间无人可以挣脱，除非所有人联合起来，推翻吃人的社会与制度。但是，同样是小人物，杨邃与祥子不同，也与热播剧《狂飙》中的高启强不同。虽然都是黑白两道通吃，也欺行霸市，窝藏赃物，但杨邃没有像高启强那样不择手段、杀人越货、强买强卖。甚至，杨邃还稀里糊涂加入革命党，三仁货栈也成为革命党人的联络据点。而且，杨邃能识准时务，顺势而为，"好风凭借力，送我步青云"，从三仁车行到三仁货栈，从三仁贸易有限公司到三仁公司，到歆琪记，每一次转型"都能踩到了正确的节拍上"，都是智慧与谋略的加持，都是自我设限的成功突破。最关键的，杨邃心中有爱，他爱兄弟，爱家人，爱工作，爱知识青年，爱南京，爱国家。

叶兆言先生不但关注人物的强大与坚硬，而且关注人物的脆弱和柔软。他用与杨逵相关的三个女人，烘托出更加立体丰满，不完美但真实的杨逵。凤仙是姑妈的女儿，快言快语，与杨逵青梅竹马，一开始姑妈想把凤仙嫁给杨逵，后来嫌弃杨逵一无所有，就把凤仙嫁到棺材铺。几十年，两家一直有来往，只是凤仙变得越来越精明、自私、算计。杨逵发达之后，如愿抱得美人归，将芷歆娶回家。他们相敬如宾却非相亲相爱。笔者以为，杨逵迎娶芷歆，并不是因为爱情，而是出于占有、虚荣、梦想，以及平民对贵族的征服，就像《红与黑》中于连对市长夫人德·瑞纳、侯爵小姐玛特尔的追求一样。芷歆是杨逵少年时的梦想，他曾买了一张芷歆最喜欢的桃花坞年画，满怀欣喜送给她，从芷歆脸上只看到"不愉快"和"不屑"，芷歆"白了他一眼"，转身狠狠"把门带上"，这犹如一记响亮的耳光打在杨逵脸上，成为杨逵心里挥之不去的印记，多年后时时想起。夫妻十八年，彼此从未开诚布公地交谈过。杨逵似乎还有点受虐倾向，习惯芷歆毫无表情的脸，喜欢"她身上那股公主般的傲气，杨逵更愿意自己像个淘气的孩子，时常犯点小错误让芷歆生气，让芷歆不乐意，让芷歆责怪，最后又让芷歆原谅"。芷歆迫于无奈嫁给杨逵，并非心甘情愿。即便被张树生欺骗，仍觉得是下嫁了杨逵。正如林妹妹不会爱上焦大一样，心高气傲的芷歆不会发自内心爱上杨逵。小说结尾，芷歆上楼顶观望，是出于对杨逵真实的担心而非出于爱，毕竟杨逵是孩子的父亲，是家里的顶梁柱，尤其在兵荒马乱的年代。因此笔者以为，如果让芷歆将"贵族不同于暴发户"的观点贯彻到底，从不给杨逵好脸色，更符合她冷漠、势利、市侩、自以为是的小姐形象。基于此，对芷歆的离世，杨逵的反应也过于强烈，杨逵的消沉是愧疚大于悔过。如果非要为杨逵的悲恸找个理由，更像堂·吉诃德与风车，风车没了，堂·吉诃德没有虚假的敌人了；芷歆没了，杨逵没有努力奋斗证明自己的动力了。杨逵与仪菊（芷歆的姑妈）之间的不伦情缘，也不是爱情，最多只是情爱，或者是一个妻子不爱自己的男人，与一个丈夫被斩首示众的女人之间暂时的相互取暖，或者是源于恋母情结。年少失去父母的杨逵，把对姑母杨氏的依恋，转移寄托到仪菊身上。仪菊作为华西女校校长，跟随作为清政府外交官的父亲留过洋，她更有胆量、更独立、更开放、更鲜活、更真实、更有人情味儿。无论与有家室的彭锦棠在一起，还是与杨逵的地下情，每一次她都主动追求当下的幸福。相比之下，年轻的芷歆就显得迂腐陈旧又作茧自缚，人物形象也单一单薄。

时间，是个残酷无情的家伙，它不仅改变人的相貌与性情，还让朋友分崩离析。在芜杂的洪荒中，一个人也许无法选择命运，却可以选择善良。而一个人对美与善的追求和持守，也是对人生的珍重和爱惜，是一种深邃踏实的幸福。水根、冯亦雄、杨逵，曾经如桃园三结义中的刘备、关羽、张飞，患难与共，有福同享。但历史的洪流，让生如浮萍的三兄弟，分分合合，起起落落，为了生存半推半就，各投其主，各行其道。水根因杀炳哥亡命天涯，后来成了直鲁执法队队长，杀人无数，后被枪毙。冯亦雄先加入革命党，后又成为帮会人物。还有朱老七、朱东升、张海涛、李正鸣、柳碧冈、聂双斌、振槐、凤仙、翠芬、杨氏等性格迥异的贩夫走卒、知识分子、军官小吏、爱国青年、政客商贾……从各方各面，编织出一张复杂的人情关系网，勾勒出一幅风起云涌的宏大历史图卷。

一部作品，没有历史感就没有厚重的现实感。叶兆言先生以仪凤门为窗，抽丝剥茧地描写了一个人的发家史，一家公司的成长史，一座城市的苦难史，一段中国的近现代史。不但从大处、远处、高处俯瞰南京和中国，而且从大处、远处、高处俯瞰自己和他人。笔者以为，《仪凤之门》寄托了作者对古都南京的深情厚爱、赤子丹心，以及对保护发展南京城的志士仁人们的敬意。同时，也委婉地告诉读者：历史并不是遥远、空洞、虚无、缥缈的东西，而是几个、几十个、几百个、几千个像杨逵一样的百姓共同参与、构造、书写的关于个人、城市、国家命运的每一个当下。

精神内耗的觉察与疗愈
——朱辉《午时三刻》札记

翻阅朱辉老师短篇小说集《午时三刻》时,脑海中闪过"精神内耗"一词。

作为社会中人,"人只是一根芦苇,是自然界最脆弱的东西,但他是一根会思想的芦苇"(帕斯卡尔《思想录》)。所以"精神内耗"客观存在,每个人都会或长或短、或深或浅、或早或晚地遭遇。"精神内耗"又叫"心理内耗",是指人在自我控制中需要消耗心理资源,当资源不足时,人就处于一种内耗的状态,内耗长期存在就会让人感到疲惫。这种疲惫并非身体劳累导致,而是一种心理上的主观感受,是个体在心理方面损耗导致的一种状态。常常表现为痛苦、焦虑、孤独、害怕、烦躁、压力、失眠、踌躇不前、犹豫不决等。

"精神内耗",一方面是消极的,如果遇到困难,一直与自己过不去,走不出来,每天生活得非常压抑、痛苦、煎熬、焦灼,不可能"破茧成蝶";另一方面也有积极的一面,一个人往往在遇到困难与挑战,着手解决问题时,才能不断进步,增长才干,有可能实现"浴火重生"。作家余华在一次访谈中,就曾风趣地说,自己写作了四十年,也"精神内耗"了四十年,且四十年中的"精神内耗"不是一次性的,而是由无数次"精神内耗"构成的。余华认为在某种程度上,"精神内耗"是希望自己做得更好一点,是在寻找今天或明天的人生出口,如果不"精神内耗"的话,那么连寻找出口的动力和勇气都没有了。笔者对此表示认同。

再看朱辉老师近年的小说创作,他有意识地"改出螺旋",就是为了转变既有的思维定式与写作风格,探寻新的写作路径与表达方式,这是朱辉老师对自我"精神内耗"的积极觉察与疗愈。虽然其间的不易之种种,如人饮水,冷暖自知,但是通过坚持小说的构思写作,朱辉老师不仅再现了朴素真实的日常生活,而且觉察到了南京的山水、建筑、人文等,觉察到了自我与他人。朱辉老师用洗净铅华的文字、曲折的故事情节、立体的人物形象,揭示当下"精神内耗"的普遍性与严峻性,带领读者去感受世界之大,时间之长,人之渺小,理解平凡人的激情、绝望、痛苦、挣扎等,从而更加全面、深入、透彻地认识与面对自己、他人、世界,以引起疗救和改造的注意。

对于读者,阅读是一个破译和重构文字密码的过程,有的好解,有的费解。《午时三刻》所选的12篇小说,相比玄幻灵异、宫斗武打、悬疑侦探等类型小说的炫技、烧脑和新奇,比较容易引起读者的共鸣共情。其题材内容涉及与校园师生、婚姻内外、家庭邻里、职场浮沉、丧偶失怙、城里乡下、定居远行、此岸彼岸、童年暮年、祖孙母子等相关的烟火生活的琐碎片段，是我们身边每天真实发生或亲历的。真实的庸常很接地气，使人有身临其境的"在场感"。朱辉老师无意于"文以载道"的宏大主题，更关注和反映社会小人物的生活与命运，让人想起刘恒的中篇小说《贫嘴张大民的幸福生活》。张大民的生活明明乏善可陈，处处充满苦难，为什么题为"幸福"？因为"苦难"是精英阶层自上而下的俯视，而城市平民阶层，没有资格谈"苦难"。张大民因各种无奈及乐观应对，被誉为彼时"精神内耗"之良药。还有，去年"刷屏"的《回村三天，二舅治好了我的精神内耗》的短视频，治愈了深陷生活泥淖之中、无可奈何又无力改变、不断"精神内耗"的我们，一如朱辉老师"改出螺旋"的小说文本。

小说集《午时三刻》有个特点，多篇多次写到江河湖海雨雾，写到水，既是对南京城地理特征的描摹，也是作者独到匠心的彰显。例如《紫霞湖》中，三位中年男子一台戏，演绎出众多工薪阶层支离破碎、一地鸡毛的生活现状。夫妻不亲近，行业不景气，职场不如意，股市不坚挺，他们身处其中，犹如融入大海便寻觅不见踪迹的小水滴，沉溺于哀艰生活的漩涡之中难以自拔。随着年纪的增长，一事无成、碌碌无为的挫败、焦虑与无助，像涟漪般圈圈荡漾开去。小说结尾那张溺水身亡的无名男子图片，虽然有点惊悚，有点魔幻，但恰恰是三位主人公内在隐秘危机感的外在投射。在朱辉老师笔下，"水"是时间、是时代、是空间、是青春、是生活、是欲望……意蕴无比丰富。

另一个记忆犹新的是"黑色蝴蝶"的隐喻。在中国、日本等国家,"黑色蝴蝶"象征着轮回转世,是逝去的亲人对前世的最后留念。在《小跑的黑白》中,"黑色蝴蝶"出现了数次:第一次阳阳"屁股上沾了泥,走起来有点像个傻乎乎的大蝴蝶",有点风趣喜感,起到以乐衬哀的作用。第二次小跑在学校"捉到了一只黑蝴蝶……翅膀有点破,纯黑色,只有几个极小的白点……梦见自己变成了一只黑蝴蝶",此处是"日有所思,夜有所梦",有庄周梦蝶的意味。第三次妈妈说蝴蝶有毒粉,扔了。晚上小跑"梦见垃圾篓子里的蝴蝶飞了起来。它扑扇着残缺的翅膀,歪歪斜斜,一头飞到床边的那排书里去了",宛如一种神秘的预言,引领小跑发现那张不完整的黑白底片。第四次小跑看见一只黑蝴蝶"从河水的方向飞过来了……蝴蝶晃晃悠悠,慢慢腾腾,就像随时会掉下来似的飞着",以假乱真,小跑担心蝴蝶,读者担心小跑。第五次妈妈说:"黑的就是鬼蝴蝶。你不能惹它,它招魂!"暗示小跑的命运。第六次小跑拿着底片爬到树上,他看到"不远处是河,河边的竹林很安静,无数黑蝴蝶缓慢地飞舞着","几只黑蝴蝶追逐飞舞着,掠过小桥,没入迷雾",无疑是小跑失足落水,濒临死亡的幻觉……最后一次在小说末尾"整个世界都静止了,唯有满街的黑蝴蝶在雾气中翩跹飞舞。她看见一只折断的黑翅膀掉在地上,闪着光,像那张从儿子身上找到的底片。在她的目光下,那底片一样的蝴蝶翅膀,正在显影"。父亲之谜像蛛网一样日夜"精神内耗"着小跑,小跑凭孩子的想象与推测去找寻答案。虽然小跑最终像一个折翼天使(缺少父爱),小小年纪却永远定格成一张黑白照片,但是他的努力和行动,使他不断接近事实的真相。他在寻找父亲的过程中,让有生的每一刻都充满了期待，也在现实和幻想中享受了片刻父爱的甜蜜。该小说灰暗的基调、惨烈的现实、沉重的主题，令人扼腕唏嘘，亦如一只挥之不去的"黑蝴蝶"。与小说集封面的蝴蝶内外呼应，自成一体。

朱辉老师秉承"为人生而艺术"的现实主义创作风范，其笔下的人物，鲜有金字塔塔尖的精英权贵，更多的是寻常百姓、底层民众。他尝试把普通人的生命故事，镶嵌在历史长河之中，截取一个平面抽丝剥茧，为他们发声，让他们被听见，被看到，被讲述。小说集中虚构的人物是现实人生的一面镜子。无论是《午时三刻》中的秦梦媞，《天水》中的阿贵，《彼岸》中的齐可，还是《放生记》中的小甲、小亿、小炳等，他们的"精神内耗"无不源于内心的贪、嗔、痴，亦即佛教的"三毒"（或"三垢""三火"），它们都是恶之源、心之魔，会使人沉沦堕落，一蹶不振，执迷不悟。阿贵的许愿池，借助宝严寺香火旺盛的"地利"，小龙和小芸出谋划策的"人和"，日进百金却不知足，他执着于对外物（钱财）的喜好，对顺遂的境界（获取钱财的轻而易举）起了贪念，非得到更多的钱财不可，否则他就会心不甘、情不愿，最终违背了"天时"，丧生于"天水"泛滥之夜。秦梦媞对困厄的境界（面容平常，工作普通，家境一般）心生嗔恨（抱怨父母），只要不能使自己称心如意就大发脾气（对丈夫、女儿不满意），她的不理智和意气用事（再三整容、婚外情），源于"嗔"。她不明白事理，是非不明，善恶不分，颠倒妄取，起诸邪行，无视父母的养育之恩，对父母极为不敬不孝，都源于"痴"。小说结尾，养母的一句"但愿你心想事成"，是讥讽、嘲弄与反语,因为秦梦媞的"亲生父亲走了,生身母亲也早已不在,所有那些她曾厌恶的基因已经失了来路",她成了无根之木、无源之水。多次整容的她,不论美丑,早已不是原来的她,而是某张照片上的某个虚拟人像而已。悲哀的是,他们对自我内心的贪、嗔、痴未曾觉知,还被贪、嗔、痴牵着鼻子走,不断心生烦恼与痛苦,幽怨与哀伤,加重了"精神内耗"。《红楼梦》第一回跛足道人《好了歌》唱道:"世人都晓神仙好,惟有功名忘不了!古今将相在何方?荒冢一堆草没了。世人都晓神仙好,只有金银忘不了!终朝只恨聚无多,及到多时眼闭了。世人都晓神仙好,只有娇妻忘不了!君生日日说恩情,君死又随人去了。世人都晓神仙好,只有儿孙忘不了!痴心父母古来多,孝顺儿孙谁见了?"这是揭示也是规劝,一针见血,振聋发聩。朱辉老师借助跌宕起伏的故事外壳,试图说透人之本性。人性不分时间、地点、年龄、国度、种族。无论从事什么职业,处于什么境地,一个人只有放下执念,不断修行,强大内心,正视并理智甄别"精神内耗",剔除根深蒂固的贪、嗔、痴,才能回归真实的自我,体验美好的人生。

"不老"的精神密码
——叶弥《不老》札记

叶弥长篇小说新作《不老》，是一部让人拿得起放不下，一读还想再读的优秀作品。小说名为"不老"，是什么"不老"？怎样才能"不老"？阅读伊始，一个云遮雾罩的谜团，引领读者借由文字肌理，由表及里，由浅入深，从语言结构到人物形象到主题思想，寻求叶弥笔下"不老"的精神密码。

凌而不乱的叙事架构、众而不同的人物形象、卓尔不群的爱情故事，以及恢宏的历史背景、幽微的个人情感、寻常的众生百态，无不引人入胜。文本中，或挥毫泼墨，或惜字如金，详略繁简恰到好处；或正襟危坐，或插科打诨，嬉笑怒骂皆不逾矩；或阳春白雪，或下里巴人，文雅俚俗皆成文章；或语言神态，或动作心理，点染描摹都生动传神、合情合理，不禁拍案叫好。

《不老》叙述了一个独立独行的女子孔燕妮，在等待未婚夫张风毅出狱期间，所发生的一系列故事。小说以孔燕妮为核心辐射开去，勾连起社会方方面面的人物，尤其聚焦于张风毅出狱前二十五天里的各种奇遇，在相对集中的时间、地点及矛盾冲突之中，让各色人物粉墨登场，将人物形象的塑造推向立体极致。同时，文本的细微之处，也折射出新中国成立后社会政治、经济、文化发展的历史进程，以及物质的丰饶与精神的贫瘠，社会的进步与思想的保守，个性的解放与道德的约束，体格的健壮与心理的疾病之间的分歧与矛盾。作为一部鸿篇巨制，叶弥能够将政治与文学，社会与人生，现实与理想的叙述分寸与尺度，拿捏得精准恰切，描绘得精彩纷呈，且处处可圈可点，可赞可叹，实属不易。

文学源于生活。作为生长于斯的苏州本土作家叶弥，信手拈来的自然是她最熟悉的江南文化元素。《不老》中，吴郭城（是否谐音"吴国"？）就是典型的苏南小镇。早餐的豆腐花、粢饭团、"老虎脚爪"，午餐的虾仁豆腐、咸菜烧黄鱼，饭店的乌梅饼、糖藕、卤汁豆腐干、爆鱼、酱鸭、糟鹅、响油鳝糊，以及运河、码头、穹窿山、香樟树、石库门、丝织厂、刺绣合作社等吴郭人的衣食住行，都散发着浓郁的水乡味道，弥漫着醇厚的江南情韵。徜徉在叶弥水灵灵的字里行间，各种神韵意趣如小桥流水和粉墙黛瓦般隽永绵长。无疑，吴郭城就像鲁镇（鲁迅）、枫杨树乡村和香椿树大街（苏童）、高密东北乡（莫言）、裤裆巷（范小青）等，也是当时中国社会的一个缩影。虽然小说中故意模糊了故事发生的具体时间、人物的实际年龄等信息，但是根据叙述中的革委会、购粮券、大串联、反革命、工分、右派、知青、插队、平反、拨乱反正、恢复高考、尼克松访华等带有时代烙印的名词，读者便能推测出七八分。

小说中，孔燕妮是吴郭城第一美人，也是一个另类的存在。她"年轻时治病救人，后来当老师，教给孩子们懂得欣赏美，懂得仁者爱人，也教他们学会独立思考"。她牢记柳爷爷的教诲"女人要为自己而活""诚实地对待自己"，她行事光明磊落，不畏人言。吴郭人所津津乐道的，是孔燕妮在未婚夫入狱后，一次次轰轰烈烈、惊世骇俗的恋爱史。某人是第一位，小丁是第二位，俞华南是第三位，中间还穿插了一个冯春霖。其实，在吴郭人不同声音的谈论中，也不乏"羡慕嫉妒恨"的成分。因为，对于生活单调乏味、心灵紧绷无趣的吴郭人来说，孔燕妮所做的事情，"都是别人想做而不敢做的"，"她好像一直在拿自己冒险，每次她开始冒险，就是大家的节日，从心里感到痛快，怒气冲冲的人也会缓和下来想一想，原来生活还能这么过"。也许，在小部分吴郭人眼里，孔燕妮的所作所为伤风败俗，但在大多数吴郭人心里，孔燕妮自由开放的思想、率真性情的生活、敢爱敢恨的作风，正是他们的心之所向，梦之所往。所以，在远离国家政治和经济中心的吴郭城，孔燕妮俨然一枚不规则的石子，在庸常世俗的生活之河中，击起朵朵晶莹的水花；俨然一粒爆发的火种，在枯萎凋谢的人生之地上，燃起点点璀璨的星火；俨然一抹夺目的亮色，在乏善可陈的烟火日常里，勾勒出丝丝明媚的暖意。

但这样一个面带微笑、心怀善意、敏感柔情的女子，却有着不为人知的难言之隐和心灵创伤。首先是复杂的家庭关系。孔燕妮的亲奶奶是大家闺秀，生下孔燕妮的父亲孔朝山之后就去世了。亲爷爷续弦了高大进奶奶，后来跑到延安成了一位革命者。高大进奶奶没有子女，将孔朝山拉扯大，后来犯了生活错误，自杀了。柳爷爷是孔朝山的干爹,是江南名士、教育家、诗人、书法家、园林学家、收藏家,1968年自杀。父亲孔朝山,英俊潇洒,温文尔雅,毕业于美国斯坦福大学医学院精神病学系,是全省有名的精神科医生。母亲谢小达,是吴郭城的风云人物,曾是吴郭地下党,后任妇联副主任、革委会副主任。两人离婚,又各自组成家庭。其次是坎坷的人生经历。十五岁时,被体育老师侵犯,做过农村中学的老师和医生,曾割腕自杀过。最后是复杂的情感经历。少女时与杜克交往了两三个月,工作后杜克被刺死了;长大后与张风毅在一起,张风毅被判有期徒刑三年;张风毅出狱前,她喜欢上了年轻的冯春霖,还爱上了患病的俞华南。

据此,有人认为孔燕妮是浪漫的爱情至上主义者,甚至是追求"性自由"的身体解放者。实则不然,凡事有果皆有因。孔燕妮对于异性的渴望,对于真爱的追寻,源于童年时家庭的破碎,父爱母爱的缺失,加之身体被侵害,安全感严重匮乏,所以第一次看见俞华南,孔燕妮"觉得他身上的气息像她认识的某个人,低下头一想,依稀有几分像她的父亲孔朝山年轻时的模样,也有些像二十几岁时的张风毅"。无疑,孔燕妮是通过一场接一场无所顾忌、我行我素的恋爱,努力为自己取暖并治愈和摆渡自己,"拯救自己的灵魂,再顺便拯救一下别人的灵魂"。可她那双无法被温热的手,何尝不是其冰封之心的外在显现呢?在所有的男朋友中,只有张风毅真正懂得孔燕妮的冷暖喜乐,即使在监狱中,他也给予孔燕妮充分的理解、信任、尊重和身心自由。

谜一样的张风毅,应该是男主1号,却始终未曾正面出现。聪慧的叶弥,尝试巧妙地通过他人的叙述,以及与俞华南的比较，使其形象逐渐丰满起来，给予读者无限的想象空间：黝黑瓷实的肌肤，明亮的双眸，清晰的唇线，弹性有力的腿脚，不抽烟不喝酒，整洁卫生，健康阳刚，还具有丰富的学养、青春的激情、正直的担当、宽厚的仁义，以及始终保持对自身命运和世界的思考。于孔燕妮而言，张风毅就像她的精神导师，即使身陷囹圄，也能用书信遥控指挥，安排麻春雷带"只管闷头教课本"的孔燕妮，实地考察私人集资合办的地下厂的发展，鼓励知识青年孔燕妮"走在时代最前面"，"为自己、为社会做些有益的事"。

如果张风毅属于实干派，是勇猛、冒险、幽默风趣、积极乐观的强者，"三尺以外就感受到他身上发出的热力，热力持久，热波不停散发"，那么俞华南就是理论派，是阴柔、谨慎、乏味单调、消极悲观的弱者，身上有一种带着悲苦的"紧张和不确定性"。这种阴凉孤冷之味使善良的孔燕妮"心里没来由地一痛"，产生惺惺相惜之感，激发了她慈悲、善良、博大的母性之爱。自己尚且未热，却想要去"暖热"比自己更冷的俞华南，或者与之抱团取暖。俞华南既已对爱情心如死灰，但孔燕妮想用"爱"去抚平俞华南的痛苦，用女性的温度"焐热一位男性的灵魂"，带给他新鲜活力和轻松快乐，并以此证明自己"一直都有超常的爱的能力"，"在爱情这个领域，百战百胜"。在之后的朝夕相处中，孔燕妮教俞华南学会坦率，因为"中国人含蓄，什么话也不说透，互相是不透光的。久而久之，就成了互相欺瞒。只要坦率，生活里就会有阳光照进来"。学会思考，"生命才有价值"。学会文明，"教训一个人，可以和他讲理，可以和他吵架，还可以和他打架。但是千万不要依仗着自己有权，以权力压倒人"。

学会幽默,"开玩笑是智慧、有趣、温情的综合体"。学会"忘我地爱"……这一切,都使疾病缠身的俞华南越来越接近于正常人。

如果忽略俞华南的病,他几乎是完美的:博学、勤奋、真诚、温暖、正直、幽默。俞华南以"寻根"的名义,调研吴郭城的历史变迁。基于对人性的理解和宽容,他客观指出:"每个阶层,或许都有这样那样的问题……他穷得连尊严都没有,还谈什么榜样、精神?"他认为"国家的命运重要,个人的青春也重要",他以一个读书人的责任与担当,倡导"说真话,说老实话,才能打碎精神枷锁",鼓励学生成为有爱心、理性、宽广、丰富、追求真善美和幸福的人。

笔者以为,《不老》中最迷人的恰恰是"疾病的隐喻"。作为人体正常形态与机体功能的偏离,疾病能促使人们意识到身体的存在。在这样的矛盾中,病人处于极度敏感的状态,他们会以非常态的视角去思考问题。作者则可以借此更加深刻全面地揭露人性。《不老》中,除了患有抑郁和躁狂双重精神障碍的俞华南,小说中还有很多"病人":张风毅的姐姐张柔和,暗恋孔燕妮的爸爸孔朝山,"两个人之间的爱就像春天里的一阵风,一刮就没影了。倒是张柔和把这件事当成生活对她的恩赐,牢牢地记在心里"。后来她嫁给汪多根,生下了智障儿子汪小山(是否为了怀念张朝山?)。生活的压力、情感的不顺、家庭的不睦、单相思,最终使她的精神病症急性发作,扭动着下巴,语无伦次道:"我是母老虎。谁也不敢惹我……"年幼的汪小山,痴痴傻傻,认一对石狮子为干爹干妈,他"对人类的动静不太敏感,也不关心,对于屎壳郎又另当别论了"。在他眼里,"泥土不是脏物,大地很亲切，叶子最干净，蚂蚁挺可爱"，看见身旁蜷着身体，双手抱头，痛苦倒地的俞华南，像看见"一片掉在地上的叶子，没有危险，没有异常"。俞华南对他说了一大堆似懂非懂的话，他寓言似的说了句"你就是累了睡了一觉。男人都是这样的"。叶弥用这样一个心如明镜般的傻孩子，烛照出成人世界的复杂与险恶。其艺术作用，类似韩少功"寻根小说"《爸爸爸》中的白痴丙崽，但形象各有不同。那个动手打俞华南的光头学生，因为不想像自己的父亲一样懦弱胆怯，临时决定，选择俞华南作为攻击对象，打人让他愉悦。藏有女性花短裤的王仁平（老隐），1968年受过严重的精神刺激，觉得喜欢女性就是下流无耻，他报警说肖恩对女人精神调戏。刺死杜克的单身汉，平时就神经兮兮，说要用生命捍卫真理。他认为杜克像上帝一样高高在上，又没有上帝的宽容和悲悯，就是神经病。神经病就得死。王阿婆只要听见"死"字，就浑身发抖，一分钟内就会闭气。因为她的丈夫三年困难时期饿死了……这些精神状态不好的人，或欲而不得，或爱而不能，或求而不达，都是值得同情的。

小说中还有一些人，虽然没有明显的狂躁、抑郁、疯癫、失态等病症，但是他们的行为举止俨然已经"病"了。张牙舞爪、口无遮拦、指点江山的杜克，其言谈"不够客观公正，比较任性，不接地气"，他"谈恋爱不行，上床更不行，只有谈政治他才会这么兴奋"。杜克的女朋友毛丹丹说"他是神经病，你越反对他就越来劲"。孔燕妮的妈妈谢小达，孔燕妮奶娘的孙女秧花，虽是两代人，但是都偏执、保守、狂热、禁欲、热情亢奋、浑身是劲、有女干部的气场、可敬但不可爱。不同的价值观，使原本亲密的母女和姐妹之间,产生无形的隔阂与鸿沟,使孔燕妮和秧花也像两代人。正如杜克所调侃的:"有权的女人,一个个都把头发剪得像个男人,唯恐别人不知道她们像男人。她们那么有权,首先就要把自己和一般的女人区别开来。"极具讽刺意味。生活毫无意义的王来恩,曾经依仗他手中的权力,用他的敦厚和残忍,压迫着善良的人们。如今他没有赚钱的本事,害怕大家有钱后,不怕他,他就丧失了尊严和威信……他们的"病"就是观念陈旧、恪守教条、固步自封、目光短浅,不能脚踏实地,不能自我反省,不能与时俱进,不能融入时代发展的大潮。可怜又可悲,可恨又可叹。

其实,精神病很常见,"就像感冒那么常见,因为人类最脆弱的就是灵魂。风吹雨打中,受伤最多的也是灵魂。灵魂看不见摸不着,却主宰人类的一切。在灵魂的默许下,精神病人放大自身的特点,暴躁的变成狂暴症,幻想的变成妄想症,不安的变多动症,喜欢权力的变成控制狂,内向的走向抑郁,悲观的成了厌世者,孤独的变成自闭,缺爱的变得滥交……"。推究起来,所有个人的"病",最终根源于社会的"病"(匮乏的物质、落后的观念、狭隘的思想、压抑的人性、不合理的制度等)。在非常态的社会里,在非常态的人眼中,常态的人和事都是非常态的。如果"有些人想得明白就好,想不明白就自己苦恼"。触目惊心的是,有些人不但对非常态习以为常,而且还会伤害别人。俞华南一针见血地指出:"新的时代会很不容易,要拖着这么多病人朝前走。"诚然,社会要发展进步,只是改变一个人远远不够,必须转变所有人,改变整个社会。

所以,每次翻阅叶弥《不老》,总能强烈感受并联想到古今中外很多经典文学作品中的"病人"形象：希腊神话中的美狄亚，莎士比亚戏剧中逃避现实的哈姆雷特，塞万提斯笔下沉溺于幻想、脱离实际的堂·吉诃德，歌德《少年维特之烦恼》中追求个性解放的维特，契诃夫《装在套子里的人》，鲁迅小说中被关进黑屋子的"狂人"，郁达夫《沉沦》里那个性与灵冲突的青年……但又不是确定的某一个，而是在吴郭城特定历史、文化、经济、地域条件下的那一个，那一些。另外，当孔燕妮每一次左右为难，难以抉择时，梦中出现的老和尚，就像《红楼梦》中的外表邋遢、功力深厚的跛足道人和癞头和尚。叶弥用这一虚构的人物形象，打通本我与真我，意识与潜意识，现实与虚幻之间的藩篱，有效丰富了小说的底蕴，开拓了小说的格局。叶弥扎实的文学功底、广博的阅读积累、独特的写作视野、大胆的创作尝试亦可见一斑。

《不老》的成功在于，立足现实，以小见大，将小人物在每一次国家社会大变革时期的经历、遭遇、影响、思考，艺术化地展示给读者。鲜活生动，真实可感。既然"要世界一片净土，是荒唐的理想主义"，那么就要像罗曼·罗兰一样，"认清生活的真相之后依然热爱生活"。不盲目乐观，也不消极悲观，以"毁灭了再建"的勇气，以沉静高贵的力量，先接受世界的不完美，再从自我做起，回到高尚无私的初心，"心里干净了，灵魂就不会跑掉"，追求健康的爱欲、碰撞有趣的灵魂、拥有自由的精神，改造自我，改造他人，改造社会，使之不断趋向于完美，最后实现个体生命的自我成长与世间万物的有序更迭相契合。

这，便是个人、社会、艺术、家国之长青"不老"的精神密码。

无法直面的时代之殇
——朱文颖《凝视玛丽娜》随感

一部优秀的文学作品，可以平淡如话，一览无余，仔细探究起来，却像盐津橄榄一般回味无穷，比如汪曾祺的《受戒》；也可以只讲八分之一，另外八分之七留在冰山下面，让读者反复去揣度猜测，比如海明威的《杀手》；还可以像八卦太极一样，大于任意量但不能超越圆周和空间，小于任意量但不能等于零或无，启迪读者在"一分为二""合二为一"的推理演绎中，穷尽文本的真谛与意义，比如朱文颖的《凝视玛丽娜》。

小说篇幅不长，但信息量极大，涉及艺术理论、人类学、伦理学、群体生态学、行为生理学、认知心理学、政治社会学等诸多方面。作者精湛的写作才华，足以挑战读者的智商和逻辑思维。读懂了，是读者的福气，可以管中窥豹，会心击掌；读不懂，也是读者的福气，可以临渊羡鱼，浅尝辄止。朱文颖的精妙和聪颖在于，用简洁的文字和典型意义的故事，缓缓开启一扇窥视特定历史政治真相、洞察人性浮沉的门窗。其一针见血、直击要害、入木三分的功力和勇气，让读者惊叹且惊悚，会不知不觉自我代入，会情不自禁自我审视，会感同身受一个时代的殇情。这正是优秀文学作品对人心的触动和感召力量。

那么，"玛丽娜"到底是谁？

首先，"玛丽娜"是全文的一个引子或线索。小说在两个女主人公的一问一答（"那女人叫玛丽娜·阿布拉莫维奇吧？" "是的，好像是叫玛丽娜·阿布拉莫维奇。"）中开篇，自然而然引出她们对各自半生人生故事的追忆。同年同月同日生的戴灵灵和李天雨，性格却像硬币的两个面，有着天壤之别："戴灵灵就像一个猎人，每天清晨睁开眼睛后立刻四下寻找猎物，包括别人的称赞，漂亮的衣物鞋子，新大陆，有趣的男人，经验，爱……而李天雨则更倾向于一个佛教徒：试图放弃所有的东西，轻松经历生命。"开放与保守，物欲与艺术，热烈与冷静，叛逆与怀旧，善感与顽固，享受与劳碌等都是金牛座（4月27日）鲜明又矛盾的特点。她们二十年间所走的不同人生轨迹，与玛丽娜二十年间的两次行为艺术的潜在变化不谋而合。结尾，两个女主人公再次谈论玛丽娜的第二次行为艺术《艺术家在现场》，戴灵灵因参加商先生的葬礼不得不遗憾退出参与"凝视玛丽娜"的行为艺术的情节设置，不留痕迹地把两位女主人公从回忆拉到现实，让她们有机会成为"在场的艺术家"，在彼此"凝视玛丽娜"的行为艺术扮演中，像被催眠一样，水到渠成地吐露内心最为隐秘的人性之殇。这种双线并行的环形结构，使终点回到起点。一方面让理想与现实，艺术与真实自由切换和对话，丝毫不会感觉生硬与突兀；一方面又像人的生老病死、季节的轮回更迭、宿命的既定安排，如希腊神话中忒拜王拉伊俄斯和王后伊俄斯特的儿子俄狄浦斯一样（商先生"总是觉得被一种莫名其妙的力量控制着，干不成自己真正想干的事情……"），营造一种压抑沉闷的环境氛围。匠心独具的谋篇构思，使小说的主人公（戴灵灵和李天雨）和故事的主人公（玛丽娜），互为表里，互为主客体，性格上相互印证与补充。这不但增加阅读的难度，也增添了思考的趣味。

其次，"玛丽娜"交代了故事发生的时间跨度。玛丽娜二十年前（1974年）在意大利那不勒斯几近疯癫、义无反顾、不计后果完成行为艺术《节奏0》。她为观众提供了七十二个物品，允许观众把她的身体当作画布，当众画画，随意使用和摆布，不用负任何责任，表演整整持续了六个小时，最后以"一个家伙用上了膛的枪顶住了她的脑袋……而另一个人上去把枪夺下了"而结束。整个过程始终让自己陷入不可预知的危险和恐慌之中，也让读者深刻体悟到：当一个人在不必为自我行为负责任的情况下，人性之恶被放大的无限可能性。二十年后（1994年）她主动规避风险，选择安静地默默凝视，反而让对方手足无措的这一根本性变化，侧面折射出李天雨和戴灵灵风雨二十年间的心路历程，让人唏嘘扼腕。小说中，与玛丽娜有关的是1974年到1994年，与两个女主人公有关的是1993年到2013年。两个20年，前后加起来一共40年，正好和两个女主人公的年龄相吻合。换句话说，两个女主人公出生的时间，正好就是玛丽娜表演行为艺术《节奏0》的时间。她们的出生本身就是革命的父母传统繁衍后代"行为艺术"的结晶。生命从无到有，从孕育到诞生的成长,人性从简到繁,从善到恶,从性到爱的变化,都彻底打破了按部就班的"节奏0"。事实上,在不断发展变化的社会中,"节奏0"只存在于一瞬之间,很快就会被其他动态的平衡所取代,而人,也永远不可能保持原有的模样和心态,"他人即地狱""生活是老师",常常回首已是沧海桑田。二十年,从青年到中年,一切的"果"都能找到昔日自己的、家庭的、社会的"因"。这些都能够在小说中捕捉到蛛丝马迹,然后读者便可以顺藤摸瓜。至于瓜的大小,全靠个人的语言领悟能力和艺术修养水平。当然,也许摸到的不是瓜,而是葫芦或其他什么东西,那也没有关系,因为创作经常只是凭直觉撒下种子,至于会长出什么,作家并不太在意。

接着,"玛丽娜"暗示了主人公身处其间的社会环境。玛丽娜生活在南斯拉夫,两个女主人公生活在二十世纪七八十年代的中国,两个国家都是社会主义国家,体制和国情有很多相似之处。因此,玛丽娜第一次表演的行为艺术《节奏0》,其实象征着一种方方正正、规规矩矩、千篇一律、整齐划一、没有或不允许变化创新的刻板教条的意识形态。就像她们身边那些滑稽可笑、笨头笨脑的建筑群,就像她们波澜不惊、无欲无求的苍白生活程式,让人感到厌恶压抑。早年丧母的李天雨寄人篱下,她在姨母姨父没有温度和激情的管教中几乎窒息。没有思想交流,没有心灵导师,不善言辞的她,甚至想要用锤子斧头砸碎家中的一切,这一心理冲动其实是迫切想要打碎陈旧意识形态、追求身心自由解放的一种外在表现。

读者不能忽略小说中的一个时间节点——1992年。这一年在南斯拉夫，其联邦解体，塞尔维亚与黑山联合组成南斯拉夫联盟共和国（2003年更名为塞尔维亚和黑山）。这一年在中国，邓小平同志"在中国的南海边画了一个圈"，打开了改革开放之门，但是随之一些"蚊子和苍蝇"也不可避免地跟进来了。沿海地区优越的自然人文和经济发展条件，吸引大批港商前来投资办厂，与此同时也出现了"二奶"等新型词汇，飞速发展的市场经济滋生出"笑贫不笑娼"的社会认知观。"二奶"大多是家境一般或者贫穷的在读学生。"乖乖女"李天雨被戴灵灵介绍给商先生。在刻画舒先生和商先生时，朱文颖客观冷静地叙述了他们的落魄失意、吝啬粗俗，不动声色地批判了当时人们对于港商的迷信（"他也是香港人呢。"这个信息是戴灵灵最后说出来的。她微微涨红了脸，努力按捺着口气里一种强烈的东西），以及对资本主义的质疑（"原来资本主义是一团烂泥呵"），也让李天雨这个原本有所奢望的女孩，在投入半年的时间精力、献出青春的身体之后，不但物质上一无所获，而且精神上隐痛频发。对李天雨，朱文颖更多的是同情，她身上所背负的沉重烙印，不是她一个人的，而是一代人的。物质的匮乏，信息的闭塞，思想的僵化，生的艰难，性的压抑，情的苦闷，因为找不到可以释放和疏通的最佳渠道，所以只能在不断地犯错纠偏中摸索成长，幸好不惑之年"各自经营着一个茶艺馆和小型艺术画廊。衣食无忧，云淡风轻"。

最后，"玛丽娜"是一面社会和人性的多棱镜，烛照出众生百态，人情世相。戴灵灵与年龄不相符的世故老练，让她可以在社会的大染缸里如鱼得水，游刃有余。她随波逐流，游戏生活，享受物欲，一切顺着自己的心性，从来不会为任何人负责，一直有理由为自己开脱。二十年前，她对李天雨说："我也已经告诉过你了，他，是个结过婚的男人。"然后，所有可能发生的一切，和她，戴灵灵，则是毫无干系了。二十年后，她对李天雨说："是的，我记得，我是留了字条给你，我还告诉你有关商先生当时的一些情况……但是，它只是一种境遇与现实的提示，你当然可以破坏它！"这样轻描淡写的解释，就像把一只小绵羊送到饿狼的嘴边，还理直气壮地责备羊："你为什么不撒开腿跑呢？"的确，在李天雨的情感和人生悲剧中，戴灵灵起了推波助澜的作用，但是已经成年的李天雨，难道就没有责任吗？这个"在社会主义单调的禁欲主义生活中成长的女孩子"，长期朴素的生活和刻板的性格，使得她从来不会主动追求自己想要的生活，一味逆来顺受，被动承担。有意思的是，小说三次将不同层次年龄身份的人比作"兔子"，意味着在既定的社会大环境下，很多人都泯灭了独特的个性：第一次是李天雨觉得"自己更像一个守株待兔的人"，她在等待从天而降的馅饼，她不会表达情感和表白心声，也不会主动出击，努力争取；第二次是商先生"一把拉过李天雨，就像拎起一只树下的兔子"，反讽的是，原本准备"守株待兔"的李天雨，竟然变成了误撞树桩、送上门来的兔子，被抓之后没有反抗只是顺从；第三次是"姨父则坐在沙发上，跷着二郎腿翻阅当天的报纸……隐约感到他浑身的肌肉仍然处于绷紧的状态中。如同旷野里的兔子，随时竖起耳朵，揣摩树林深处的风声"，这一毫无生活情趣的机关干部的形象写照，其谨小慎微的行为举止，像一个装在套子里的人，给家人带来很多的紧张和不适。从小接受"共产主义精神一尘不染"教育的李天雨，内心无比渴望丰饶的物质但开不了口，她想了解憕懂美好的"性"却无人可以诉说，只能在一瞥姨母姨父"两人都光着，身上没有一丝一缕的衣服"中独自琢磨和想象，多么可怜又可悲。因此，当四十岁的李天雨想起二十岁时的荒唐和谬误，才会说："当时，至多只是经历了一场成人礼吧。但是——在那个过程中，我渐渐感受到一种隐秘的快感。"这"快感"源于她用一种近似堕落的方式去反抗社会，尽管这种方式有点像飞蛾扑火、玩火自焚，且不被多数人所认同，一如玛丽娜·阿布拉莫维奇狂野大胆的行为艺术一样。但李天雨冷静地说："如果恶魔消失，天使也同时飞走了。"对于既往的生活，她从不做虚妄的假设和苛责，既然破茧才能成蝶，那么就要敢于忍受成长的疼痛。的确，玛丽娜·阿布拉莫维奇曾说过，欢乐并不能教会我们什么，然而痛楚、苦难和障碍却能转化我们，使我们变得更好、更强大，同时让我们认识到生活于当下时刻的至关重要。小说读到这里，内心突然升起一种莫名的悲壮感，为李天雨，也为朱文颖。

作为"生在新中国，长在红旗下"的"70年代"女作家，朱文颖感同身受了女性自我解放的艰难，从身体到思想，从落后到进步，从西方到东方，都是一个渐进的漫长过程，需要几代人的共同努力。这一代知识女性因个人、家庭、社会的无知付出了沉重代价，但愿下一代知识女性能引以为戒，少走弯路。时刻记住：生活不仅有令人绝望冰冷的"鞭子、剪刀和铁链"，还有让人产生诗意和美好的"玫瑰花、羽毛和蜂蜜"。

于插科打诨中明心见性
——房伟《小陶然》札记

《小陶然》是房伟先生最新的短篇小说集,收录的八篇小说,如多棱镜,从不同角度反映了现实生活的坚硬与残酷,平民百姓的日常与梦想,于入木三分的刻画描摹中,于精雕细琢的叙述场景中,于风趣幽默的插科打诨中,明心见性,不矜不伐。

作为一个生活在苏州的山东人,房伟先生的小说,字里行间烙上了人生行走的印记。文本中随处散落的苏州与山东元素,是潜意识信手拈来,而非刻意经营谋划:小说人物,或生活在苏州(《小陶然》定慧寺),或祖籍山东(《月光下的黄羊》"虽说我是IT男,在苏州长大,但父母都是山东人,酒量是遗传的";《一个人的归途》"杜宾老家在山东,自告奋勇留在武汉");环境设置,或发生在苏州(《老陶然》定慧寺),或记忆在山东(《九三年》);就连道具也是(《小陶然》"谢红还送了一串菩提根佛珠手串给老邱,说是特意到藏有佛牙的山东汶上宝相寺求的,特别灵验")。这一鲜明特色，使得无论苏州还是山东的读者，或具有"双城"生活经历的读者，打开文本，便有一种同频共振的亲切感扑面而来。而且，大学教授和文学作家的双重身份，使房伟先生笔下的人物绝大部分就职于学校和文联。显然，选择最熟悉的领域，就地取材，书写更为得心应手，收放自如，明智高效：张茜是小学英语教师，阿依仙是小学音乐教师，老韦是文联干部（《月光下的黄羊》），谢红是高中语文老师，老邱在文联上班（《小陶然》），项有槐教授从事古典文学教学，项莉莉在文联工作（《老陶然》）等，这绝非简单的巧合。房伟先生必然深谙："在一个工作岗位上坚持工作的好处就是在一个地方钻探下去，正像打井，一直到发现了水源。这些源源而来的活水使我们终生享受不尽。在文学史上，许多有才能的作家总是写他亲手掘成的那口'井'，并不好高骛远地去写他们没见过的海与大洋。"（老舍《出口成章》）他用小说写作，努力在繁复芜杂的世俗生活中，寻求诗意与幽默，突破与出口。

　　房伟先生的语言，给人一种山东评书的视听享受。文字表达豪爽利落，妙语连珠，故事情节跌宕起伏，酣畅淋漓。无论男女老少，人物个性鲜活，如《九三年》中的班主任兼历史老师的秦陵老师（名字让人联想起秦始皇陵），"他威胁要把我们赶回中世纪，成为法兰克人的隶农；他要把我们变成明朝末年陕西的饥民，让我们率兽食人；他还狞笑着说，要把我们放逐到17世纪葡萄牙穿越太平洋的捕奴船，每天和臭烘烘的黑人挤在船舱，等待死亡的命运。他甚至威胁要辞去班主任的职务。"言语间，是一种书呆子般的自言自语，是一种"恨铁不成钢"的无奈，是一种"英雄无用武之地"的愤懑，也彰显了作者丰富的历史知识储备。《小陶然》中，三十四岁的谢红，外表年轻温柔，素雅干净，却毫无生活技能，亦无生活情趣，活在脱离现实的空中楼阁中。老邱想要和她亲热，被打了耳光才明白：她想找一个"历经沧海巫山后会超脱尘世，能'和谐'度此残生的男人"，"她要的不是'老公'，而是一个'佛经听众'，能给她鞍前马后、打点俗事的'管家'，能保护她躲在幻梦中的'金钟罩'。两人在一起只唠'素嗑'，讲'素经'，吃'素斋'，睡'素觉'。她'素'得只爱自己，难道不也是'着相'？"房伟先生连用五个"素"字，一针见血地指出某些大龄剩女的心理问题，调侃揶揄中，尽是幽默智慧。即便是景物描写，也让人拍案叫绝："五月刚过，北方的天又是一变，被暖风熏过，仿佛出了满月的孩子，皱巴巴的小脸舒展成粉嘟嘟的模样。今年国槐花开得早，一串串泛着淡黄底的白玉腰果，多远都能闻到香气，风一碰，摇摇曳曳地落下，打着行人的头。油绿冬青绽放着伞形花裙，梧桐则吐着粉色花蕊，骚包得不像样子。伴着钟声，鸟雀也不再那么低沉，起得早就叽叽喳喳地在各种植物之间跳跃玩耍，谈恋爱、打架，或无所谓地畅叫着。"（《小陶然》）区区数十字，巧妙融合比喻、拟人、叠词、拟声词等多种手法，不仅工笔再现了春回大地、万物生长的情景，而且含蓄暗示了主人公性格脾气与人生命运的转变，意味隽永。大俗大雅的语言杂糅中，闪烁着作者的智慧与狡黠。

八篇小说，各有千秋。有北方人的豪爽，有南方人的细腻，有文学教授的渊博，有评论家的犀利，有男性的阳刚，有青年的才气……与时俱进，追踪热点，随物赋形，灵活多变，妙笔生花。房伟先生像一个大厨，无论煎炒烹炸，还是蒸煮焖炖，无不脍炙人口。相形之下,《南方》稍显仓促夹生,还有回炉加工的空间,开篇之作《九三年》最见刀工火候。

《九三年》,与雨果的小说《九三年》同名,前者发生在1993年,后者发生在1793年。两部小说都有沉重的历史、复杂的人性、激烈的冲突,都塑造了有优点的坏人、有缺陷的好人、不合时宜的完人。虽然时间、国度、民族不同,但人性、道义、良知却是相似的,都给予人"情理之中又意料之外"的惊奇。当年,被誉为"中国的托克维尔"的林达(一对美籍华人作家夫妇合用的笔名)不远万里到巴黎旅行,写下了风靡一时的随笔集《带一本书去巴黎》,他们所携带的那本书,就是雨果的《九三年》。房伟先生《九三年》的最大特色在于嬉笑怒骂,寓庄于谐,举重若轻,有鲁迅、王小波、王朔的语言风范。小说中,大量的人物绰号"小饭桶""大饭桶""老饭桶""校园杀手王""校园尿不湿""铁石心肠""小飞人""野驴""胖虎""男女亡命徒""文学天使""尿漏斗""四眼钢牙妹"等,以点带面,痞气十足,让人过目不忘;"抢饭比赛"、生理卫生课、美容店、黄色录像、烟疤、走私、下岗、改制等细节,惟妙惟肖,生动传神。一个周星驰,一部《鹿鼎记》,一个"黑豹摇滚乐队",一个"超级玛丽",陪伴了一个男孩的青春成长,也见证了一代人的共同记忆。因此,翻阅1993年的酸甜苦辣、悲欢离合、荣辱进退,仿佛经历了洪水猛兽,破茧疼痛,玩得心跳。这非同寻常的一年,也是一生中的黄金时代。在哈哈大笑之余,才发现眼角有些湿润,在抚不平的皱纹里,还有小鸟一样一去不复返的岁月韶华。

集子中,除了《九三年》有明确的时代背景,其余文本都关注"当下"。房伟先生将人物设置在当代中国的背景和现实中,通过他们的情感与命运,思考人与人、人与城、人与时代的辩证关系,虚实结合得自然而巧妙。好几篇小说,与2020—2022年的疫情有关:"病毒性感冒却开始肆虐"(《小陶然》),"季节流感来势凶猛"(《老陶然》),"年前市里就有'新冠'肺炎的消息了,但尚未确定。区医院也动员,发热门诊收治很多病人,急诊不停加班"(《一个人的归途》)等,体现了一个现实主义作家的责任与担当。甚至可以大胆假设,这些作品,大概率是房伟先生疫情封控居家之作。对作家而言,小说创作既是兴趣与消遣,也是反思与作证,批判与讴歌,理解与弘扬,颠覆与重构。一个社会的发展、进步、安全与和谐,离不开先驱的引领,更离不开众多无名英雄和小人物的默默付出。《果奠》也写了一名年轻的消防员,因公殉职,母亲精神异常,间歇性幻视、呓语、自言自语、情绪反常等。了解事故的来龙去脉后,母亲终于放下敌意与怨恨,每年给整个支队送罐头。偶然一次检阅新兵,母亲说:"孩子辛苦啦,孟凯走了,你们替他灭火,就靠你们救援了……"小消防战士抱着孟凯的母亲,痛哭着,喊着,"妈妈,儿子答应您……"瞬间泪目。末尾,坟头的一个空罐头瓶,竟然像个恋母的孩子,滚到母亲的布鞋旁,有如鲁迅《药》的结尾,给人似曾相识之感,为小说笼罩了一层神秘的色彩。沧海横流方显英雄本色,时事也在造就英雄。通过小说,房伟先生还让读者对"95后",有了全新的认识,他们不是只会玩手游,位置共享,表情包斗图,看日本动漫、网络小说、宫斗剧、悬疑剧的娇宠"妈宝",虽然他们关注自我、自私又敏感、自信又脆弱、个性张扬、追逐时尚、贪图安逸,但是一旦他人、社会、国家有难时,他们也会像千里走单骑的关羽一般,义无反顾,逆行而上。

《小陶然》围绕老邱的几次相亲经历,探究城市"剩女"的婚恋问题。其中所选的护士、教师、律师、银行职员,也是"剩女"相对集中的职业。"剩女"之所以会"剩",除了优质男士相对缺乏,自身"不接地气"的择偶标准,"一朝被蛇咬,十年怕井绳"的心理负累等因素外,也由于贪图钱财、功利主义、拜金主义、人与人之间缺乏信任等。尽管小说语言极富戏剧性,插科打诨,让人忍俊不禁,但房伟先生并非批判嘲讽,更多的是同情与理解:"也许,它们都不坏,它们只是太寂寞孤独了,因此无法靠近。结婚难,养老也难。"小说中,房伟先生也关注老龄化问题。当越来越多的独居老人,得不到子女近距离的陪伴与关爱时,他们会转而向外寻求他人的温暖,才会轻信保健品的推销等。作为子女,不能简单批评父母上当受骗的愚笨,而应反思父母产生"老子的钱,愿意给谁就给谁,愿意让谁骗就让谁骗"的深层原因,举重若轻,却振聋发聩。

《老陶然》书写的是大学里的师生恋,是越来越普遍且有争议的老教授与女博士的故事。于理不容,于情可恕。包容度的扩大也是社会进步的一种表现。房伟先生借用闫阿姨的感受:"咱们结婚三十年,也是苦了你,咱们文化程度差别大,性格兴趣没啥共同点,强扭的瓜不甜,缘分尽了就该放手。""前半辈子爱文化人,觉得'教授夫人'体面,现在看来,当个糕点夫人、当个阿姨,也是不错的选择。"人活一世,草木一秋,到底应该为谁而活?孩子?他人?面子?浮名都是假的,"活着恣"才是最实在的。大千世界无奇不有,有人追求返璞归真、柴米油盐的情感，就有人追求刺激虚无的畸形网恋。《爱情买卖》以蓝鲸杀人游戏为背景。讲述了一个十六岁的叛逆女生，在虚拟空间扮演自己的母亲，努力模仿一个中年人的爱情经历。一步一步引导主人公自杀。可她不是母亲，活人永远不能了解死人的秘密，网络世界也不行。这些缺乏爱与安全感的孩子，需要引起家长、学校和社会的共同关注，引领他们顺利度过青春期，健康阳光地成长。

家是最小的国，国是千万家。小说还勾勒了形形色色的亲子关系：母慈子孝（《果奠》），母慈子不孝（《小陶然》），父慈子不孝（《小陶然》），父不慈子不孝（《老陶然》），有父母对儿女的不公与偏袒，有儿女对父母的算计与抱怨，有父母"自以为是"的照顾，实际成了儿女并不领情的"被打扰"。房伟先生用深思而平易的文字，用丰饶馥郁的现实故事，力图召唤出人们心中的混沌黑暗，折射出现代境遇中的经验纠结和人性的诡谲多变。在思潮汹涌、日新月异的时代，子女不是父母的私有财产，父母不必为孩子牺牲自我，父母与子女都是相互独立的个体，有互不侵犯的明晰边界。那么，我们如何做孩子？我们如何做父母？这成了每个人应该认真思考的问题。

林斤澜先生曾说"文学是不死鸟"。化用艾青的名言："为什么我要插科打诨，因为我对这人世爱得深沉。"笔者以为，房伟先生的《小陶然》，正是用或清脆、或嘶哑、或雄浑、或阴柔的音色声调，用独唱、合唱、说唱、演唱的多变形式，关关啾啾，叽叽喳喳，抵抗虚无，温暖人心，启迪思想，明心见性，烛照与唤醒日渐冷漠与麻木的灵魂——即使身处泥泞也要开花，即使深陷黑暗也要有光！共勉。

一次破圈的阅读之旅
——周于旸《马孔多在下雨》札记

"萝卜青菜,各有所爱"说的是饮食口味,也适用于阅读体验,因为书籍是人类的精神食粮。生活中,人们习惯性地拘囿于既有的习惯,不愿主动突破阅读的舒适区。以至阅读的内容、题材、风格、喜好日趋单一,慢慢在大脑中形成牢固的"信息茧房",知识面变得狭窄,眼界与格局也受到限制。故笔者把阅读周于旸《马孔多在下雨》定义为一次自觉的破圈之旅。

苏州作家周于旸,15岁开始写作。十年磨一剑,《马孔多在下雨》是其魔幻现实主义小说的创作尝试,出手就不凡,一鸣即惊人。小说流畅而不晦涩,虚幻而不疏离,沉静而不隔膜,秘诀在于他将"魔幻"与"现实"的边界,把握得恰到好处。他的"魔幻"是基于"现实"的"魔幻";他的"现实"是依托于"魔幻"的现实。"知人者智,自知者明",周于旸说自己的写作处于"魔幻与现实的交界",就像黑白之间的灰色地带。精巧智慧的落笔定位，使小说在表现形式上具有了更大的张力，偏左、偏右、居中，皆可腾挪跌宕，纵横捭阖。

　　小说中景色变幻，风光无限：永动机、迷宫、外星人、洪灾、魔方、航天飞机、星空、梦境、幻觉、占卜、臆想、人体实验等语汇，让人眼花缭乱。仔细阅毕，一方面为个人曾经固执己见的定势思维汗颜，一方面为作者神奇丰富的想象、驾轻就熟的结构技巧拍案叫好。毋庸置疑，年轻的周于旸，已将魔幻现实主义的表现手法运用得娴熟老道，阅读时有种在亦真亦幻的迷宫中游走，寻找出口的冒险体验。也许，结果还是"假作真时真亦假"，但整个阅读过程就像一场与众不同又酣畅淋漓的思维体操，刺激人体内啡肽的大量分泌，使人身心愉悦，沉浸其中、回味不已。

　　对周于旸而言，"魔幻"不仅是一个名词，还是一个功能性动词，是一种传输转换，是一种创造。十篇小说，几乎每篇都有马尔克斯《百年孤独》式的时间描述："许多年前的一个下午"（《鹦鹉螺纹》），"二十年后，陈问渠会在父亲的日记中得知自己身世的真相"（《如虎之年》），"二十岁那年夏天的某个傍晚"（《云顶司机》），"时隔多年"（《岛的周围全是水》）等。当小说的叙述，打破常规的线性叙事，就可以巧妙地打通过去与现在，"神游八荒""上天入地"，在多维的时空里自由地穿梭切换。

　　像卡夫卡擅长"以严格的现实主义手法写神秘的幻象"一样，周于旸小说集中每个魔幻成分或多或少的故事，都有各不相同且精彩纷呈的现实情节。例如，父与子、母与子、故乡与异乡、人类与动物、宇宙与人生、有限与无限、逃离与回归、不解与理解、不懂与懂得、不甘与甘心、已知与未知、闭塞与开放、落后与创新、宿命与轮回、正常与疯癫等不一而足，引人入胜。而且小说场景的工笔描摹，涵盖了历史与现实、生活与工作、童年与成年、家庭与学校等诸多方面，字里行间，总有某一个，会触动读者内心最隐秘的角落，使之共情共鸣。阅读《穿过一片玉米地》时，笔者就有一种似曾相识之感。一方面故事情节与电影《幸福终点站》非常相似，另一方面笔者竟然想起30年前，老师讲述的"最后一位苏联人"：克里卡列夫是苏联宇航员，他曾在第9座和平号空间站工作。1991年5月18日完成任务后，因为美苏争霸，地球人无暇顾及他，他只能流浪太空。直到1992年3月17日，苏联解体后才给他发出返回指令。因此，这篇小说就像一粒火种，点燃心火熄灭的青葱岁月，照亮模糊淡忘的记忆之乡。这也是文学的价值和意义之一：在遣词与造句里，在虚构与现实里，让人生的每一段历程都前后呼应，里应外合，并具有全新的寓意。

《马孔多在下雨》大故事套小故事的"双重世界"结构，像俄罗斯套娃一样，又与博尔赫斯《环形废墟》"梦中之梦"特别相似，还和卡夫卡《煤桶骑士》有异曲同工之妙。英国诗人奥登曾说："就作家与其所处的时代关系而论，当代能与但丁、莎士比亚和歌德相提并论的第一人是卡夫卡。卡夫卡对我们至关重要，因为他的困境就是现代人的困境。"毫无疑问，周于旸的文字与表达，在很多细微之处也有博尔赫斯和卡夫卡的影子。父母与子女"相爱相杀"，人与人关系紧张扭曲，人情的淡漠，人心的荒芜，即使在最亲近的人中间也找不到同情、理解和关爱，人与自己的处境格格不入等。虽然小说人物没有完全变形,但藏匿在永动机中,虹吸进魔方,躲进棺材里等,都是一种传奇式的抗争,是对人的存在、生命本质、身份认同等哲学命题的思考。

古有陈子昂"念天地之悠悠,独怆然而涕下",柳宗元"孤舟蓑笠翁,独钓寒江雪",苏轼"影孤怜夜永,永夜怜孤影"……当读者像外科医生般穿刺一个个精美的故事之表,亦能触摸到周于旸小说的主题内核——"孤独":少年不被群体接纳的孤独,孩子不被父母认同的孤独,成年人背井离乡的孤独,心无可寄的孤独,身份无法确认的孤独等。无论吊车司机、宇航员,还是老虎、学生等,他们也曾渴望与他者、与社会和谐共生,当努力后依旧无法调和,他们便选择面对并享受孤独,把孤独当作"温柔乡"和"归属地",成为"精神超人"。一如写作之于周于旸,写作前是孤独的,写作时是孤独的,写作后还是孤独的。但他对人世的热爱挣扎,与文学的情感纠缠,与孤独者的拥抱取暖,都通过文字传递给了读者。

人生而孤独。在漫长且平凡的人生旅途中,唯有阅读与写作是阅己、悦己、越己的最佳方式!它可以唤醒沉睡的记忆,启蒙麻木的精神,突破烦琐的庸常,丰盈贫乏的思想,救赎冷漠的灵魂,激励人生的梦想,让我们拥有无限的空间,在残酷凉薄的现实中诗意温暖地栖居。

混搭的工业美学风
——何荣《断头螺丝》札记

在一群同龄的写作者中,何荣的小说语言、构思、意象,具有非常高的辨识度。粗犷的纹理、硬朗的线条、鲜活的烟火、绵密的叙述、闪回的记忆、航拍的视角、走心的思考,不断打破读者常规的、线性的、惯性的思维模式,使其小说整体呈现一种混搭的工业美学风。

何荣小说里的场景设计和环境描写,让人联想起前段时间火爆的电视剧《我的前半生》。剧中人物居所的装修风格各有特色,与角色性格和心路历程有机契合:罗子君离婚前,家里是一种简美装饰风,色调以米白、浅黄为主,各种软装、摆件和插花,处处散发着温馨小资的家庭气息;离婚后,住所系复古工业风,素洁的水泥墙面,简洁的家具,色彩鲜艳的抽象画,符合正在变得时尚、干练的子君;唐晶家则是一种混合的轻工业风,厨房、餐厅、客厅完全打通,富有科技感的银灰色,属于独立开放、冷峻传统的都市女性风格。无疑，原著作者亦舒和导演沈严都深谙"一切景语皆情语"的妙处，将"此时无声胜有声"的背景效果最大化，让剧中的每面墙壁和每个物件都能表情达意，拓宽小说书写的内涵与外延。

《断头螺丝》共收录16篇小说，故事场景鲜有明亮的暖色，几乎一律都是灰蒙蒙、暗沉沉的冷色系：老旧的小区，破败的广场，即将拆迁的城中村，油腻的烧烤店，潮湿的菜场（"地面是汗湿的黑色脊背。哪里都黏答答，哪里都不干净。千人踏万人踩的泥水，站久了，脚底那一小块生出一点亲切，不那么脏了"），改造中的路桥（"桥体发暗，桥栏水泥崩坏，露出钢筋，桥身三个大字：金塘桥。河水黑如石油，映出天空羊羔皮一样的内里。液态金属里狗尸沉浮"）等，何荣有意营造一种压抑、沉重、阴郁、苍凉、窒息的氛围，为小说人物搭建匹配的舞台。

何荣聚焦最多的是处于社会底层的小人物，在《断头螺丝》看似坚硬冷酷晦涩的文字背后，其实跳动着一颗柔软温润善感的心。她用工笔或白描手法，再现小市民、农民工（"路边树荫下摆了一排仰天而睡的民工，睡得像一具具尸，一只只蛹……耳边打桩机轰轰地响，不要紧，那是为他们梦里衣锦还乡敲的大鼓"）、中年男女（"她永远无法迷人，永远不能洗掉酱醋味，泌出醚味。他见过阳台上晾晒的透明内衣，颜色跟款式都不甘心。也许她早习惯不迷人了，眉毛横在脑门，像两撇胡须。眼皮上敷着紫，连同眼袋一起，组成上下唇，各含一枚荔枝核，瞪人的时候随时准备啐出"）、退休老人（"买鸡蛋的同时，把旧给怀了，把媳妇给骂了，把家长里短给掏了，把鸡零狗碎给扒了，把关系给搞好了,把政策给宣贯了,等于买一赠十。超市也很贴心,每天每人限购一斤,经常买,经常聊,又能消遣,又能为家做贡献")等的现实生存境遇。这些人,不是社会精英和偶像阶层,平凡到没有名字,只有代号,却是整座城市大厦一砖一瓦的建设者,是城市化进程中坚固的基石或者叫作不可缺少的"螺丝钉"。为了自己和家人更加美好的生活,他们裹挟在时代的洪流之中,背井离乡打工糊口。他们蝼蚁般匍匐在城市昼夜的夹缝之中,在别人鄙夷的神色中小心翼翼地讨生活,他们任劳任怨、勤恳踏实、坚韧刚强,劳作之余用廉价的方式给艰辛的生活加点糖。相比城市的原住民,他们更敏感更脆弱,因而更渴求更期待被看见、被尊重、被善待。

历经时间的流转,时代的变迁,现当代文学中"小人物"所承载的内涵和意义不断赓续嬗进。何荣笔下的"小人物",不同于"五四"时期"被侮辱被损害""充满血腥和苦难"的"为奴隶的母亲"一代,不同于"哀其不幸怒其不争"的阿Q一代,也不同于改革开放初期,解决温饱后老实本分、善良厚道又狭隘自私、奴性愚昧的陈奂生一代,他们是新世纪社会经济文化巨变中、强权重金下的失语者,因长期处于地位低下、物资匮乏,人格扭曲、心灵压迫双重挤压之下,"他们卑微瑟缩,没有话语权,也无力主宰自我命运"(戚萌《新世纪小说中的小人物形象研究》)。对这一群体低贱的生活状态,苦闷迷茫、无所适从的心灵感受的关注,透视出新生代作家洞察小人物生命价值的社会责任感和道德良知,具有深刻的社会现实意义和文学审美意蕴。而且何荣以另类不群的叙述风格,以多面立体的人物塑造,克服了此类小说创作的类型化，苦难叙述的过度化，人物形象的扁平化，避开居高临下、泛道德化的知识精英的启蒙误区，带给读者思想的启迪、灵魂的震颤和新鲜的阅读体验。

如是观之，《相交》中，农民工崔凤连和邵波，用砖头砸死了手无寸铁的周丹，并非源于"性本恶"，或"蓄谋已久"，或"恃强凌弱"，而是因为不久前他们拨打110，被本地警察劝说"入乡随俗"，当天又被一辆北京现代车剐蹭，肇事者不但没有道歉，还操一口本地方言以每分钟两次的频率，骂他们是"外来狗"，还被"骂娘"。郁闷中灌了几瓶啤酒，想起家中的各种烦心事，以及经常被拖欠的工资，怨气郁结叠加得越来越多又无处发泄。此时，周丹极具歧视与侮辱的一句"乡巴佬"就成了导火索，成了"压死骆驼的最后一根稻草"，让一直以来小心隐忍、察言观色、想要与"乡巴佬"三个字告别的崔凤连怒火中烧，冲动战胜理智，最终酿成血案。具有讽刺意味的是，小说结尾的"相交"，不是"老乡见老乡，两眼泪汪汪"，而是崔凤连将周丹视作欺负过自己的"本地人"加以报复和惩罚。崔凤连不知道，其实周丹进城前，也是一个"插过秧挑过大粪的乡下妹子"，和他一样都是"在人家地盘上讨生活"；崔凤连也不知道，周丹用六年时间，从小职员爬到高管，用刻意做作的言谈举止消解骨子里的"土气"，"还是以月均一次的频率，被民工、保安、无业游民等底层人士轮换调戏着"；崔凤连更不知道，周丹看不起村里人好吃懒做、混吃等死的劣根性，时刻想要撇清"乡巴佬"的出身，对自我身份的"不确定"，对"城市精英"的崇拜，使得她脱口而出一句"乡巴佬"，妄自尊大，以卵击石。也许，周丹至死也不明白，与生俱来的高贵是物质包装不出来的，她努力想要成为的本地人的"身份"和她最看不起的乡下人的"身份"一起要了她的命，她成了一枚没有完成"身份认同"的断头螺丝。正如英国作家阿兰·德波顿在《身份的焦虑》一书中所指出的："我们每个人都唯恐失去身份和地位，因为它决定了人情冷暖。"他从哲学、艺术、宗教、政治等各个角度，探索现代人身份焦虑的根源及其释放途径，切中肯綮，鞭辟入里。再看崔凤连举起砖头的动作，多像往地里敲打一颗螺丝钉啊。血腥的暴力场面本身让人很惊悚、很不适，何荣却能将之举重若轻、游刃有余地加以消解，穿透现象看本质，给予读者更加丰富的想象空间，实属不易。

　　小说中的"断头螺丝"是以物喻人的一种方式，以之作为书名，不但听起来很工业化，而且也与故事发生的时代特征相吻合——"一定有这样的夜晚，万物都十分驯服。黑夜是一块肉冻，被准确地切成两半。每个人都觉得自己穿行在昏暗的海底，过于安全。珊瑚礁一样的树木上方，有着海浪似的云波，日复一日，拍打着高处的堤岸。海面太远，这里常年不见天日，因缺乏光照，呈现内敛的暗褐。"在传统的教育中，"螺丝钉"一直是勤勤恳恳、无私奉献、不计得失、执着坚守的象征，但"一颗断了头的螺丝钉，就非常讨人嫌，它固执、难搞、危险，需要专业人士用专业工具才能取出来。此时，它之前所有的优点又都成了致命缺点"，就像"身份迷失"的周丹一样，这是何荣对当下小人物精神困境的独到思考与表达。

　　另外，小说中多次出现的"火车"意象，也非常有意思。

作为工业革命和现代化的产物，火车从诞生之日起，就被赋予了"远方""过客""奔赴""连接""速度""情欲""时间""到达""未知"等多种寓意。很多作家在作品中都有关于"火车"的描写片段。例如，纳博科夫《玛丽》、列夫·托尔斯泰《安娜》、川端康成《雪国》、铁凝《哦，香雪》等。很多研究者也曾做过专业的论述。例如，刘英在《流动性与现代性——美国小说中的火车与时空重构》中，以美国小说为研究对象，以流动性理论为依托，从火车时刻表、车窗风景和车窗微空间三个方面探讨了"火车"对于个体时空感知的重构以及对美国社会的影响；史思谦在《论俄罗斯作家笔下的"火车"书写图景》中，以托尔斯泰、纳博科夫、佩列文三位俄罗斯作家的小说为研究对象，分析了"火车"意象所呈现的主题在俄罗斯小说中的演变历程；崔永光、韩春侠在《论纳博科夫长篇小说中的"火车"意象》中，以纳博科夫的长篇小说为研究对象，对其中的"火车"意象进行了解读；朱一飞在《火车与文学现代性的生成——以日本、韩国的近代文学为例》中，以空间理论为依据，以火车空间为分析对象，研究了"火车"这一文学意象对日本和韩国近代文学所产生的影响等。

"火车"作为一个微型密闭空间和脱离现实生活的移动装置，改变了人们观察风景的方式。铁路规定了人经过哪里，车窗规定了人看到什么。在何荣《夜车》中，一段旅程就像一场戏剧，每个人既是观众又是演员。演出结束后，"每个人都在心里或多或少地渴望清场，渴望拿掉这自己也有份的芜杂，观赏整齐划一的机械美。"狭小逼仄的火车车厢，有"光明温暖"的一面，也有"颓废暗黑"的一面,镜头聚焦变短,视角自由切换,构建出临时的新型人际关系。座位固定的六个陌生人轮番表演,成为既定时空中"熟悉的陌生人",他们通过衣着、言行猜测彼此的年龄、姓名、身份,在多方面心理较量和力量权衡后,神奇地演变成一场"零成本,杀时间,花样百出"的真人游戏,气场由强到弱、由高到低自然流动,使得"睫毛蕾丝短裙,低胸打底衫,斑驳的玫红指甲油"的六号,像一个有缝的鸡蛋,成了"一个肉靶,多人共用"。人性中趋同、从众、臆想、霸凌、阴暗、无情、冷漠的看客特点一览无余。具有相对运动特征的车窗,对外界是相对运动,对内部是相对静止,成为旅客窥视自我、观察他人的一面镜子:"车窗框出一个方形,细看,辨出一张脸。笑一下,那边也笑,好像隔了几秒。""从车窗看去,二号白皙的脸庞变成液态石油上漂浮的月亮。"通过"火车"单调行进的叙述功能,何荣让乘客对人生今昔、真假、虚实、动静、强弱、盛衰、大小、远近、成败、荣辱等自由联想,水到渠成地用文字对工业现代化造成的人们的漂泊无依、孤独无助、没有隐私、缺乏安全感的普遍精神焦虑,进行勾连与融合,认识与反思。

其他篇目,也都通过独特的叙述视角,多维度多层面揭示现代生活中,夫妻(《活扣》)、亲子(《狼狗时间》)、朋友(《替身》)、师生(《对折》)、家校(《诱捕》)、网友(《成年孤儿》)等之间复杂微妙的关系,细腻真实,毫发毕现,发人深省。像一枚枚大小长短不等的螺丝,构筑起何荣的中短篇小说世界,是非妍媸,留待读者见仁见智。

文学的天真与理解
——"木瓜浜"儿童文学丛书印象记

仔细想来,结缘儿童文学由来已久:从儿时每期必读的《少年文艺》到大学时代的选修课"西方儿童文学史",从1997年报考梅子涵教授的硕士研究生到为学生开设的关于《安徒生童话》的系列讲座,再到近两年与苏州儿童文学作家面对面的沟通与交流,我在一次次思想的碰撞中,从他们率真的言行和可爱的文字中读出了文学应有的天真和理解,这是儿童文学最可宝贵的品质和境界。

好像从读大学起,我就养成了以"貌"取书的坏习惯:每当拿到一本书,必先端详其装帧,然后决定是否阅读。因此,也不乏与一些优秀作品失之交臂,但从不动摇自己关于"名副其实"的取舍标准。坦率地讲,眼前这套由上海少年儿童出版社出版的"木瓜浜"儿童文学丛书实属我喜欢的类型,个人执拗地以为,淡绿、橘黄、天蓝分别是青草和绿树、太阳和稻麦、天空和眼睛的颜色,是春天、夏天、秋天的色彩,是自然万物、生命成长、人生境界的过程和象征。阅读经验也再次证明:马昇嘉《飘飞的红纸条》、高巧林《神秘的伊妹儿》和盛永明《爹是英雄》分别从不同角度反映了三位作家的文学取向:马昇嘉对青春期少年儿童心理的密切关注,高巧林对身边动物家禽细致入微的描摹,盛永明对乡村孩子苦难生活的再现,无论是艺术技巧,还是主题思想,皆可圈可点。

三部集子中,每一篇小说虚构的地名(茜浦、k城、吴镇、溪里、独脚圩等)虽然各不相同,但所有的故事都无一例外地发生在那一个"东接青阳湖,西连太湖水,南通淀山湖,北达阳澄湖"(《飘飞的红纸条》),"因河成街、依氽筑屋、小桥流水"(《神秘的伊妹儿》),有清粼粼的河塘、逆风旋转的水风车、金灿灿的油菜花、渔船往来、稻麦飘香、水鸟翻飞、粉墙黛瓦的水乡古镇。不妨统称为"木瓜浜"吧,它是"江南一条小巷,衔接着千年老街,与《诗经》保持往来,梦在那里生了翅膀,飞出了童年的纯真,阳光一样灿烂",具有极其鲜明的地域特色,令南方人读之亲切,让北方人读之滋润。每一次翻阅,都有不同的视觉享受和情感体悟。

四面环水的木瓜浜,民风淳朴又不乏愚昧,乡亲真诚又不乏伪善。单说蔚然成风的"娃娃亲",曾经折腾得全镇几家欢喜几家忧?众所周知,儿童都是小小观察家,他们能透过外表迹象窥探到人的内心世界。在《拜亲》中,盛永明正是以"毛脚女婿"的视角,串联起与自己和乡邻有关的"相亲"事件,再现古老水乡"攀亲""拜亲"的全过程,探究了吴镇这一历史陋习的兴盛缘起，批判了大人们不为人知的隐秘心思。虽然"爱孩子，是连母鸡都会的"（高尔基语），但是由于"钱本位"思想的作祟，吴镇未合八字的姑娘，全部成了待字闺中的"抢手货——'供不应求'。富人家的女儿更是炙手可热，往往门槛都被踏破，热闹非凡"。"我"和玉婷的攀亲俨然一幕木偶剧，前台表演的是无辜的孩子，无聊得昏昏欲睡；后台操纵的是"各怀鬼胎"的大人们，因为这是他们借以扬眉吐气，提升家族地位的绝佳途径。迷信的"口彩"——"蒸糕即蒸蒸日上，双亲高（糕）寿，鱼就是年年有余（鱼）"让懵懂的孩子晕头转向；烦琐的"拜亲关卡"——登堂的"正堂岳父关"、吃年早饭的"厨房岳母关"、最后告辞的"礼尚往来关"（交换礼物），让年幼的孩子步步惊心；加之外姓人孙长房父子的悲惨遭遇，更让不谙世事的孩子心有余悸。最终因为多吃了两个鸡蛋，没有达到岳母预期的"吃二留三——好事成双，亲家发财银子堆山"而前功尽弃。大人们设想中喜气洋洋的"拜亲"就这样成了一场始料未及的悲剧：心高气傲的母亲被人取笑，威望极高的祖父一病不起，"我"也被迫远走他乡。整部小说，以诙谐幽默的语言结构全文，流畅的顺叙，巧妙的插叙，尤其是充满孩子气，有趣又颇具反讽意味的后记补叙："他们的态度变化、情绪起伏如同当年，而最后的结果呢？我和王玉婷结婚了！"无疑是对"娃娃亲"的当头棒喝，让读者拍手称快。另一篇《抛梁》与《拜亲》有着异曲同工之妙，尤其是行文中《抛梁歌》的多处穿插，如银线串珠，又如妙手丹青，展现了一幅浓郁的江南风俗图，扑面而来的尽是一阵阵潮润的水乡气息，不再赘述。倒是其小说主人公的选择值得一提。无论是十四岁的放羊女孩羊儿（《今天不放羊》），以爹为耻的十七岁男孩大明（《爹是英雄》），还是遗腹子冯乔根（《木头扛书包》），辍学学箍桶的大明（《学箍桶》），抑或是唇腭裂姑娘陈多莲（《"苹果"事件》），为母亲筹借医药费的宝儿（《儿是花来娘是草》），他们都出生在贫困的乡村家庭，过着苦难坎坷的生活，有着辛酸的童年记忆，但是这一切不但没有泯灭他们对于父母师长和兄弟姐妹的厚爱和体恤，反而激发了他们对于家庭的无私牺牲和勇敢担当，以及对于知识的无限渴求。也许，他们卑微如乡间野草，但是他们"咬定青山不放松，立根原在破岩中。千磨万击还坚劲，任尔东西南北风"。绝不向困难低头的高尚品质，正是生活在温室里的独生子女们所匮乏的，它是一面镜子，是一记警钟，更是一盏永远不灭的希望之灯，激励每一个孩子乐观自信、从容面对生活中的酸甜苦辣，这才是殊为重要的小说之"魂"。高尔基有句名言"艺术的伟大任务——使人变得强大和美丽"，我想盛永明做到了。

儿童文学，自古以来与成人文学血肉相连，它的创作初衷并不是专门为了孩子，也是为了大人。如果说孩子们从中得到的是乐趣，那么成年人品尝到的则是包含其中的深意。高巧林的《变色泪》，通过孩子的感觉器官，写出漂亮母亲的伪善、冷漠和恶毒，让人在唏嘘之余，思考现代社会中普遍存在的家庭教育问题。作为孩子的启蒙之师，父母的言行举止来不得半点马虎，孩子的模仿天性注定他们是以父母为榜样开始自己的人际交往。记得中国民间故事中有一则《小背篓》，讲的是一个父亲用背篓将自己年老多病的父亲扔到后山，一起前往后山的儿子，却把小背篓捡了回来,父亲问其原因,儿子平静地回答:"留着将来背你去后山啊!"简单的情节,精练的对话,言已尽而意无穷,可以作为《变色泪》的最好注脚。当然,高巧林最精彩的小说,我以为非其动物小说莫属。《野猫》中的野猫大黑,《杂毛》中的杂毛鱼鹰,《角泣》中的"蟠龙角"公牛,《阿黑》中的小狗阿黑,《牛渡》中的黑牯等都融入了作者的观察、情感和想象,大多采用拟人化的手法,铺排成极富儿童趣味的故事,带上了浓淡不等的寓意。作者试图通过飞禽走兽的描写,教导孩子成为"人道"之人。野猫大黑本来有一个无比幸福的"家":体贴入微的丈夫大灰,一对健康的儿女小灰和小黑,但是在孩子出生前夕,大灰却被"可恨的两脚者"(人)剥皮抽筋,惨遭身亡。孤儿寡母好不容易找到一处藏身之地,又被人们雨点般密集的锄头、砖块和棍棒逼得母子分离。走投无路的大黑显露出动物全部的狰狞:"咬断了母鸡的喉管,扯破了兔子的胸膛,吞噬了羊羔的肝脏。似乎只有这样,才能发泄它对人类的憎恨。最痛快的是最后大黑骑在大白鹅背上,咬住鹅头,左右转向,得意洋洋地走出村头。"甚至有些变态扭曲地"不能容忍母爱的存在",残忍地"嗑断亲生骨肉小灰的喉管",最后被人类"淹入了初春的河水里……"老道冷峻的文字,读来无比沉重与压抑,让人本能地寻求罪恶的渊薮:人是万物之灵长,是天地间向真向善的动物,理应平等关怀、尊重一切生命。但是,如果人自甘堕落,那么宇宙间好多残暴的、肮脏的勾当也是人干的。雄性十足的"蟠龙角"高大雄浑,神气活现,是"三百年难得一见"的好牛。人类为了彻底征服它,不惜违背动物本性,强行阉割结骚,毁坏牯角,暴行触怒了天威,"这一夜的雷雨实属罕见。那狂飙摇撼中的老榆树,硬是被一个极响的着地雷轰折了两根粗壮的枝",最终人败牛亡。结尾采用浪漫主义表现手法"那树的阴影活像'蟠龙角':高大魁梧的身躯,雄健强悍的头颅……每当夜幕降临后,那阴森森的老榆树下,便有呜呜的哀号,低沉缠绵,如泣如诉。或许是角号的感应,村头的牯牛们会仰天长哞,声震夜宵;母牛们会垂首流泪,情动地脉……"劝诫人们:在人类和动物共同关怀、和谐共处的氛围中,残忍和丑恶永远是爱和友谊的敌人,非有不得已的征服应该靠智慧和正义,而不是靠蛮横和强力。这样的思想深度,显然不是天真的少年儿童可以理解的,但是"如果现在播下一颗种子,激起的仅仅是孩子们喜悦和悲哀的感情,可是,渐渐地,幼芽便冲破种子的外皮,萌发、成长并开出美丽的花朵"(韦苇《西方儿童文学史》),花瓣上写着友善、平等和爱。叶君健曾说:"在承认和我们共同生活在这个地球上的人有缺点和错误的同时,也要相信能创造条件把这些有缺点和错误的人改造好。许多严肃的童话作家认为,这样做可以帮助孩子们加强对于人类美好前途的信念,加强他们准备将来改造这个世界和建设一个新世界的勇气和决心。"所以,小说末尾"唯独憨二,会悄悄来到老榆树下叩头……"画龙点睛的作用是不言而喻的。

杰出儿童文学家林格伦指出"我希望儿童文学作品都能作为儿童生活的延伸部分而存在""必须让孩子在作品中看到他们自己"(韦苇《西方儿童文学史》)。也就是说,儿童文学必须扎根于现实生活的土壤,关注当下社会,关注孩子们微妙的思想动态。马昇嘉《想要的感觉》诗意地写出了少男少女之间懵懂的情感起伏，这是每个少年成长过程中必然经历的人生体验："苏理亚闻到了方慧敏秀发的香味，他的手臂接触到了方慧敏衬衣下柔软的肌肤，他突然觉得浑身痒酥酥的，于是本能地与方慧敏保持了间隙，然而有意无意之间的一次次摩擦，使苏理亚兴奋、激动不已。这样的感觉真奇妙，他甚至忘了脚上的伤痛，愿意与方慧敏一直这样走下去，走下去……"纯洁如水的情感，被睿智的马昇嘉用很节制的文字毫发毕现地再现出来，真实、亲切、干净，那也许是作者，也许是你，也许是我儿时一段心魂荡漾的美丽邂逅。大段的心理描写和意识的流动，使其儿童文学的创作明显提升了一个高度。六月的江南，六月的雨，六月的少年心，此情此景多像"青春版"的《梅雨之夕》（施蛰存著）啊！《谁动了我的掌上电脑》，字里行间充满现代气息。爱女心切的母亲弄巧成拙，高挑靓丽的女儿巧化危机，母女之间心灵的沟通有无，读来使人心暖肠热，感受到人世亲情的曼妙乐趣。《小男生凡拉》的选材和立意与王安忆《我家的男子汉》有几分相似。《躲生日》和《呼唤》一针见血地指出校园中存在的"攀比"和"拼爹"现象，发人深省。此类"学校题材"和"家庭题材"的儿童文学，往往把儿童世界和成人世界密切联系起来，表现两个世界间内部关系的紧张性和相互作用。只有少年儿童的忧郁和烦恼，被父母所理解的时候，父母之爱才有了真正的内涵。因此，在儿童文学创作中，写作者应该少一些现成的公式、药方和训诫，通过动人故事的娓娓叙述，让孩子们在阅读中体验成长，感悟人生，而不是直白地告诉孩子们什么可以做，什么不可以做。虽然，卢梭《爱弥尔》反复强调儿童文学的教育性，我们也从不否认儿童文学的教育功能，但是儿童文学毕竟不完全等同于儿童教育，它侧重以"想象、感染和创造的诸种力量，抑制和消除孩子的某些缺陷，弥补孩子语言、思维和生活经验上的某些不足"（德国儿童文学作家克吕斯）。作为人类的良知，孩子永远天真无邪，白璧无瑕。为了不使这些良知遭受玷污，儿童文学作家和儿童教育家必须为孩子拥有一个幸福自由的童年携手而战。笔者以为，马昇嘉用春风化雨的妙笔，用厚实的创作实绩，在"儿童保卫战"中捷报频传，值得称道。

最后需要指出的是，文本中个别人物形象的类型化，如马昇嘉笔下的老师都是"40多岁年纪，戴一副银丝边眼镜，衣着端庄，说话把握有度"（《男孩有泪》），"她40多岁，一头齐耳短发夹杂着缕缕白发，让人一看就知道是那种很具敬业精神的老师"（《想要的感觉》）。其实，如果可以挖掘我们身边那些参加"世博小姐海选"和"苏州达人秀"的老师们，是不是更具时代气息和亲和力呢？还有，作者以全知全能的视角对小说结尾的"完美"处理，反而有一种画蛇添足之感。例如高巧林《神秘的伊妹儿》，前文处处草蛇灰线，读者已然猜了个八九不离十，如果结尾不再刻意点明，讲究一些"留白"艺术，是不是更能增加小说的思考空间和想象张力呢？另外，某些心理描写的牵强附会。例如盛永明："爹，我的亲爹，你咋就不心疼呢？你咋就不说话呢？也许生活的担子太沉重了，折断了你梦想的翅膀；也许生活太贫穷了，消磨了你坚强的意志……"（《箍桶匠》）试想，一个辍学的农村孩子，可以拥有诗歌一样排山倒海的心理活动气势吗？不管你信不信，反正我不太相信。不过，昆山之所以成为全国百强县之首,是因为除了有雄厚的经济实力,还有"以文化人"的理念彰显,这一点我深信不疑。

总而言之,"木瓜浜"儿童文学丛书在一定程度上有效践行了儿童文学的创作主张:儿童文学应该是启动孩子智慧的小马达,把孩子的想象引上一条理想的道路;应该是一把钥匙,打开门就在孩子们面前展现他们见所未见的人生世界,广无涯际又复杂纷纭;应该是一杆标尺,衡量文学的天真和理解。但是,在今后的创作中,如何在内容、形式、理念上推陈出新,如何与省外、全国乃至国际接轨,如何打造又一个文化上的"昆山品牌",还有很长的路要走,让我们共同守望与期待!

幸福的阐释与阐释的幸福
——徐玲作品札记

文学是有使命的。成人文学侧重通过粗粝残酷的生活真相,追溯生命的本质和人生的意义,儿童文学主要通过细腻温情的现实场景,阐释成长的理想和幸福的真谛。纵览徐玲的儿童文学作品,几乎每一部都以童稚明净的语言、生动隽永的故事,阐释人类亘古不变的追求——幸福。

什么是幸福?见仁见智,莫衷一是。在徐玲笔下,幸福不是遥不可及的流星,而是触手可及的生活点滴:"幸福就是在饥寒交迫的时候,可以端上一碗热气腾腾的面条"(《我要努力去长大》),"幸福就是当你一觉睡醒,闻到了爸爸熬的大米粥的清香……最大的幸福,是每天跟亲人在一起"(《等你在千里之外》),"珍惜和自己所爱的人在一起的时光,并且好好地爱自己,尽量做到没有遗憾"(《我想和你在一起》)。聪颖的作者从不板起面孔做道德的评判,她就像慧心天成的织女,以妙笔为银针,以幸福为丝线,精心为孩子们编织出一幅幅关于家庭与学校,城市与乡村,成长与蜕变的锦缎玉帛,一丝不苟地用园丁的爱心和责任,用作家的良知和担当,为孩子们的身心健康成长保驾护航。

家·校·时尚元素

徐玲是一位奋战在基层教育前线的优秀教师,也是一位贴近青少年儿童生活的多产作家。教师和作家的双重身份,让徐玲在教学和写作中游刃有余,自由转换。她既能准确把握多姿多彩的儿童世界,"在故事里思考,在思考中创作",真实再现他们的语言、爱好和情感,也能巧妙地"在创作中植入快乐和感动的因子,让读到它的人都能收获智慧和幸福"(《我会好好爱你》),沉潜于纯真无邪的童心天地,快乐着儿童的快乐,悲伤着儿童的悲伤,像春风,如春雨,悄无声息地把真、善、美,快乐、希望、幸福的种子播撒到儿童的心田,用人世间最动人的亲情、友情、师生情拨动他们的心弦,引领他们在对平凡生活的感悟、感动、感恩中茁壮成长。

徐玲的小说题材虽然重在与孩子成长息息相关的两个方面(一是家庭,二是学校),但二者之间却不是片面孤立的,而是通过主人公活动场景的切换,把家庭、学校和社会生活有机联系起来,从而为小说设置更为广阔的背景环境,让小说的人物形象更丰满,让小说的故事情节更丰盈,让小说的主题更丰厚。在"我的爱"系列小说中,徐玲充分发挥女性作家特有的细腻、温婉、精致,将如水柔情的母爱,如山伟岸的父爱渲染得淋漓尽致。《我会好好爱你》通过一个自始至终从未露面的大熊父亲,一个举止神秘的坚强母亲,一个徘徊在真相之外的女孩熊苗苗,一群可爱真诚的"合谋者",共同演绎了一曲爱之切切又痛之浓浓的交响乐,让读者在催人泪下的娓娓叙述中,走进一个爱意绵长的世界,感受母亲为爱女而承担的重压,女儿为希望而承受的忍耐,亲朋好友为责任而付出的努力,最后当疑窦重重的悬念揭晓之时,亦是人间至爱彰显之日!其姊妹篇《我想和你在一起》,实际上沿用了中外文学史上的"寻母"主题,例如我们耳熟能详的方慧珍、盛璐德的《小蝌蚪找妈妈》,日本宫崎骏的《三千里寻母记》,韩国申京淑《妈妈,你在哪里?》等。小说表面描写秦小琲千辛万苦寻找妈妈的历程,实际上侧面表达母爱对一个人身心成长的重要作用,以及世间另一种超越血缘的至爱亲情。秦小琲很幸运,在大家的帮助下,找到了善良、美丽、无私的"妈妈"舒亦楠;读者也很幸运,徜徉于徐玲小说的字里行间,找到可以支撑我们幸福一生的能量——爱。人们常说"女儿是母亲的贴身小棉袄,是父亲的前世小情人",很少有人具体比喻过儿子和母亲、儿子和父亲的关系。但自古至今,儿子对母爱和父爱的讴歌从未断绝。在孟郊的笔墨里,母爱是"慈母手中线,游子身上衣",在朱自清的回忆中,父爱是"蹒跚的背影",在《我和老爸的战争》中,赵天平和赵子牛父子是互不服输的两个男人,"像一个笼子里的两只老虎,互相撕咬,互相折磨,谁也不肯退让",直至遍体鳞伤之后,才发现彼此是世界上最在乎、最重要的人,故事尽管有些另类,却在我们身边真实发生着,给人一种意料之外的震撼和感动。徐玲曾如此比喻:"如果我们是一列懵懂的火车,那么爸爸妈妈就是我们身底下两条并肩的铁轨,他们以仰卧的姿态,匍匐于蓝天之下、大地之上,托举起我们的身体,为我们舒展开前进的路,送我们到达幸福的未来。"(《我会好好爱你》)诗意形象地告诉读者:真水无香,大爱无言,我们一定要在拥有时懂得珍惜,在相处中学会相亲相爱,千万不要留下丝毫"子欲养而亲不待"的遗憾。

《流动的花朵》是一部励志小说,也是徐玲最有代表性、最具影响力的校园小说。推开这扇精美的窗户,仿佛打开一部农民工及其子女,为改变个人及家庭命运的城市奋斗史:主人公王弟,和其他农民工子女一样,随父母从偏远落后的山区来到繁华发达的城市,租住在城里人闲置的车库或破旧的公寓里。艰苦的物质条件,不但没有浇灭他们对美好生活和辉煌未来的希望之火,反而锤炼了他们永不言弃的坚强品性。同时,他们也收获了城里孩子的真诚友爱、身边老师的悉心呵护,以及周围邻居的热心关照,与城里孩子共享社会优质教育资源和均等的教育机会,树立正确的人生观、世界观、价值观,奠定了改变其一生命运的基石。《流动的花朵》,是自卑脆弱的花朵,呼唤更多的阳光和雨露;《流动的花朵》,是乐观坚韧的花朵,值得更多人学习和敬重;《流动的花朵》,是内涵深邃的花朵,它让我们惊喜地发现,在这座美丽的城市里,流动的不仅是花朵、是云彩、是清风,而且是梦想、是真情、是感动,这一切都是儿童健康成长的生命动力和幸福密码。

此类书写家庭亲情和校园生活的小说,有一个共同特点,那就是立足当下,很"接地气",字里行间充满时尚元素。文本中的"经济危机""出国留学""网上购票""电话订票""无缝对接""首席理发师""高层电梯""蜘蛛侠""木糖醇""汉堡包""下岗""给力""surprise""iPhone5""炒股""超女"等词汇,看似信手拈来,实则匠心独具,直接反映着孩子的生活现状和时代的发展变化,让人有一种脚踏实地的亲切感和身临其境的真切感,极富表现力和感染力。

城·乡·苏州味道

文学创作作为一种创造性的精神活动,具有鲜明的主体性,每个作家都有各自熟识擅长的题材和领域。正如冈察洛夫所说:"我有(或者曾经有)自己的园地,自己的土壤,就像我有自己的祖国,自己家的空气、朋友和仇人,自己的观察、印象和回忆的世界——我只能写我体验过的东西,我思考过或感觉过的东西,我爱过的东西,我清楚地看见过的和知道的东西,总而言之,我写我自己的生活和与之长在一起的东西。"(《迟做总比不做好》)可见,对作家而言,人生阅历(无论苦难还是幸福)是一种具有审美特征的认知方式和记忆体验,对创作会产生广泛、深刻而持久的影响。在很多作品中,都能找到作家本人生活的影子和痕迹,例如夏洛蒂·勃朗特《简·爱》、高尔基《童年》、曹雪芹《红楼梦》、艾青《大堰河,我的保姆》、萧红《呼兰河传》等,比比皆是。

徐玲也不例外。她生长在长江南岸的一个小乡村,是农民的后代,对广阔的农村有着特殊的情感。长大后,又定居城市工作生活,亲历了苏南乡村的飞速奋进和城乡一体化的显著变革,她惊诧于"生我养我的乡村彻底变了,变得年轻,变得朝气,变得亮丽,变得生态,变得文明",她兴奋得像一个时代的鼓手,更像一个希望的歌者,用蓬勃铿锵的文字旋律,书写现代乡村的民风民情,讴歌现代乡村的文化文明,"激发更多的人关注乡村、发现乡村、建设乡村和热爱乡村的热情"。《桑桃的村庄》以作者的亲戚为故事原型,真实再现了沿海大都市和江南小乡村的今昔变化。曾经的城市,发达、繁华、热闹,什么都有;曾经的乡村一穷二白,湿漉漉、脏兮兮的泥土路,低矮破旧的茅草房,"跟城市没法比",曾经的乡下人"跟城里人也没法比"。现在的城市,由钢筋、水泥、混凝土构建而成,虽然"什么都是簇新的,什么都是世界上最先进的",但一切都显得局促、紧张、不安,城里人"住的是上不着天、下不着地,而且贵得吓死人的鸽子笼;出门闻的是尾气,听的是噪声;回到家吃的是饲料鸡蛋、激素鱼";现在的乡村"有枕河的粉墙黛瓦,有花园式的联排别墅;有蜿蜒的盘山公路,有便捷的乡村轻轨;有一望无垠的油菜花地,有热闹繁华的购物广场;有参差动听的蛙鸣蝉叫,有无拘无束的山歌笑语",既享受优美的田园风光,又享受发达的现代文明。从新农村建设到城乡一体化发展,让每一个乡村人及其后代倍受鼓舞,满怀感激,心存自豪;让每一个城里人及其子女瞠目结舌,另眼相待,心驰神往;让每一个读者清晰地感受到:乡村和城市的距离,不再是地与天的距离,而是兄弟姐妹般情同手足,共荣共生,"手握手、肩并肩,你中有我、我中有你的依靠和相携并进"。

鲁迅先生在答复沙汀和艾芜《关于小说题材的通信》中，强调小说创作的"选材要严，开掘要深"。以此观之，徐玲的作品，之所以引人入胜，正是因为长期浸润苏州文化的精致、优雅、温婉，像苏州园林一样曲径通幽，开口很小，挖掘很深，切入很妙；徐玲的作品，之所以回味良久，正是因为她有苏州人的柔韧、娴静、安适，她坚守创作信仰，始终书写对社会、对人生有价值的作品，大力弘扬真善美，用心传递正能量。《等你在千里之外》从"我"手上小小的冻疮落笔，极力渲染江南冬天的阴冷，含蓄暗示"新年"的迫近，巧妙引出关于"回家过年"的激动心情和曲折故事，深刻揭示农民工及其子女"打工之路的艰难"和"回家之路的艰难"，以及中国特色"春运大潮"的伦理本质——浓厚的乡土情结。毋庸置疑，农民工兄弟，是城市发展不可或缺的力量，为了建设美丽都市，为了改善生活条件，他们背井离乡，把辛劳的汗水留给异乡，把思念的泪水留给家人，每到年关，他们既为出门发愁，又为团聚祈祷，无论汽车、火车、摩托车、大风、大雪、大寒，再穷、再苦、再难，千难万险，千山万水，千方百计，心中只有一个念想——回家团圆，因为这是对望眼欲穿的家人的庄严承诺。尽管回家的路很长、很远、很难，但是回家路上，房东奶奶的一双"编织手套"，超市老板的一个"打折猪脸面包"，城里同学的一台"便宜照相机"，老师送的"龙宝宝和笑脸娃娃"，大作家的"亲笔签名书"，从手到胃到心，抚慰着"城里的候鸟"和"流动的花朵"，温暖着他们的漫漫回家路，栩栩如生地勾勒出和谐社会的动人画卷。

值得一提的是，徐玲作品中的"港城"，就像福克纳笔下的奥克斯福小镇、莫言的高密东北乡、苏童的香椿树街一样，成为其作品中特有的符号和象征。尽管作者没有正面描写苏州，但无论是写景、记事，还是塑人、抒情，处处流淌着浓郁的苏州味道——小桥流水，粉墙黛瓦，古镇幽巷，氤氲着一派安宁祥和、恬淡惬意、文明富庶的气象。

成长·蜕变·中国特色

"成长"是儿童文学最常见的主题之一。

安徒生《丑小鸭》通过丑小鸭最终战胜暴力和冻饿，走出精神的歧视和隔膜，表现生命冲出逆境的精神力量和蜕变成长；约翰娜·斯比丽《海蒂》通过小海蒂的成长，表现儿童的成长智慧和胆魄，以及儿童世界的深邃和广阔；黑柳彻子《窗边的小豆豆》通过纯真可爱、懂事善良的小豆豆的成长历程，让读者爱上尊重学生的小林校长，爱上自由开放的巴学园，并深刻反思当下家庭和学校教育的弊端所在。这些作品，都直接或间接地启迪儿童，认识自我、生活、世界，辨别真善美和假恶丑，找到通向幸福未来的路径。徐玲的小说，不但有着中外优秀儿童文学作品中的"成长"精髓，而且能以小见大，从一个主人公的"成长"，拓展到一群人、一个城市、一个乡村、一个国家、一个民族的"成长"，让单薄、单纯、单一的"成长"主题变得具有厚度、宽度和高度。

如果"成长是一件身不由己的事，与其抱怨，不如勇敢地接受，快乐地面对"。《我要努力去长大》较为集中地叙述了"个体"的自我成长。主人公巫当当,是一个被青奶奶收养的男孩,特殊的身世和困窘的生活,使他特别自卑、胆小、脆弱,觉得自己就是一个彻头彻尾的"倒霉蛋",不敢奢望未来,更不敢想象长大。"倒霉的"他,为了赔偿枣枣的笔袋,鬼使神差偷了奶奶的钱,羞愧不已离家出走;收养他的青奶奶哮喘反复发作;鬼爷爷的早餐店被迫关门,他和青奶奶失去了生活的来源……一次次地遭受身心的打击和伤害,又一次次地获得鬼爷爷、青奶奶、老师、同学、《假如给我三天光明》的呵护和鼓励,当爱与责任在心底滋润、发酵、膨胀,巫当当听到骨骼拔节的声音,同时也听到心灵成长的声音,终于可以"大摇大摆"、自信、乐观、勇敢、坚强地面对人生,憧憬未来。《流动的花朵》则塑造了王弟、王花、钱国钱、叶客倩、刘端端等外来民工子弟"群像",他们在全社会的关注中,在学校老师的教育下,在自我与他者的观照中,成长为懂礼貌、守规矩、有理想、自尊自爱、自立自强、不卑不亢的文明新市民。是的,"苦难是人生的必修课。吃苦也是一种珍贵的经历,只要不被苦难打倒,挺起胸膛站起来,一切都会过去……只要我们自己看得起自己,自强不息,没有人能看低我们"(《等你在千里之外》)。《桑桃的村庄》通过一个微小家庭的故事,叙写了现代乡村的巨大变革,折射出城乡一家人的亲情,乡村人负重奋进的意志,城市人搏浪创业的精神,这是"乡下的成长,乡下人的成长,我们大家的成长",也是"一个民族的成长,整个国家的成长"。这使小说水到渠成地拥有了开阔的视野和思想的高度,并在审美的文字里,润物无声地融入了作家的人生观、价值观,以及对具有富裕、文明、人性美、道德感、法制世界的呼唤，具有一种鼓舞人心的强大力量，就像作品中随处可见的"阳光"意象一样，时刻给人以温暖、光明、希望和憧憬。

写作是为时代作证。徐玲直面现实，从不刻意"去政治化"，其小说中所涉及的那些"贵得离谱的房价""拆迁""家电下乡""送戏下乡""农民工团体票""大学生村官""上海世博会""铁饭碗""年货街""校本教材""经典诵读""择校之风""三集中（农民向社区集中、耕地向规模经营集中、企业向园区集中）原则"等，都是中国特色社会主义建设过程中的新表情、新名词，是研究和描写中国特色社会主义建设新现象、新成果所绕不开的话题。对此，徐玲能够举重若轻，收放自如，而且她还敏锐发现每次重大活动前，中国特色的冗长的"领导发言"（《流动的花朵》《等你在千里之外》），以及理想预设和现实操作之间的矛盾（购买民工团体票的弊端），充分彰显了其难能可贵的文学才情和写作智慧。

毋庸置疑，徐玲是一个"会说故事，能把故事说好，能把好故事说得更好"的作家，她驾驭家庭、学校、城市、乡村题材的技术已经炉火纯青，臻于完美。只是，小说创作是一个永无止境的高峰，在未来的写作中，如何突破已有成熟的写作模式，让读者心中对徐玲作品独有的幸福要义和丰沛正能量的认识更为巩固？如何让"江南书院"凭着徐玲一个人的不懈坚持，制造出中国儿童文学的一个传奇和样板？这些都注定了徐玲的创作将会经历更多的艰难跋涉和自我超越。我相信，这些正是善于思考和创新的徐玲正在想着、做着、幸福着的事儿。

"丑小鸭"的"复制"与"进化"
——郭姜燕《明亮的日子》札记

安徒生的童话《丑小鸭》,家喻户晓。通过讲述一只相貌怪异、被鸭群鄙弃的小鸭子,在历经千辛万苦,重重磨难之后,蜕变成一只美丽白天鹅的故事,告诉读者:只要有目标、有理想、有追求、有信心,并为之坚持不懈地努力奋斗,顺境不骄傲,逆境不放弃,就一定会越来越优秀。

郭姜燕的长篇小说《明亮的日子》,与之有异曲同工之妙。主人公高如艾从脆弱到坚强,从自卑到自信,从幼稚到成熟,既有对《丑小鸭》的"复制",也有"进化"。郭姜燕"复制"的是"爱"与"成长"的主题,"进化"的是与时俱进的时尚元素,以及将个人的成长与家庭、学校、社会、国家的发展有机联系起来的开放时空。拓宽了文本的广度,提升了文本的高度,开掘了文本的深度,使之不再"小儿科",而是充满了"文学的意味",既贴近本色的现实生活,又高蹈着浪漫的理想主义。故在《明亮的日子》的字里行间，读者可以清晰地看到生活与心灵的"苦难"，却感觉不到"苦大仇深""苦不堪言""沉沦颓废"。因为郭姜燕用饱含柔情与悲悯的笔触，书写主人公在苦难中的隐忍与坚守，逆境中的坚强与奋发，以及千锤百炼后灵魂的拔节生长，让读者通过波澜起伏的故事，深入浅出地理解什么是真正的"英雄主义"，那就是"在认清生活真相之后依然热爱生活"（罗曼·罗兰）。当一个人内心足够强大，再回首曾经遭遇的身心创伤，已然云淡风轻，伤口上开出了绚烂的花朵。例如海伦·凯勒、霍金、贝多芬、张海迪、史铁生等，他们身残志坚，用行动和成就书写了一个大写的"人"字。奥斯特洛夫斯基说过："没有海水猛烈地击打海岸与礁石，怎么会有美丽的浪花。人生中，那些伤疤便是我们承受的挫折与苦难。"诚然，对于强者，苦难是一所大学；对于弱者，苦难是一座地狱。郭姜燕创作中"有效的进化恰恰体现为有效的复制；当然，复制绝对准确，永远不改变，也就无从进化，但如果复制差错过多，那么必然要遭到自然选择的淘汰。"（李洁非、张陵《告别古典主义》）。

小说中，"烧饼女孩"高如艾，相比许多同龄人是不幸的，其貌不扬、成绩中等偏下、家境贫苦、脖颈还有严重烧伤疤痕。她的母亲在她两岁时离家出走，至今杳无音信；父亲没有工作，整日酗酒，还有暴力倾向，多次被抓进派出所；姑姑五岁溺水身亡；疼爱她的奶奶又中风摔跤，卧床不起；爷爷以烘烤烧饼，养活全家，生意每况愈下；疼爱她的哥哥，毕业后留在大城市工作。高如艾无法选择自己的出身，生活在这样一个家庭，她又没有任何特长和特点，在班级里，就像个透明人，没有存在感和安全感，其内心的敏感、自卑与孤独可想而知。因此，她比其他人更加渴望老师的关注与同学的关爱，她对唯一的好友——周涵一的态度、言语、举止格外在意，又担心天使般的周涵一随时飞走。她会为受到的点滴帮助而心怀感动。被同学孤立、欺负、弄伤手指，她怕家人担心不敢提及，只能独自忍受刺骨的疼痛，吞咽委屈的泪水。可见，他人眼中高如艾淡漠平静的外表，不过是她用来掩饰脆弱无助、抵抗伤害侮辱的铠甲而已。但她又比卖火柴的小女孩、三毛、灰姑娘等幸运，因为她拥有爷爷、奶奶、爸爸、哥哥等人的爱。

且不说未成年的孩子，即便对孩子们充满热情的朱老师，有时候也不太喜欢高如艾，觉得她是块"暖不热的石头"，她不愿"低三下四"与高如艾交流。朱老师甚至还"苦口婆心"提醒周涵一妈妈"交友要谨慎"，让周涵一和高如艾保持距离等。作为特级教师的郭姜燕，有着丰富的一线教育教学经验，但是她并没有因为自己是教师，就对教师群体盲目地大唱赞歌，而是本着司马迁"不隐恶，不扬善"的写作精神，刻画了一个有血有肉的朱老师。毕竟，教师也是人，是人就有复杂的人性，就有人性的弱点。在郭姜燕笔下，朱老师就像都德《最后一课》中的韩麦尔先生，不完美，也非高大全，也会有情绪起伏，也会戴着有色眼镜看人，也会被"阳奉阴违"的孩子所迷惑，但非常真实而接地气（对考试前朱老师焦躁情绪的描写惟妙惟肖："你还盯着我看，我脸上有正确答案吗？""还看？要不要出去看看？"），是千千万万普通教师中的一员。她爱岗敬业、关心学生、为每个孩子的进步发自肺腑的欣喜（"朱老师虽然不知道高如艾身上究竟发生了什么,但她为高如艾这样的变化心生欢喜。")。

小说"源于生活又高于生活"。小说中的朱老师,是现实中老师的一面镜子,对标她,可以正衣冠、知得失、改方法,也提醒每个教育工作者透过现象看本质,关注孩子的心理健康,了解孩子的真实想法,设身处地换位思考,在日常的言谈举止中给予每个学生心理的支持,哪怕只是一句温柔体贴的"十指连心,一定很痛吧"都有神奇的疗效。这是郭姜燕对于现代教育公平、身心健康理念、教师基本修养的诠释。

在郭姜燕笔下,不但老师的形象如此,就连天真无邪、生性本善的孩子,也有为一己私利"邪恶"的一面:杨梓彤为了与高如艾争夺周涵一,有意孤立高如艾,质问和辱骂高如艾是"丑八怪""妖怪",弄伤高如艾的手指。沈飞扬为了替表妹林丽丽"教训"高如艾,把她骗到废园的枯井边。没想到"人算不如天算",沈飞扬的"阴谋"未能得逞,他俩意外掉进枯井。在昏暗的荒草树丛中,高如艾"不再是一个简单的有着丑陋伤疤的内向女孩",她坚强、真诚、善良、镇定、勇敢,像一轮会发光的太阳,温暖明亮,烛照出沈飞扬的阴暗、冲动、狭隘、鲁莽、偏信,让他无地自容,也促使他走向成熟。他像《男生贾里》里面的贾里一样,特别男子汉地蹲下身说:"你踩着我的背先上去。"就这样,放下误解与偏见,芥蒂与执念,爬到树上,他们第一次看到了羽毛洁白、身姿优雅的白鸟,"张开翅膀,盘旋了片刻,然后像一片巨大的雪花轻盈地停在他们头顶上的一根树枝上"。无疑,"白鸟"是郭姜燕"复制"莫里斯·梅特林克的《青鸟》,或者"复制"李商隐的"蓬山此去无多路,青鸟殷勤为探看",

或者"复制"古希腊神话中,伊卡洛斯和代达罗斯用蜡和羽毛制作的"白鸟",将经典意象"进化"为美好、纯洁、希望、吉祥、好运、和谐、自由等的象征,通过优美流畅、诗情画意的语言文字,让"白鸟"的形象定格在孩子和读者心中。笔者以为,从枯井到树巅,不仅是地理海拔的升高,更是人物心理的成熟、格局的提升,是"会当凌绝顶,一览众山小"的胸襟和气度的上升。喻示一个人如果甘于低谷,那么永远只能与败枝衰草为伴,如果努力冲破定势与桎梏,眼前就是海阔天空。也为下文高如艾的强大自信、爸爸的浪子回头、哥哥的逆势回归做铺垫。

如果说"写作是为时代作证",那么《明亮的日子》的"进化",还体现在郭姜燕对社会热点的关注与反映。例如,小说中涉及垃圾分类、宠物店、扫码点餐、外卖、私房菜、微信公众号、智能机器人等热门词汇;时代不同,离异现象屡见不鲜,与其每日争吵不休,不如像周涵一父母那样和平分手,对孩子的伤害更小;单亲家庭中,祖父母带大的孙辈(高如艾),不全是溺爱,也有勤俭节约等传统美德的熏陶与感染;二孩家庭,很多大宝(林丽丽)不愿意接受二宝的出生,是害怕二宝抢走了父母对自己的独宠,而高如浩和高如艾以及沈飞扬兄妹俩的相亲相爱、其乐融融,让很多人艳羡和心动;老城改造,折射出城市的发展变迁、社会的进步繁荣,那座具有年代感的老作坊"低矮的屋顶跟牌匾一样黑,烧饼炉子靠的那面墙也已黑得看不出本来的颜色。一个长条案板挨着炉子靠着墙。除此,只有一张条桌和四张板凳",既与下文高如浩窗明几净的新店面形成对比,又为末尾和盘托出高家的光荣历史埋下伏笔。

其中，最值得一提的是政府免除两年房租，给予项目资金扶持，鼓励大学生回乡创业的政策。品学兼优的高如浩，在做了充分的市场调研后，毅然辞去南方的高薪工作，回乡开烧饼铺子。在家门口一边创业谋生，一边照顾老人，一举两得。他打破了"人往高处走，水往低处流"的传统观念，一开始爷爷、奶奶、爸爸、妹妹都无法理解高如浩的选择，最后高如浩以埋头实干的精神，虚心真诚的态度，传承创新的理念，互联网的销售方式，让"高家烧饼"凭借"表皮酥脆，里层柔韧，馅料鲜香，种类繁多"的品质和特色，走向全国各地的实绩证明了自己。高如浩（包括"吾小姐"）的经历，为许多大学生开启了一条可参考、可践行的求职思路。高如艾的成长，离不开高如浩的"心灵指导"，他承担了"长兄如父"的责任。他鼓励高如艾的话语，浅显易懂，明白素朴，句句都可作为励志座右铭："心小，事就大；心大了，事儿就小了。""我是'丑八怪'，我丑在外。有些人呢，丑在骨子里，那才是真正的丑。""当月光都照不到我们时，我们要用心底的阳光照耀自己。""有些人的伤在外面，有些人的伤在心里。""不要老想着自己没有的东西，多想想自己拥有的，会快乐很多。""妈妈走不是孩子的错，每个人都无法选择自己的家庭和家人，每个人都是独立的，如果妈妈选择了离开，孩子就要学会选择放下，学会成为没有妈妈也能快乐和强大的孩子。""朋友是求不来的，自己成为太阳给别人温暖，自然会有喜欢温暖的人靠近你。"如此等等。当然，小说人物的思考，其实都是作者的人生感悟，是郭姜燕以情动人，以爱感人，以理育人，以文化人创作宗旨的"复制"和"进化"。

至于高如艾在《明亮的日子》中的线索作用,"复制"了《孔乙己》中的小伙计、《我的叔叔于勒》中的约瑟夫、《最后一课》中的小弗朗士。借由高如艾的所见所闻所想,作者让读者了解当下校园生活中的同学和师生关系,体会城市普通市民的生活百态,亲历医生的救死扶伤、书店营业员的热情善良,看到风景如画的生活环境——"内城河的河水变得越来越清澈,河边的花草树木日益繁茂,每一座跨河而立的石桥也都被修整得更加牢固,桥沿上的灯带一到天黑就亮了,灯光倒映水中,五光十色的,十分梦幻",感受人们不断提升的生活幸福指数。郭姜燕的"进化"在于,努力让弱小的自己成为光,成为热。虽然"安慰同龄人是一件需要学习的事",但毋庸置疑,"儿童帮助儿童。改变世界,不用等我长大"。掉进枯井后,高如艾劝慰沈飞扬"可怕的事不会因为我的恐惧而离开,恐惧毫无用处,除了战胜它,没有别的办法"。高如艾受伤后,沈飞扬安慰说"会好的,会长出新的来,只要给它的时间足够",以及一群孩子集思广益,想办法推广"高家烧饼",让读者不禁为现代孩子的聪明才智和见识眼界点赞。

　　另外,小说中多次提及的"迎善桥",是城市的地标,也是德行的高度,是汝城人的行为规范。"迎善"是"迎接善良""欢迎善良""应该善良"之意。种下善因,就会结下善果:高如艾太爷爷(高太平),用烧饼支持革命队伍,新中国成立后,把手艺传给了高如艾爷爷;高如艾爷爷攒钱帮助烈士家属,给初奶奶一样的人送烧饼。一个烧饼的帮助也许微小,但充满慈悲。和平年代,高如艾爷爷是众多平民英雄中的一员,他们将"爱与善良"代代传承，共同撑起城市的和谐美好。希望每个孩子，每位读者"能看到身边更多的'英雄'，也要努力成为别人的'英雄'"，照亮温暖他人。还有小说首尾冬天和春天、雨天和晴天的景物描写与对比，也是巧妙的借景抒情。

虽然，《明亮的日子》讲述的都是寻常百姓的小故事（"不是只有开花的植物才配活，它们的叶子也好看，不比花差多少。"），但是都能以小见大，给予读者情感共鸣和人生启迪——"愿人常行好事，愿天常生好人。"掩卷细思，高如浩兄妹喜欢的励志歌曲《你的答案》，始终回荡在耳畔："也许世界就这样／我也还在路上／没有人能诉说／也许我只能沉默／眼泪湿润眼眶／可又不甘懦弱／低着头／期待白昼／接受所有的嘲讽／向着风／拥抱彩虹／勇敢地向前走／黎明的那道光／会越过黑暗／打破一切恐惧／我能找到答案／哪怕要逆着光／就驱散黑暗／丢弃所有的负担／不再孤单……"笔者以为，这就是"丑小鸭"（高如艾、高建华、沈飞扬、一把手伯伯等）成长的答案，这就是郭姜燕的"复制"和"进化"。

后　记

2024年，距离我出版的第一本文集《楼梯上的三重奏》，正好12年。

12年间，生活发生了很多变故，身边的亲朋好友聚合离散，有的分道扬镳，有的渐行渐远，有的永远离开了，包括我深爱的父亲。

其实，父亲住院前，我就在筹划这本文集的出版事宜，父亲对此也满怀期待。当时，我还计划采访父亲和他的朋友们，撰写一部关于1960年前后"支边青年"的非虚构文本，将他们青年时的激情、中年时的奋斗、晚年时的日常，真实呈现出来，让年轻一代对我们的父辈及其光辉岁月有直观形象的感知。

未曾想，2023年3月，一辈子没有进过医院的父亲，入院三周就走了。春天万物复苏，草木发芽，而我鲜活的父亲却变成了墓碑上一个冰冷的名字，定格成一帧薄薄的黑白照片，再也无法像从前一样，和我打球散步，和我促膝长谈，讲述过去的故事了……

去年也是我的本命年。虽然冥冥之中，父亲在生命的最后时刻，又为我化解了某一劫难，庇佑我的安康顺遂，但是，当司空见惯的鸡汤"明天和意外不知哪一个先来"跌落现实，就成了鸡骨在喉，令人猝不及防、捶胸顿足。父亲未曾实现的心愿，儿女没能尽到的孝心，无不昭示我：珍惜当下，怜取眼前。要读的、想读的书，及时去读；要爱的、想爱的人，抓紧去爱；要做的、想做的事，趁早去做。

父亲生前一直教育我："文章是案头的山水，山水是地上的文章。"因为时空的阻隔，精力财力的有限，很多名山大川，我们身虽不能至，但心当向往之。而徜徉书海，脚步不能到达的地方，文字都可以带我们逐一抵达。有时候"看景不如听景"，也是因为作家们独到的视角与才情，会激发我们对见所未见、闻所未闻之风土人情的无穷想象，带我们阅览不同的人生际遇，拓展认知的宽度，提升思维的高度。

时间如白驹过隙，父亲五十岁时的样貌仿佛还在眼前，转瞬我也到了知天命的年纪。五十年来如一梦。经历的人世浮沉、生活泥淖和情感漩涡，一言难尽，不堪回首。幸运的是，那些过往的爱恨情仇、瞬间的动容感喟、彼时的记忆滋味，会在与文本的共情共鸣中，得以苏醒和滋润、救赎与平衡。每次身处生命中的至暗时刻，都是阅读，让我沉静反省，自我疗愈：挣脱桎梏内心的囹圄，放下悲观低落的负面情绪，放大砥砺前行的正面能量，在弥漫着油墨清香的字里行间，学会爱自己、爱他人、爱生活、爱山川、爱草木、爱万物。

同时，我习惯将所感所想撰写成文，并不嫌鄙陋，以文会友。并借由文字的阶梯，回归初心，重新审视生命的细枝末节，正视内心的微澜骇浪，个性化地表达喜悦与疼痛，努力与自己、与他人、与世界和解。如此春秋代序，积少成多，便有了这部书稿。

本书选择的评论对象，是近年来我所关注的、江苏或定居江苏的部分作家作品。有"50后""60后"，还有"70后""80后""90后"；有小说、散文，也有非虚构。他们是江苏文学史上一个个小小的点，又和全国其他作家共同构成了中国文学史的一个个面。有的作家作品，也许如流星划过天际，至少在彼时彼刻曾璀璨耀眼，照亮过我们，这就足够。

父亲走后，母亲失去了另一半，我们的大家庭也不复完整。有好长一段时间，我几近抑郁，走不出来。某日，在苏州半园，看到半山、半水、半桥、半亭，始才顿悟古人的智慧：人生从无圆满。月圆则亏，水满则溢。凡事知足不求全，求全不责备，中正平和，不偏不倚。以"半醉半醒"的处世哲学，经营"半苦半甜"的烟火生活，方是"半得半失"的人生日常。故此，为文集取名《半卷书》。

如今，父亲虽然不在了，但我和父亲共同坚持的爱好——阅读与写作、跑步与行走，让我继续学习爱、感受爱、表达爱、经营爱，让我平凡的生命灿烂千阳，让我单纯的灵魂自带芬芳，让我拥有一把开启幸福之门的金钥匙，从此，可以"泰山崩于前而色不变，麋鹿兴于左而目不瞬"，淡定、诗意、优雅地行走于红尘俗世！余生，我将用我的双眼，替父亲在书海继续"静态地行走",我将用我的双脚,替父亲在山河继续"动态地阅读"。我相信,只要我在、我思、我念,父亲就会在我身边,不会远离。

最后,感谢范小青老师慷慨赠序,感谢陈武老师鼎力引荐,感谢葛芳老师倾情相助,感谢秦国娟老师悉心编辑……感谢生命中遇到的每一个人、每一本书。当然,还有始终以读书为乐、"活到老学到老"的自己。

岁月无声,开卷有缘。愿与君在春风里,握半卷诗书,把半盏香茗,将半生修行。

是以为记。

苏州

2024 年 3 月 1 日